Pit Mattes
– falsche Fünfziger

Hein Ennak

Hamburg-Krimi

Konzeption/Koordination: Hein Ennak, Hamburg.
Layout und Cover: Hein Ennak, Hamburg.

Bibliografische Information der Deutschen Nationalbücherei: Die Deutsche Nationalbücherei verzeichnet diese Publikation in der Deutschen Nationalbibliografie; detaillierte bibliografische Daten sind im Internet über www.dnb.de abrufbar.

Herstellung und Verlag:
BoD – Books on Demand, Norderstedt
ISBN: 978-3-7460-9958-3

1

DIENSTAG, 20.12.2016, 10:30 UHR, ALSTERDORF, BRUNO-GEORGES-PLATZ:

»Herr Mattes, verstehen Sie doch: Frauen morden mit Gift oder einer Schusswaffe, aber doch nicht mit einem Schwert.«

»Es war ein Dolch. Außerdem eine entsprechende Statistik über Mordwerkzeuge, die von Frauen oder Männern benutzt wurden, kenne ich nicht. Wäre mir auch in unserem Fall egal. Der Mord wurde von der Ehefrau durchgeführt. Sie ist diejenige, die im Winter-Haushalt das Regiment führt. Der Ehemann ist lediglich der Knabe, der als Rechtsanwalt fürs Geldverdienen zuständig ist.«

»Herr Mattes, wollen wir wetten, dass ich recht habe?«

»Wenn Ihre Glückseligkeit davon abhängt, und Sie unbedingt verlieren wollen, dann meinetwegen.«

Ihm waren diese ewigen Streitereien, wer recht hat, wer hat die bessere Spürnase und so weiter, leid.

›Es werden doch keine Fleißpunkte verteilt. Nur das Ergebnis zählt‹, überlegte er und schmollte.

»Okay, die Wette gilt«, fauchte sie ihn an.

»Wie sollen wir Ihrer Meinung nach vorgehen?«

»Herr Mattes, der beste Weg ist immer der, der direkt zum Ziel führt. Lassen Sie uns zu den Winters fahren.«

Frau Sommer und der Schriftsteller verließen das Polizeipräsidium. Die Kommissarin steuerte ihr Auto durch den verstopften Hamburger Verkehr.

Es regnete in Strömen. Der Scheibenwischer schaffte nicht die Wasserflut, die vom Himmel fiel. Der Wetterbericht im Autoradio versprach keine Besserung. Die beiden Insassen stritten mal wieder, wie so oft in den letzten Tagen. Sie erreichten den Ballindamm und parkten das Fahrzeug im Halteverbot.

Sie klingelten an der Wohnungstür. Der Rechtsanwalt machte die Tür auf. Gabriele Sommer, die Kommissarin, betrat zuerst den Flur.

Auf den ersten Blick sah sie zwei reisefertige Koffer neben der Garderobe stehen. Sie nickte in die Richtung des Reisegepäcks.

Pit Mattes schloss hinter sich die Wohnungstür. Aus dem Augenwinkel sah er, wie Kurt Winter die Polizistin mit einem schweren Revolver niederschlug. Die Frau fiel und schlug mit dem Kopf auf. Er richtete das Schießeisen sofort auf Mattes. Es war eine neun Millimeter Ruger Blackhawk Flattop 357 Magnum. Damit hält man jeden PKW an. Der Rechtsanwalt brauchte beide Hände, um den Hahn zu spannen. Bei dieser Handhabung konnte Mattes erkennen: Winter hatte mit dieser Schusswaffe wenig Erfahrung. So eine Waffe kann man nicht mit einer Hand abfeuern.

Der Hobbykriminalist nahm versteckt eine Glaskugel vom Sideboard in seine Hand.

»Sie haben Ihren Bruder nicht getötet. Es war Ihre Frau – stimmt's?«, fragte er.

Der Rechtsanwalt sah Mattes überrascht an. In diesem Augenblick schlug Pit ihm seine Glaskugelfaust ins Gesicht, mit der zweiten Hand drückte er das Schießeisen zur Seite. Die Kugel bohrte ein fünf Zentimeter großes Loch in den Holzfußboden, nachdem sich der Schuss löste. Kurt

Winter klappte wie ein Taschenmesser zusammen. Den Revolver nahm Mattes ihm sofort ab. Der Jurist lag wie die Kommissarin bewegungslos auf dem teuren Teppich. Mattes ging zu ihr, untersuchte ihre Wunde und küsste sie. Der Sprecher im Radio quasselte von Gewitter und anhaltenden Regenschauern.

MONTAG, 02.10.2017, 11:00 UHR, EPPENDORFER LANDSTRAßE:
Mio Takahashi hörte auf vorzulesen und legte das Buch in ihren Schoß.

»Das ist gut – das ist ganz große Klasse«, schwärmte sie. »Und was ist jetzt so schlimm daran?«, fragte sie weiter.

»Ja – seitdem Frau Sommer das Buch gelesen hatte, redet sie nicht mehr mit mir.«

»Ha, ha! Und das haben Sie wirklich geschrieben?«, wollte sich die Bibliothekarin noch einmal vergewissern.

»Ja, das habe ich. Ich schrieb den Handlungsablauf sachlich, korrekt und retrospektiv auf.«

Pit Mattes: Am liebsten schreibt er Krimis, sogenannte Hamburg-Krimis. Wenn es sich ergibt, arbeitet er mit der Hamburger Kriminalpolizei an kniffligen Kriminalfällen. Er selber bezeichnet sich scherzhaft als Hobbykriminalist.

In Hamburg gibt es, neben den öffentlichen Büchereihallen, eine Handvoll private Bibliotheken oder Büchereien. Seit vielen Jahren ging Mattes regelmäßig in so eine kleine Bücherei. Nicht, um sich ein Buch auszuleihen, sondern er liebte die Atmosphäre in den Räumlichkeiten. Dazu kommt, dass er die hübsche Bibliothekarin mag. Er setzte sich mit seinem Laptop an einen Lesetisch und

schrieb dort. Frau Takahashi, die Bibliothekarin, versorg-
te den Schriftsteller mit schwarzem, friesischem Tee.

»Darf ich Ihnen noch einen Tee bringen, Herr Mattes?«

»Gerne, sehr gerne trinke ich noch eine Tasse von Ihrem Tee«, schmeichelte er.

Da sie seine Antwort kannte, hatte sie bereits die Kanne geholt und goss Tee nach.

»Danke! Frau Takahashi.«

»Und was ist passiert?«

»Na ja – das Buch wurde vorige Woche veröffentlicht. Als die Kommissarin darin las, dass ich sie geküsst hatte, rief sie an und machte mir die Hölle heiß. Ich habe noch nie einen Menschen erlebt, der so viele Schimpfwörter innerhalb von dreißig Sekunden abgefeuert hat.«

»Wieso dreißig Sekunden?«

»Wahrscheinlich hat sie mich noch länger angeschrien. Ich drückte nach einer halben Minute auf den roten Telefonhörer. Das war mehr als genug!«

Frau Takahashi legte ihre Hand auf Pits Oberarm und grinste ihn kopfschüttelnd an.

›Ich hätte gerne mit der Kommissarin getauscht‹, überlegte die Bibliothekarin. Dabei fiel ihr die Absage ein, die sie per Mail bekommen hatte.

»Herr Mattes, Sie wissen doch, dass wir hier in der Bücherei Lesungen veranstalten. Heute Morgen hat Hein Knutzen abgesagt, er muss dringend nach Itzendorf fahren. Würden Sie für ihn einspringen?«

»Verstehe – klar – natürlich mache ich das. Schon weil Sie's sind!«

Die Nachrichten im Radio berichteten: »Ex-LKA-Chef findet nach achtundzwanzig Jahren Überreste seiner Schwester.«

Mio Takahashi: Sie ist neunundvierzig. Ihr Vater war japanischer Konsul, ihre Mutter stammt aus einer deutschen Reederfamilie. Sie lernten sich auf der Köhlbrandbrücke kennen. Takahashi (高橋) heißt auf Deutsch ›Hohe-Brücke‹.

Die schlanke, große Frau trägt eine Bubikopffrisur. Sie bringt ihr asiatisches Flair durch ihre schwarzen, mit grauen Strähnchen versetzten Haare und durch ihre tiefschwarzen Augen zum Ausdruck.

Germanistik und Journalismus studierte sie in Hamburg und arbeitete seit achtundzwanzig Jahren als Bibliothekarin in der Bücherei. Seit langer Zeit betreibt sie Aikido, eine Kunst der Harmonie der Kräfte. Das ist ein japanischer sehr defensiv ausgerichteter Kampfsport. Sie ist eine immer höfliche Frau, die sich nicht so schnell in die Karten gucken lässt.

»Ihr Problem mit der Kommissarin wird sich wieder einrenken. Warten Sie mal ab, in drei, vier Wochen hat sie das vergessen!«, tröstete Mio, und sie sollte damit recht behalten.

Währenddessen wurde die Eingangstür aufgerissen. Wie ein Wirbelwind stürmte Susanne Offner in die Bücherei.

»Moin zusammen!«, rief sie in den Raum und marschierte direkt zum Kaffeeautomaten. Sie befüllte ihren mitgebrachten ›To-go-Becher‹.

»Tschüss Leute!«, rief sie noch, bevor sie genauso schnell verschwand, wie sie gekommen war.

»Sie hat es wie immer eilig!«, stellte Mio fest. »Wenn sie doch nur hin und wieder mal den Filterkaffee bezahlen würde«, ergänzte sie.

»Ich bezahle ihren Kaffee, sie hat kein Geld. Sie finanziert die Ausbildung ihres Bruders«, erwähnte Mattes.

Susanne Offner: Das flippige, blonde Mädchen war zweiundzwanzig Jahre alt. Sie hatte eine Ausbildung zur Bäckerin und Konditorin erfolgreich abgeschlossen. Schon 2012 zog sie in die zwanzig Quadratmeter große, Studentenbude im oberen Stockwerk ein. Der jederzeit bunt gekleidete Wirbelwind arbeitet in einem Ladengeschäft einer Großbäckerei. Sie brauchte das Geld, weil sie das Studium ihres jüngeren Bruders finanzierte. Viel lieber würde sie in einem Café oder einer kleinen Bäckerei wirken und individuelle Backwaren herstellen und verkaufen.

»Und Herr Mattes, haben Sie schon ein neues Projekt? Was kommt als Nächstes?«

»Ich habe gestern einen Jahresbericht eines Konzerns ausgefeilt, komplettiert und versendet. Dann arbeite ich noch an einem Nachruf für einen Schauspieler. Der ist zwar noch nicht tot, aber Auftrag ist Auftrag. Ein Krimiprojekt in dem Sinne liegt leider nicht an.«

»Da findet sich bestimmt noch was ein«, versuchte sie, den Schriftsteller aufzumuntern.

Pit Mattes: Eigentlich heißt er Peter Johannes Mattes. Seine Mutter nannte ihn Hannes, während alle anderen ihn Pit nennen. Er ist einen Meter und dreiundachtzig groß, grau auf dem Kopf und trägt nicht nur einen grauen Lippenbart, sondern auch eine moderne Hornbrille und oft einen schwarzen Stetson-Hut.

Der nicht schlanke, aber sportliche zweiundfünfzigjährige Mann studierte Betriebswirtschaft und Mathematik. Bei einer Versicherung arbeitete er in der Marketingabteilung und schrieb dort die Jahresberichte. Vor zwanzig Jahren stellte er fest, dass andere Unternehmen auch Geschäftsberichte brauchen. Er machte sich als Schriftsteller selbstständig.

Heute schreibt er Krimis und Romane. Er ist Ghostwriter für Prominente aus Wirtschaft und Politik und fertigt ihre Biografien oder Memoiren an.

Tatsächlich ist Mattes ein ruhiger, maulfauler, nachdenklicher Zeitgenosse. Er ist nicht der Schnellste, dafür aber neugierig, präzise und besitzt eine schnelle Auffassungsgabe.

Um fit zu bleiben, praktiziert er seit seinem Studium Judo. Ein- oder zweimal in der Woche nimmt er an einer Trainingsstunde teil.

Seit über dreißig Jahren wohnt er in einer zweihundert Quadratmeter Wohnung im ersten Stock eines alten dreistöckigen Hauses an der Eppendorfer Landstraße. Verheiratet ist er nicht, hatte hin und wieder eine Liebschaft. »Die Richtige habe ich noch nicht gefunden!«, sagt er, wenn man ihn darauf anspricht.

Ein Mobiltelefon machte sich bemerkbar. Pit Mattes stand auf und angelte es aus seiner Umhängetasche. Er mochte solche Störungen nicht, hatte aber vergessen, das Ding aus oder leise zu schalten.

Werner Rede war am Telefon. Er stotterte was von Erpressung und Polizei, von Verzweiflung und so weiter.

Pit verabredete sich mit ihm für dreizehn Uhr in der Innenstadt.

Werner Rede: Der durchaus große Mann ist knapp fünfzig Jahre alt. Der gemütliche Bauchmensch hatte graue Stoppelhaare und konnte keiner Fliege etwas zuleide tun. Sein Spitzname ist ›Were‹. Das kommt von dem Laden, den seine Eltern besaßen. Es handelte sich um einen Lebensmittel-Einzelhandel. Neben dem REWE-Reklameschild stand schon immer eine Tafel mit der Aufschrift WERE für Werner Rede. Sein Vater und sein Großvater hießen ebenso Werner. Sehr einfallsreich! Macht aber in vielen Sachen das Leben einfacher. Als Folge dessen bekam Werner zur Schulzeit den Spitznamen Were.

Werner Rede junior besuchte mit Pit Mattes das gleiche Gymnasium in Wandsbek. Sie waren Spielkameraden und später Freunde. Aus dem Auge hatten sie sich verloren, als Pit zur Universität ging und Werner seine Ausbildung zum Einzelhandelskaufmann in Köln absolvierte.

Vor etwa acht Jahren trafen sie sich zufällig wieder, als Pit im Stadtteil Wandsbek in einen REWE-Laden schritt, um ein paar Brötchen zu kaufen.

Seitdem tranken sie hin und wieder mal ein paar Bier im ›Blockbräu‹.

Im Radio berichteten sie, dass der Medizin-Nobelpreis an die drei US-Wissenschaftler Jeffrey C. Hall, Michael Rosbash und Michael W. Young verliehen wurde. Sie erforschten den inneren Rhythmus von Lebewesen.

Sie trafen sich am Jungfernstieg, gegenüber Apple. Es regnete in Strömen. Werner zeigte sich aufgewühlt und berichtete unstrukturiert.

Sein REWE-Lebensmittelladen wurde erpresst. Eines Morgens fand seine Ehefrau einen Erpresserbrief, den jemand über Nacht unter die Eingangstür geschoben hatte.

Der Übeltäter hatte in acht Joghurtbecher mit einer Spritze Olivenöl gespritzt. In seiner Nachricht verlangte der Erpresser fünftausend Euro. Die Polizei und die Spurensicherung untersuchten den gesamten Laden, ohne Anhaltspunkte zu finden. Herr Rede entschloss sich, das geforderte Geld zu zahlen.

Die Übergabe wurde von der Polizei begleitet. Das Geld deponierte Werner Rede auf dem Hamburger Rathausmarkt am Heinrich-Heine-Denkmal. Ein Fahrradfahrer holte das Geld ab. Die Ordnungshüter konnten nicht rechtzeitig zugreifen und so entkam der Radfahrer oder die Radfahrerin.

Allerdings wurde das Erpressergeld präpariert und die Geldscheinnummern notierte man. Das Geld tauchte in der vorigen Woche in Belgien auf.

»Freitagmorgen wurde nochmals ein Erpresserbrief unter unsere Ladentür geschoben. Erneut werden fünftausend Euro gefordert.
Ich suchte am Freitagvormittag die Kripo auf. Ich habe nicht den Eindruck, dass von denen Unterstützung kommt. Pit, ich brauche deine Hilfe.«

»Verstehe – ich habe noch ein paar Fragen. Du hast doch eine Videoüberwachung im Laden. Wurde die Manipulation der Joghurtbecher aufgenommen?«

»Nein, die Polizei hat die Aufzeichnungen. Und die schauten sich alle Videosequenzen mehrmals an. Es wurde keine Person entdeckt, die am Kühlregal die Becher anfasste oder manipulierte.«

»Kann es sein, dass die Becher mit dem Olivenöl schon geliefert wurden?«

»Auch das wurde geprüft. Die Ware wurde am Nachmittag um siebzehn Uhr ausgeliefert und gleich von meiner Frau ins Kühlregal gestellt. Ich schließe eine Manipulation der Ware bei der Lieferung und bei der Beladung aus.«

»Gut!«

»Mir fällt noch was ein. – Der Schuft muss einen Becher Joghurt mitgenommen haben.«

»Wie kommst du darauf?«

»Meine Frau ist sich bis heute sicher, dass die obere Palette vollständig war. Am anderen Morgen fehlte ein Joghurt. Aber verkauft wurde keiner. Das habe ich kontrolliert.«

»Und der fehlende Becher wurde auch nicht woanders im Laden gefunden?«

»Nein.«

»Dann gehst du davon aus, dass der Übeltäter den Becher Joghurt mitgenommen hat?«

»Ja, wird wohl so sein. Denn er kann sich ja nicht in Luft auflösen.«

»Werner, ich komme heute Nachmittag zu dir in den Laden. Ich möchte mir alles vor Ort anschauen. Darüber hinaus möchte ich deine Frau kennenlernen.«

»Einverstanden, Pit – wir werden dich erwarten.«

Werner Rede: Er ist verheiratet und hat mit seiner Frau Bettina zwei Kinder, acht und zehn Jahre alt. Seine Ehefrau ist täglich im Geschäft. Die Familie Rede wohnt in einer großen Wohnung über dem Ladengeschäft.

MONTAG, 02.10.2017, 18:30 UHR, WERE WANDSBEK:

Mattes nahm die U-Bahn bis Wandsbek. Den Weg zum Lebensmittelgeschäft legte er zu Fuß zurück. Schon von Weitem konnte er die REWE-Reklame sehen und auch das WERE-Schild daneben ausmachen.

Gleich nachdem er das Ladengeschäft betrat, begrüßte ihn Werner:»Schön, dass es geklappt hat. Komm, ich zeig dir den Laden. Und dann möcht ich dich mit meiner Frau bekannt machen.«

»Moin Were, das ist ja ein riesiges Geschäft. Na, das sind bestimmt zweitausend Quadratmeter.«

»Ja, zweitausendeinhundertzwölf Quadratmeter Verkaufsfläche und fünfhundertsechzig Lager- und Bürofläche.«

Werner Rede führte Mattes durch den Laden. An vielen Stellen blieb er stehen und zeigte und erklärte etwas.

Beim Kühlregal blieben die beiden besonders lange stehen.

Die Führung dauerte eine dreiviertel Stunde. Erst dann ging er mit Pit in den hinteren Bereich. Dort präsentierte er kurz das Lager und die Büroräume. Hier hielt sich auch Bettina Rede, seine Frau, auf.

Werner Rede schritt auf seine Frau zu und gab ihr einen Kuss. Dann stellte er sie Pit vor.

»Hallo Frau Rede, schön, dass ich Sie endlich mal kennenlerne. Bisher hat Werner immer nur von Ihnen geschwärmt. Ich sehe, er hat nicht übertrieben.«

»Danke für die Blumen! Darf ich Ihnen einen Kaffee oder einen Tee anbieten? Were erwähnte, dass Sie gerne Friesentee trinken«, kam von Frau Bettina Rede.

»Ja – sehr gerne, ich trinke mit Vergnügen einen Friesentee.«

»Dann kommen Sie bitte mit in unseren Aufenthaltsraum. Ich vermute, Were wird Sie dort auch den Mitarbeitern vorstellen wollen.«

Bettina Rede: Mattes schätzte sie auf fünfzig Jahre. Die kräftig und stabil gebaute Frau, zirka einen Meter siebzig groß, hatte ein hübsches Gesicht. Ihre blonden Haare ließ sie sich kurz schneiden.

»Unser Laden schließt um neunzehn Uhr. Dafür öffnen wir allerdings schon um sechs Uhr morgens. Abends räumen wir die verderblichen Sachen weg, machen den Kassenabschluss und setzen uns noch für eine halbe Stunde in den Pausenraum. Wir sind wie eine große Familie«, erklärte Werner.

»Kommen Sie, Herr Mattes, dort entlang«, ergänzte Frau Rede und tänzelte voran.

Sie betraten einen ansprechenden Aufenthaltsraum. Mattes war überrascht, denn mit so vielen Personen hatte er nicht gerechnet. Werner Rede nahm das wahr und er-

wähnte, dass sie im Geschäft und in der Verwaltung fünfzehn Mitarbeiter beschäftigten. Davon einige nur halb-
tags.

Auf dem Sideboard stand eine Tortenplatte. Zwei Stücke Schwarzwälder Kirschtorte befanden sich noch auf
dem Teller. Ein eingewickelter Blumenstrauß und ein ver-
packtes Geschenk lagen daneben.

»Ah – hier hatte jemand Geburtstag! Wem darf ich gra-
tulieren?«, fragte der Hobbykriminalist.

»Heute hat Bettina Geburtstag«, antwortete Werner.

»Ja, und du hattest gestern!«, entgegnete seine Frau.

»Herzlichen Glückwunsch, Frau Rede. Und dir, Were,
auch ein Happy Birthday!«, gratulierte Mattes. Nach dem
Alter brauchte er nicht zu fragen, denn er entdeckte ein
goldenes Fünfzig-Jahre-Emblem.

Bettina Rede bemerkte seinen Blick und grinste: »Ja,
Herr Mattes wir sind einhundert Jahre alt geworden! Wir
gehören jetzt zu den Fünfzigern.«

Es entstand eine Pause. Bei Mattes prägte sich der Be-
griff ›Fünfziger‹ ein.

»Hallo, bitte einmal herhören«, begann Werner und machte eine Pause, bis alles ruhig war.

»Ich möchte euch Pit Mattes vorstellen. Er ist Schriftsteller und will über uns schreiben. Dafür wird er in der
nächsten Zeit hin und wieder hier im Geschäft sein. Er
wird Kundenverhalten beobachten und unsere Arbeitsabläufe studieren. Wenn er Fragen an euch hat, bitte unterstützt ihn«, informierte Werner seine Belegschaft.

Sie saßen etwas länger als eine halbe Stunde im Raum.
Mattes bekam seinen Becher Tee. Nach einer Weile wurde
über die Bundestagswahl diskutiert, über den Busunfall

vorm Laden und natürlich über das Wetter. Nach und nach verabschiedeten sich die Damen und Herren und machten sich auf den Weg nach Hause.

Frau Rede und Werner hielten sich zum Schluss mit Pit Mattes alleine im Aufenthaltsraum auf. Der Fünfziger stand auf, verließ den Raum und kam kurz darauf mit einem Zettel wieder.

»Das ist eine Kopie vom Erpresserbrief. Das Original hat die Polizei mitgenommen. Sie wollten das Ding nach Fingerabdrücken checken! Morgen, um sechzehn Uhr soll die erneute Geldübergabe stattfinden. Ich habe heute fünftausend Euro von der Bank geholt. Das Geld wurde präpariert und die Geldscheinnummern sind dokumentiert worden. Die Kripo legt großen Wert darauf, dass wir nicht das Geld aus unseren Tageseinnahmen benutzen.«

»Verstehe!«, kam von Mattes.

»Werden Sie dabei sein? Ich meine, bei der Geldübergabe«, fragte Frau Rede und schaute Mattes an.

»Ja, ich schau mir das an. So wie ich Were verstanden habe, wird die Übergabe durch die Polizei gesteuert. – Na ja, der Erpresser machte ganz konkrete Angaben in Hinsicht Ort und Zeit. Ich werde als Tourist vorher dort sein und mir alles anschauen. – Mich interessiert, wann und wo sie den Erpresserbrief gefunden haben.«

»Das geschah vorige Woche Donnerstag. Meine Frau kam damit an, nachdem sie die Kundentüren geöffnet hatte.«

»Ja, Ruth, Ruth Müller, sie war mit mir nach vorn gegangen, das müsste so drei Minuten vor sechs gewesen sein. Sie half mir, die Glastüren zu öffnen und zur Seite zu schieben. Das macht man besser zu zweit. Ich schloss auf und öffnete das erste Element. Da sah ich einen Zettel auf dem Boden liegen. Zuerst dachte ich, es wäre ein Lieferschein, der sich aus irgendeiner Kiste selbstständig gemacht hat. Während ich mich bückte und den Zettel aufnahm, wusste ich sofort, dass es sich wieder um einen Erpresserbrief handelte.«

»Verstehe! Das bedeutet, dass diese Frau Ruth Müller auch von der Erpressung weiß.«

»Ja, davon ist auszugehen und alle anderen Mitarbeiter, die hier arbeiten, wissen das genauso. Wir haben ein sehr gutes Betriebsklima. In den Pausen wurde darüber diskutiert. Das Geheimnis bleibt aber unter uns«, warf Werner ein.

»Wie lief es bei dem ersten Erpresserschreiben ab?«

»Fast genauso. Bloß ich half meiner Frau, die Tür zu öffnen«, antwortete Werner.

»Hast du das Dokument noch oder eine Kopie?«

»Nein, das liegt bei der Polizei. Aber der Text ist der Gleiche, lediglich die Übergabe fand am Rathausmarkt am Heinrich-Heine-Denkmal statt. Und unten auf dem Zettel stand ›PS: Schaut euch den Joghurt an, ich mache keine leeren Versprechungen!‹«, erwiderte Werner.

»Wie viel Öl befand sich in den Bechern?«

»Pit, das haben wir nicht gemessen, das Olivenöl schwamm oben. Die Oberfläche war bei den meisten Bechern ganz bedeckt. Ich habe ein Bild mit dem Handy fotografiert. Das kann ich dir zusenden.«

»Verstanden – es ist schon kurz vor neun. Ich will euch nicht länger aufhalten. Ich werde morgen nach der Geldübergabe wieder hier vorbeikommen.«

Pit stand auf und gab Frau Rede zum Abschied die Hand.

»Da fällt mir noch eine Frage ein. Wie heißt euer Ansprechpartner bei der Polizei oder Kripo?«

»Das ist Walter Engelmann. Kriminalhauptkommissar Engelmann. Hier ist seine Karte«, sagte Werner, nachdem er sie aus dem Portemonnaie zog.

Pit nahm die Visitenkarte, prägte sich die Adresse und Telefonnummer ein und gab sie zurück. Kurz darauf verließ er den Lebensmittelladen.

2

MITTWOCH, 04.10.2017, 10:00 UHR, EPPENDORF, BÜCHEREI:
Die Temperaturen über Nacht wurden schon recht herbstlich. Es stand neun Komma drei Grad auf dem Außenthermometer.

Das Radio spielte ›Good Vibrations‹ von ›The Beach Boys‹, als der Schriftsteller kurz vor zehn die Bücherei betrat.

Mattes trank seinen Tee und suchte im Internet den Geldübergabeort. Bereits um neun versuchte er das erste Mal, Kontakt mit KHK Engelmann aufzunehmen – ohne Erfolg. Das änderte sich auch nicht um halb zehn, um zehn und um halb elf Uhr.

Mio Takahashi hatte an diesem Morgen nicht so viel Zeit für Pit Mattes. Ganz unangemeldet kam ein älterer Herr aus der Zentralbücherei. Er stellte sich als Wilfried Geisterklein vor und wollte mit ihr stichprobenartig eine Bestandsaufnahme oder Inventur der Bücher durchführen. Die Bibliothekarin war aufgeregt und nervös. Bisher hatte noch nie jemand von der Zentrale sie überprüft.

Mattes beobachtete das Geschehen skeptisch und konnte sich auf seinen Erpresserfall nicht recht konzentrieren. Erst als der Prüfer verschwand, sich Frau Takahashi zu ihm an den Tisch setzte und er ihre Entspannung wahrnahm, atmete auch er auf.

»Er hat nichts gefunden, obwohl er sich sehr angestrengt hat. Und dass er ein Buch verstellte, hatte ich mitbekommen. Als er das dann suchte, habe ich ihm knallhart ins Gesicht gesagt: ›Das hatten Sie doch eben noch in der Hand.‹ Er fühlte sich überführt und hatte es auf einmal eilig zu gehen. Ein Protokoll, wie er es am Anfang andeutete, hat er mir nicht ausgehändigt.«

»Frau Takahashi, ich weiß nicht, was das zu bedeuten hat, aber komisch ist das schon«, waren Mattes' Worte. Er versuchte noch einmal, den Kriminalhauptkommissar zu erreichen. Auch dieses Mal vergeblich.

»Herr Mattes, wo waren Sie denn am Sonntag? Ich hatte Sie vermisst«, fragte sie, um vom Thema wegzukommen.

»Sonntag – ach ja! Da war ich mit meinem Freund Harald Rechtler im Tennistreff in Halstenbek. Harald hatte Geburtstag. Wir feierten bei Anke Ehmke und nahmen am Bayrischen Schmankerl-Buffet teil.«

Nach ein paar Minuten stand sie auf und ließ ihn in Ruhe arbeiten.

Gegen fünfzehn Uhr kam Frau Takahashi an den Tisch, an dem Mattes immer noch arbeitete.

»Hier lesen Sie mal diesen Artikel im Abendblatt!«, forderte sie ihn auf.

Er schaute auf und griff nach der Zeitung und rückte seine Brille zurecht.

»Wie wir aus sicherer Quelle erfahren haben, wird ein REWE-Laden in Wandsbek erpresst. Der Straftäter mani-

pulierte Joghurtbecher, die von der Polizei sichergestellt wurden. Eine gesundheitliche Gefährdung bestand nicht, da den Bechern Olivenöl zugesetzt wurde.

Die Polizei wollte gegenüber dem Abendblatt den Fall weder dementieren noch bestätigen, da die Ermittlungen nicht abgeschlossen sind«, las Pit laut vor.

»Interessant, sehr interessant und sogar aufschlussreich«, grummelte der Schriftsteller in sich hinein und kratzte sich am Hinterkopf.

MITTWOCH, 04.10.2017, 16:30 UHR, WANDSBEK, SCHLOßSTRAßE:

Über eine halbe Stunde vor der Übergabezeit war der Hobbykriminalist am Wandsbeker Markt. Der Übergabepunkt wurde gut beschrieben: ›Vor dem Postamt, zwischen den beiden Aufgängen aus der U-Bahn-Station sind Schaltkästen. Deponieren Sie das Geld in einem Umschlag auf einen der Verteilerkästen.‹

Pit stellte sich gelangweilt an das Gitter zum U-Bahn-Eingang. Daneben stand bereits ein Mann, der ›Hinz und Kunz‹-Zeitschriften verkaufte. Mattes verwickelte ihn in ein Gespräch. Nebenbei beobachtete er das gesamte Umfeld. Fünf Polizisten in Zivil konnte er identifizieren. Als Werner Rede kam, zog er seinen schwarzen Hut tief ins Gesicht. Er wurde von seinem Schulkameraden nicht erkannt. Der Ladenbesitzer legte das Kuvert auf den verabredeten Platz und verschwand gleich darauf.

Nichts passierte. Nach einer halben Stunde verabschiedete sich der Schriftsteller von dem Zeitungsverkäufer. Er ging in die Commerzbank. Von dort konnte er das Geschehen auf dem Vorplatz weiter gut beobachten. Nichts geschah. Gegen achtzehn Uhr schlenderte ein Kriminalbeamter zum Schaltkasten und stellte den Geldumschlag sicher.

Pit kam aus der Bank und sprach den Einsatzleiter an. Es war KHK Walter Engelmann. Mattes schätzte ihn auf fünfunddreißig Jahre. Er war eine beeindruckende sportliche Erscheinung. Einen Meter und fünfundneunzig groß, schätzte Mattes.

»Das habe ich mir gedacht! Ich habe nicht damit gerechnet, dass jemand erscheint und das Geld abholt.«

»Bei der letzten Geldübergabe ist der Gangster Ihnen mit dem Geld auf einem Fahrrad entwischt«, gab Mattes zu bedenken.

»Das war bestimmt genauso initiiert. Meines Erachtens ist das alles nur ein Werbegag. Warum lässt er denn sonst die Erpressung in die Zeitung setzen und gibt Interviews mit dem NDR? Alles bloß Reklame! Und wir fallen darauf rein. Vielleicht ist hier irgendwo eine Filmkamera versteckt. – Versteckte Kamera, oder so was. Und die Polizei macht sich wieder lächerlich! – Ich würde am liebsten wegen Missbrauch gegen Werner Rede vorgehen.«

»Warten wir's ab. Ich glaube nicht an Ihre Werbetheorie. Für mich geht es hier um Erpressung. Es ist doch denkbar, dass der Übeltäter will, dass es nach Werbung aussieht. Jedenfalls ist das letzte Wort noch nicht gesprochen. Hier ist meine Visitenkarte. Wenn Sie mich brauchen, rufen Sie bitte an«, erklärte Mattes selbstsicher und verabschiedete sich.

MITTWOCH, 04.10.2017, 19:30 UHR, WERE WANDSBEK:

Zum REWE-Laden ging der Hobbykriminalist zu Fuß.

›Da passt so vieles nicht zusammen:

- Die Erpresserbriefe, warum genau fünftausend Euro und nicht zehn oder gleich zwanzig? Der Geldbetrag irritiert mich.
- Wie kommt das Öl in die Joghurtbecher und wie konnten die Becher manipuliert werden?

Zu viele offene Punkte!‹, überlegte er.

»Wer hat Kontakt zum Hamburger Abendblatt aufgenommen?«, fragte Pit Mattes im Gemeinschaftsraum. »Warum sind heute so wenig Mitarbeiter hier? – Werner, und warum gibst du ein Interview mit dem NDR und der Zeitung?«, wollte er gleich wissen, als er ins Büro schritt.

»Hallo Pit! – Von uns hat keiner das Abendblatt eingeschaltet. – Andrea Kolwaski konnte heute nicht kommen, ihre Oma ist in der vergangenen Nacht gestorben. – Und der NDR fuhr hier vor, baute die Filmkamera auf und wollte mit mir sprechen. – Mir blieb nichts anderes übrig, als ihre Fragen zu beantworten«, antwortete der Fünfziger leicht entrüstet.

»Were, die Polizei glaubt, dass diese Erpressung eine Reklameaktion oder ein Werbegag von dir ist.«

»Nein! Die Sache wird immer schlimmer. Ich habe inzwischen schon drei Interviews gegeben!«

»Werner, du solltest Herrn Mattes die gesamte Geschichte erzählen!«, forderte seine Frau ihn auf.

»Ja, momentan ist sowieso schon alles egal! – Der Erpresser hat sein Ziel erreicht. Wir sind ruiniert!«, verkündete er.

»Aber hallo, jetzt bleib mal auf den Teppich. Und wenn du was zu sagen hast, dann raus damit!«

»Tu's«, bestärkte seine Gattin.

»Okay! – Es begann vor zwei Jahren, damals bekamen wir den ersten Erpresserbrief. Mein Vater lebte noch. Er bestand darauf, dass wir nicht die Polizei einschalten und die Summe bezahlten. Wir entrichteten Monat für Monat fünftausend Euro.

Stell dir vor, wir haben zwei Jahre jeden Monat fünftausend Euro abgeliefert. Die einhundertzwanzigtausend Euro fehlen im Geschäft. Die Folge ist, dass wir unsere Rechnungen nicht mehr pünktlich bezahlen können. Wir werden nicht mehr vorrangig bedient und die Rabattsätze veränderten sich zu unseren Ungunsten.

Vor drei Monaten ging dann gar nichts mehr. Wir stellten die Erpresserzahlungen ein. Darauf kam der Erpresserbrief, den jetzt die Polizei hat. Denn dieses Mal schaltete ich die Kripo ein. Das Ergebnis kennst du ja. Den Erpresserbrief, der danach folgte, habe ich dir Montag gezeigt.«

»Verstehe!«

»Erzähl ihm auch den Rest!«, kam von Bettina Rede.

»Ja, ich wollte mir Geld von der Bank leihen. Die gaben mir nichts, weil ich keine Sicherheit habe. Ich bin faktisch pleite. Wir haben über zweihunderttausend Euro Außenstände.«

»Verstehe! – Deine Vermutung geht in die Richtung, dass ein Konkurrenzunternehmen dahintersteckt?«

»Ja, diese Betriebsstätte, also der Standort ist ein idealer Standort. Hier kommen jeden Morgen tausende Menschen auf dem Weg zur U-Bahn vorbei.«

»Verstehe! – Werner, ich muss das erst einmal verdauen und darüber nachdenken. – Zuerst werde ich dir Geld leihen, damit deine Existenz gesichert ist. Einen entsprechenden Vertrag müssen wir allerdings abschließen. Du kennst das Prozedere.«

»Das würden Sie für uns tun?«, fragte Bettina Rede.

»Ja, einem Freund hilft man in der Not. Were, und dann werde ich deine These mit dem Wettbewerb durchdenken. Außerdem interessiert mich, wer die Zeitung und den NDR informiert hat.«

Pit Mattes verabschiedete sich. Auf dem Weg zur U-Bahn rief er bei seinem Freund Harald an.

Doktor Harald Rechtler war Jurist und hatte sich als Anwalt selbstständig gemacht.

Mattes und er studierten in Hamburg und lernten sich auf einer Uni-Fete kennen. Sie befreundeten sich.

Haralds Eltern kamen bei einem Autounfall um, sodass er bei seiner Oma aufwuchs. Als sie 1987 starb, fand er bei Mattes Halt.

Seit mehreren Jahren unterstützt Mattes ihn bei kniffligen Nachforschungen oder Ermittlungen. Dafür kümmert sich Harald um alle rechtlichen Angelegenheiten von Pit.

Beide spielen sie gerne Schach, Fernschach. An jedem Tag ist ein Schachzug fällig. Die Kommunikation erfolgt per Mail. Da der Doktor laufend verlor, kaufte er sich einen Schachcomputer und lässt sich von dem unterstützen.

Regelmäßig treffen sie sich, unternehmen etwas oder gehen gemeinsam essen und trinken ein paar Biere.

Der ledige Rechtsanwalt ist fünfundfünfzig Jahre alt, einen Meter und achtzig groß, hat braune lange Haare und besitzt eine sportliche Figur.

Harald versprach, dass er noch am gleichen Tag einen Mustervertrag an Pit und Werner Rede, per Mail, verschi-

cken würde. Mattes war zufrieden. In der U-Bahn durchspielte er die neue Konkurrenz-Variante.

3

Als Mattes am Morgen in die Bücherei kam, merkte er sofort, dass an diesem Tag alles anders war als sonst.

Es waren keine Kunden in der Bibliothek. Im Radio wurde eine Sturmwarnung angesagt. Mio Takahashi stand nicht, wie sonst immer, hinter ihrem Tresen. Sie war auch nicht in den Büchereiräumen.

Pit Mattes setzte sich an seinen Stammplatz und packte sein MacBook aus. Er rief die Karten-App auf, machte eine Hardcopy von der Wandsbeker Gegend, den REWE-Laden im Mittelpunkt. Das Bild transferierte er nach Keynote. Anschließend suchte er die Standorte der Konkurrenzunternehmen, die ihm Werner nannte. Jeder Lebensmittelladen im Umkreis von zwei Kilometern bekam einen roten Punkt.

Aber richtig konnte sich Pit nicht auf seine Arbeit konzentrieren. Er schaute stets wieder auf, um nach Mio Takahashi Ausschau zu halten.

Nachdem sie nach zwanzig Minuten immer noch nicht auftauchte, machte Mattes sich Sorgen. Er stand auf und latschte in den hinteren Bereich der Bücherei. Hier befand sich der Zugang zu ihrer kleinen Wohnung, in der sie seit Jahren wohnte. Er erreichte noch nicht die Tür, als sie aus ihrer Wohnung trat. Mattes erkannte ihre rot unterlaufenen Augen. Er lief auf sie zu und nahm sie in den Arm. Pit umfasste mit seiner Hand ihren Kopf und drückte ihn an seine Schulter. Sie schluchzte. Die beiden standen drei, vier Minuten so zusammen, bis ihre Atmung ruhiger wurde.

»Haben Sie schon einen Tee bekommen, Herr Mattes?«, fragte sie und drehte sich aus seiner Umarmung.

»Das hat Zeit, erzählen Sie, was ist passiert?«, forderte er sie auf. Er ging zu seinem Platz zurück und zog sie mit. Sie setzten sich auf die Bank. Erwartungsvoll schaute er sie an.

»Ich bekam heute einen Anruf von der Zentralverwaltung. Die wollen diese Filiale schließen. Die Räumlichkeiten sollen abgemietet werden und ich sollte ins Sekretariat wechseln. Das habe ich sofort abgelehnt. Ich bin doch keine Tippse. Jetzt bekomme ich eine betriebsbedingte Kündigung.

Herr Mattes, was soll ich machen? Wo soll ich hin? Ich wohne doch hier in der kleinen Wohnung. Ich muss schon zum 31. Oktober raus.«

»Das darf doch wohl nicht wahr sein. Was fällt denen denn ein? Sind die total verrückt geworden?«, kam es entrüstet von ihm. »Okay – Frau Takahashi, wir werden eine Lösung finden.«

Frau Takahashi schaute ihn fragend an.

»So viel Zeit bleibt nicht für einen Ausweg.«

»Verstehe – wir brauchen eine schnelle Problembewältigung oder eine Übergangslösung«, begann Pit Mattes.

Nach einer Weile, sie schaute ihn immer noch erwartungsvoll an, verkündete er: »Ich hätte da einen Vorschlag: Ich wohne ja hier über der Bibliothek und lebe dort allein in einem zweihundert Quadratmeter großen Appartement. Da ist Platz für uns beide.«

»Was? Sie wollen mir Asyl in Ihrer Wohnung gewähren? Das hätte ich mir nicht träumen lassen. Sie wollen, dass ich bei Ihnen einziehe?«

»Ja! Warum nicht?«, antwortete er und lächelte sie an.

Ihm gefiel dieser Gedanke.

»Herr Mattes, ich habe Sie unterschätzt. Meinen Sie, Sie kommen damit klar, wenn ich bei Ihnen einfalle?«

»Ja, warum nicht!«

»Gerne! Ich nehme Ihr Angebot sofort und gerne an!«, erklärte sie und ihr Gesichtsausdruck hellte sich auf.

»Okay – bekomme ich jetzt einen Tee?«

Natürlich bekam er Tee. Frau Takahashi setzte sich zu ihm und legte ihre Hand auf seine: »Danke!«

Draußen tobte der Orkan Xavier.

DONNERSTAG, 05.10.2017, 13:00 UHR, GROßER BURSTAH, ABENDBLATT:

Um fünf vor eins war Mattes am Großen Burstah, dem Standort vom Hamburger Abendblatt.

»Ich möchte von Ihnen lediglich wissen, wer Ihre ›sichere Quelle‹ ist. Ich vermute, dass es sich dabei um den Übeltäter handelt.«

»Herr Mattes, Sie müssen verstehen, dass wir Ihnen das nicht verraten können. Wenn wir unsere vertrauten Quellen preisgeben würden, dann werden uns in Zukunft die Informanten nicht mehr bedienen.«

DONNERSTAG, 05.10.2017, 15:00 UHR, WANDSBEKER MARKT:

Der Weg von der Redaktion zum REWE-Laden gestaltete sich knifflig. Schuld daran war der Herbststurm Xavier, der über Norddeutschland tobte. Einige S- und U-Bahnen fuhren nicht. Die Straßen waren verstopft. Viele Feuerwehrgerätewagen mit Blaulicht und Sirene waren im Hamburger Straßenbild vertreten.

Mattes besaß kein schlüssiges Konzept für seinen Besuch im Laden. Außerdem hatte er immer noch nicht das Problem mit dem Olivenöl im Joghurt gelöst.

Der Schriftsteller besuchte nicht direkt den REWE-Laden, sondern legte einen Zwischenstopp ein. Er ging in ein Café am Wandsbeker Markt und bestellte sich einen schwarzen Tee und ein Stück Käsekuchen.

›Das Konkurrenzmodell von Were passt nicht so recht in das Erpresserbild‹, überlegte er und holte die Karte mit den Konkurrenzpunkten hervor. ›Eigentlich ist das hier Quatsch! Warum sollte ausgerechnet ein Unternehmen aus der unmittelbaren Gegend das Lebensmittelgeschäft verdrängen wollen. Nur, um den Standort zu bekommen? Das könnte genauso jeder andere, der hier Fuß fassen will, bezwecken. –

Außerdem kann ich mir nicht vorstellen, dass ein Mitbewerber sich so etwas leistet. Wenn das herauskommt, ist das das Aus für den Konkurrenten. So ein Risiko ist viel zu groß. Ganz unabhängig davon:

- Jemand hat den Erpresserbrief geschrieben.
- Jemand hat Olivenöl in die Joghurtbecher gespritzt.
- Jemand hat die Medien eingeschaltet.
- Jemand hat zwei Jahre Monat für Monat Geld kassiert‹, überlegte Mattes.

›Ich muss unbedingt an diesen offenen Punkten arbeiten. Und nicht an Punkten auf dieser Karte.‹

Nach einer Stunde, und einer weiteren Tasse Tee, zahlte er und marschierte zu Fuß zum REWE-Laden. Der Sturm hatte sich inzwischen gelegt.

DONNERSTAG, 05.10.2017, 16:30 UHR, WERE WANDSBEK:

»Danke, Pit.«

»Wofür?«

»Für das Geld. Für deinen Kredit.«

»Das kritische Problem haben wir beseitigen können, den Rest werden wir auch schaffen. – Werner, bitte sei mir nicht böse, ich habe die ganzen Zusammenhänge nicht komplett durchdenken können. Um ehrlich zu sein, ich bleibe immer an dem Olivenöl im Joghurt hängen. Egal, aus welchem Motiv heraus die Erpressung zustande gekommen war, es bleibt die Frage: Wie und wann kam das Öl-Zeug in den Joghurt?«

»Natürlich!«, sagte Werner Rede.

»Zeig mir bitte noch mal die Sorte Joghurt, die mit Öl dekontaminiert wurde.«

»Kein Problem, komm mit. Das Kühlregal wird von meiner Frau und Andrea Kolwaski befüllt.«

»Frau Kolwaski, das ist die Mitarbeiterin, deren Oma starb?«

»Ja, richtig. Sie ist übrigens dort drüben, am Gemüseregal. Komm, ich stelle sie dir vor.«

Mattes schaute sich die Frau genau an. Er schätzte ihre Größe auf einen Meter siebzig, sie besaß eine sportliche Figur und hatte grüne Augen und blondes, kurzes Haar. Auffallend waren ihre Sportschuhe. Bei jedem Schritt, den sie machte, leuchteten die Sohlen in rot, gelb, blau oder grün.

»Ihre Schuhe sind bemerkenswert. Mein Name ist Pit Mattes. Mein herzliches Beileid zum Tod Ihrer Oma«, sagte Mattes.

»Danke, sie hat es überstanden. Jetzt ist das alles vorbei. Sie müssen wissen, Oma war sehr krank.«

»Were zeigte mir gerade das Kühlregal, in dem die manipulierten Joghurtbecher standen«, sagte Mattes.

»Dort drüben, ja, da steht immer der Joghurt«, entgegnete sie und nahm die leeren Kartons vom Boden. Sie verschwand damit im Lager. Mattes schaute ihr nach.

»Du kannst so viele Joghurtbecher mitnehmen, wie du möchtest. Zurzeit verkaufen wir sowieso keinen«, bot Werner an.

Der Schriftsteller nahm zwei Paletten von dem betroffenen Produkt aus der Truhe.

Das Unwetter war weitergezogen. Die Sturmschäden konnte man an den Straßenrändern ausmachen. Auf dem Rückweg nach Hause besuchte Pit noch eine Apotheke. Er kaufte ein paar unterschiedliche Spritzen und Kanülen in verschiedenen Stärken.

DONNERSTAG, 05.10.2017, 18:30 UHR, EPPENDORF, MATTES' WOHNUNG:

Die Joghurtbecher wanderten in den Kühlschrank.

Aus der Speisekammer holte er die Flasche Olivenöl und stellte sie auf den Küchentisch. Mattes wollte gerade mit seinen Experimenten anfangen, als das Telefon klingelte. Mio Takahashi rief an. Sie klang aufgeregt.

Mattes ließ alles stehen und liegen und rannte die Treppe hinunter. Frau Takahashi erwartete ihn an der Büchereieingangstür. Sie sah verheult aus. Er schloss hinter sich die Tür, nahm sie in den Arm. Sie schluchzte.

»Ich mache diesen Job schon über achtundzwanzig Jahre und werde so einfach abserviert.

Am Tag hatte ich zu tun und ich war abgelenkt. Aber jetzt ist alles ruhig. Die Bücher sind einsortiert, überall ist staubgewischt. Herr Mattes, ich komme nicht zur Ruhe.«

»Verstehe! – Das kann ich nachvollziehen.

Kommen Sie, setzten wir uns in die bequemen Sessel. Soll ich Ihnen was vorlesen oder eine Geschichte erzählen?«

»Vorlesen – Bücher – lieber nicht. Vielleicht erzählen Sie mir eine Geschichte oder Sie berichten von Ihren aktuellen Ermittlungen.«

Mattes lehnte sich gemütlich in den Sessel und berichtete von dem Erpresserfall. Sie hörte am Anfang interessiert zu, dann drifteten ihre Gedanken ab und sie schlief ein. Er erzählte trotzdem weiter. Lediglich sein Ton wurde leiser. Als er am aktuellen Stand ankam, stockte er. Er grübelte und war anschließend der Meinung, dass Weres Konkurrenz-Theorie nicht zum Tragen kommen konnte.

Um dreiundzwanzig Uhr nahm er Mio auf den Arm und brachte sie in ihre Wohnung. Er legte sie vorsichtig aufs Bett, zog ihr die Jacke, den Rock und ihre Schuhe aus. Er bedeckte sie mit ihrer Zudecke. Bevor er ging und in seiner Wohnung verschwand, gab er ihr einen Kuss. Sie schlief fest.

Mattes setzte sich an den Schreibtisch und schrieb seine Überlegungen auf. Das Joghurtexperiment verschob er auf den Folgetag.

4

Um sechs Uhr dreißig stand Mattes auf. In der Nacht hatte er in seinen Gedanken schon alle Experimente, die er mit den Spritzen, den Kanülen und dem Olivenöl machen wollte, mehr als einmal durchgespielt.

Er kochte sich einen Tee und startete dann seine Versuche. Anhand des Fotos von Werner vermochte er die Ölmenge zu ermitteln. Bei der dünnsten Kanüle konnte er das Olivenöl nicht durchdrücken. War die Kanüle zu dick, dann riss die Aluminiumfolie ein.

Nach zwei Stunden schritt Mattes zufrieden in seine Schreibstube und dokumentierte alle Ergebnisse in seinem Skript:

›Bei den Tests, die ich in meiner Küche durchführte, stellte ich Folgendes fest:

In der Joghurtpalette wurden acht Becher manipuliert. Einer verschwand. Bei meinen Versuchen riss das Aluminium ein, wenn man die Spritze nicht genau senkrecht einsticht oder die Kanüle zu dick ist.

Ich gehe davon aus, dass auch ein neunter Becher mit Öl behandelt wurde. Dabei wurde in der Eile das Aluminium beschädigt. Dieser Becher wurde deshalb nicht zurückgestellt.

Für neun Joghurtbecher braucht man eine Olivenölmenge vom fünfundvierzig bis fünfzig Milliliter.

Eine fünfzig Milliliter Spritze hat die optimale Größe. Eine Kanüle mit eins Komma zwei Millimeter Durchmesser zeigte die besten Ergebnisse beim Einstich in die Aluminiumfolie und bei der Einspritzung des Olivenöls. Dabei muss unbedingt darauf geachtet werden, dass der Einstich genau senkrecht durchgeführt wird, damit die Folie nicht einreißt. Ich brauchte beim vierten Versuch fünfundvierzig Sekunden, beim sechsten Versuch nur neununddreißig Sekunden.‹

Mattes war mit seinem Untersuchungsergebnis zufrieden. Zwischenzeitig entfernte er das Öl aus den Bechern. Ein Nachgeschmack im Joghurt nach Olivenöl blieb aber.

FREITAG, 06.10.2017, 10:00 UHR, EPPENDORF, BÜCHEREI:
Um kurz vor zehn Uhr erschien der Schriftsteller in der Bücherei. Das Radio spielte ›Hello, Dolly!‹ von Barbra Streisand.

»Moin Pit!«, begrüßte ihn Susanne.

»Mio holt ein paar Brötchen. Sie war der Meinung, dass wir uns ein Frühstück verdient haben. Was ist mit dir, hast du was gegessen?«

»Ja, ein paar kontaminierte Joghurts. Aber ein Brötchen passt.«

»Das muss ich jetzt nicht verstehen? – Mio war heute Morgen ganz komisch. Sie muss gestern einen Blackout gehabt haben, denn sie weiß nicht, wie sie ins Bett kam. Jedenfalls ist sie heute früh noch halb angezogen im Bett aufgewacht.«

Pit half Susanne beim Tischdecken und kochte Kaffee und Tee.

Frau Takahashi kam fünf Minuten später. Sie brachte Brötchen, Butter, Wurst, Käse und Marmelade mit.

Mattes lief ihr entgegen und nahm ihr die Taschen ab. Sie lächelte ihn an und sagte ganz leise: »Danke!«

Nach dem Frühstück räumten sie alles weg.

»Herr Mattes, ich möchte mit Ihnen heute Ihre Lesung vorbereiten. Ihr Buch habe ich daraufhin noch einmal gelesen und einige Textpassagen ausgesucht. Sie sollen auf das Buch aufmerksam machen, Spannung erzeugen, damit die Zuhörer Ihr Buch kaufen oder zumindest hier ausleihen. Die Absätze sind schlicht und ergreifend ein Vorschlag von mir. Sie können natürlich das vorlesen, was Sie für richtig halten. Ich möchte Sie nicht bevormunden!«

»Danke, Frau Takahashi, ich finde es großartig, dass Sie als Fachfrau Textabschnitte heraussuchen. Ich werde natürlich Ihren Vorschlägen nachkommen. Wie viel Zeit habe ich für meinen Vortrag?«

»Eine Stunde, wenn Sie wollen, auch eineinhalb Stunden. Länger macht nicht Sinn, dann wird es immer unruhig. Die ersten haben Hunger und knistern mit ihren Tüten herum, oder andere stehen einfach auf, weil sie aufs Klo müssen.«

»Verstanden! Also eine Stunde plus die Frage- und Antwortzeit. Soll ich jetzt Probelesen oder zur Probe vorlesen?«, fragte er und musste über sein Wortspiel lachen.

»Ja«, kam von Susanne und gleichzeitig »Nein« von Frau Takahashi.

FREITAG, 06.10.2017, 15:30 UHR, EPPENDORF, MATTES' WOHNUNG:

Mattes war gerade in seiner Wohnung, als das Telefon klingelte.

»Mattes!«

»Hallo Herr Mattes, hier ist Engelmann, Kriminalpolizei Hamburg. – Herr Mattes, Sie hatten mehrmals versucht, hier anzurufen, was kann ich für Sie tun?«

»Ja, richtig! Das ist allerdings schon drei Tage her. Und außerdem hatten wir uns am Mittwochnachmittag in Wandsbek getroffen. – Ich vermute, Herr Engelmann, Sie wollen etwas von mir. Oder?«

»Ja, natürlich. Sie haben recht. – Ich rufe Sie an, weil ich Ihre Hilfe brauche. Es handelt sich um den Erpressungsfall REWE-Laden in Wandsbek. Sie erinnern sich?«

»Ja!«

»Wir haben in Hamm einen Fall, der genauso aufgebaut ist wie der in Wandsbek. Von Frau Sommer weiß ich, dass Sie in Eppendorf wohnen. Können wir uns kurzfristig dort irgendwo verabreden und uns austauschen?«

»Verstehe! – Natürlich – treffen wir uns doch im ›Balzac Coffee‹, Eppendorfer Landstraße Nummer einhundert, in einer halben Stunde?«

Herr Engelmann sagte zu. Pit musste in sich hineingrinsen.

FREITAG, 06.10.2017, 16:00 UHR, EPPENDORF, BALZAC COF-FEE:

Mattes war zehn Minuten zu früh im Café und bestellte sich einen ›Earl Grey‹. Er genoss die wenigen Minuten der Ruhe und konzentrierte sich auf das anstehende Gespräch.

KHK Engelmann kam pünktlich.

Beide verzichteten auf eine lange Begrüßung und kamen gleich zur Sache.

Walter Engelmann: Der blauäugige fünfunddreißigjährige Kriminalhauptkommissar ist einen Meter und fünfundneunzig groß, hat eine sportliche Statur, trägt schwarze kurze Haare und ist stets lässig gekleidet. Der Kriminalpolizist ist ein geselliger Mensch.

»Herr Mattes, von Herrn Rede habe ich heute Mittag erfahren, dass Sie in seinem Erpressungsfall ermitteln. Ich würde mich gerne mit Ihnen austauschen. In Hamm haben wir einen ähnlich gelagerten Fall. Auch dort wurden Lebensmittel manipuliert. Der Lebensmitteleinzelhändler, es handelt sich übrigens um einen EDEKA-Laden, bekam heute Morgen einen Erpresserbrief. Er soll fünfzehntausend Euro zahlen.«

»Was ist mit dem Erpresserbrief?«, fragte Mattes.

»Den Erpresserbrief habe ich unserer Linguistin gegeben. Eine kurze Analyse werde ich morgen bekommen.
Im Lebensmittelladen wurden die Äpfel mit einer Mischung aus Nährlösung und Schimmelkulturen besprüht. Das war der erste Zwischenbericht, den ich von der toxikologischen Abteilung vor zehn Minuten bekam.«

»Ich würde mir das Geschäft gerne anschauen«, sagte Mattes.

»Kein Problem, fahren wir dorthin. Und unterwegs erzählen Sie mir von Ihren Ermittlungsergebnissen.«

»Einverstanden!«

Auf der Fahrt nach Hamm berichtete Mattes über seine Untersuchungen und seine Vermutungen. Auch die Konkurrenz-Theorie von Werner erwähnte er. Zum Schluss berichtete er über seine Versuche mit der Spritze und den unterschiedlichen Kanülen.

Der EDEKA-Laden war halb so groß wie der Wandsbeker REWE von Were. Der Lebensmittelhändler begrüßte Mattes und KHK Engelmann herzlichst. Er kannte Werner Rede und schätzte seine Arbeitsweise.

Mattes ging durch den Laden und betrachtete das Äpfelregal sorgfältig. Er sprach mit einigen Mitarbeitern. Nach zwanzig Minuten folgte er dem Kriminalbeamten und dem Ladenbesitzer ins Büro. Sie saßen beim Kaffee und diskutierten die Konkurrenz-Theorie.

Mattes setzte sich dazu und war mit seinen Gedanken bei den beiden Fällen. Er fragte nach dem Erpresserbrief. Der Polizist gab ihm eine Kopie. Mattes las den Text bestimmt zehnmal.

Auf dem Rückweg fragte Engelmann: »Na, Herr Mattes, was halten Sie von dem Fall?«

»Beide Fälle sind unterschiedlich. Ich vermute, nein, ich bin mir sicher, Ihr EDEKA-Erpresser ist ein Trittbrettfahrer. Die Fälle haben nicht den gleichen Straftäter:

Zuerst ist der Erpresserbrief ganz anders aufgebaut. Der Schreibstil, die Wortwahl und die Grammatik sind unterschiedlich. Ich behaupte mal, dass der EDEKA-Erpresser ein einfacher Mensch mit wenig Texterfahrungen ist. Der REWE-Erpresser dagegen ist stilistisch viel feinfühliger und drückt sich gewählter und präziser aus. Wahrscheinlich ist diese Person sogar weiblich.

- Der erpresste Betrag ist dreimal so hoch.

- Der Täter im REWE-Laden beschädigte die Lebensmittel mit Olivenöl. Falls jemand vom manipulierten Joghurt isst, wird er keinen gesundheitlichen Schaden davontragen. Das ist im EDEKA-Fall anders.
- Im EDEKA-Sachverhalt fällt alles viel krasser, viel gefährlicher, viel härter aus als im REWE-Fall.

Auch an die Konkurrenz-Theorie glaube ich nicht so recht. Ich kann mir nicht vorstellen, dass ein Konkurrenzunternehmen zu solchen Mitteln greift. Aber ich könnte mich irren.«

»Vielleicht haben Sie recht, Herr Mattes. Wir werden auf jeden Fall beide Fälle im Auge behalten und auch in Richtung Konkurrenz ermitteln. – Danke, für Ihre Hilfe. Wenn Sie weitere Ergebnisse oder Erkenntnisse haben oder Fragen, wenden Sie sich bitte an mich.«

»Ja, ich habe eine Bitte. Schicken Sie mir bitte eine Kopie der Überwachungsvideos aus der REWE-Observation.«

Herr Engelmann versprach, die Videosequenzen zu schicken. Er setzte Pit Mattes in der Eppendorfer Landstraße ab.

FREITAG, 06.10.2017, 18:00 UHR, EPPENDORF, BÜCHEREI:

Mattes klingelte bei Mio Takahashi. Sie lächelte ihn an, als sie die Tür öffnete.»Na, Herr Mattes, wollen Sie mir eine neue Geschichte auftischen und wenn ich eingeschlafen bin, mich wieder ins Bett bringen?«

»Nein, ich wollte nur schauen, ob es Ihnen gut geht. Und, ich möchte Ihnen eine gute Nacht wünschen«, erwiderte Pit Mattes.

Er drehte sich um und schlurfte die Treppe hinauf. Frau Takahashi schaute ihm nach und erschrak. Das wollte sie nicht. Als sie die Tür schloss, hatte sie Tränen in ihren Augen.

Pit warf enttäuscht seinen Haustürschlüssel auf das Sideboard. Er holte sich eine Flasche Bier aus dem Kühlschrank und verschwand in seinem Büro. Er setzte sich an den Schreibtisch und dokumentierte die Geschehnisse vom Tag.

5

Schon um kurz nach fünf Uhr verließ der Schriftsteller seine Wohnung. Sein Ziel, den REWE-Markt in Wandsbek, erreichte er mit dem Hamburger Verkehrsverbund (HVV).

Bisher hatte er die Arbeitsabläufe am Nachmittag beobachtet. Für diesen Sonnabend hatte er sich vorgenommen, vom Aufschließen bis zum Abschließen die Chronologie der Arbeitsgänge beziehungsweise den Ablauf in der Organisation zu beobachten. Mattes wählte explizit den Sonnabend, weil einmal die Kundenfrequenz nicht hoch war und zweitens am Sonnabend das Geschäft, nur bis dreizehn Uhr geöffnet hatte.

Pit stand kurz vor sechs Uhr vor der Kundentür. Sie war noch verschlossen. Eine junge Frau stand auch schon dort. Man sah es ihr an, dass sie es eilig hatte. Im Laden war Licht an und er konnte Werner kurz sehen, als er die Kassen in Betrieb nahm. Ruth Müller bediente den Brötchenaufbackofen. Dann kam Frau Rede mit dem Schlüssel zur Glastür. Frau Müller folgte ihr. Der Kundeneingang wurde aufgesperrt.

Den Vormittag stand Mattes mal an der einen oder anderen Stelle und beobachtete die Kunden, wie sie ihre Einkaufswagen durch den Laden schoben. Natürlich inspizierte er auch die Belegschaft, wie sie Ware nachfüllten oder das Haltbarkeitsdatum kontrollierten.

Der Spektator stellte fest, dass die Abläufe automatisch, ohne Eingreifen von Frau Rede oder Werner passierten. Jeder Mitarbeiter wusste, was zu welcher Zeit zu tun war. Er registrierte, dass die Belegschaft viele Kundengespräche führte. Das beinhaltete sowohl den Small Talk mit Stammkunden als auch Beratungsgespräche.

Um elf Uhr wechselte Pit in den Bezahlbereich. Er stellte sich die erste halbe Stunde hinter den Kassenbereich und dann fünfundvierzig Minuten davor.

»Sie sind doch bestimmt der Hausdetektiv. Ich sehe Sie nicht zum ersten Mal, und Sie beobachten Leute im Laden«, sprach ihn eine Kundin an.

Pit Mattes bekam einen Schreck. Ihm war nicht bewusst, dass er auffallen würde.

Um dreizehn Uhr kamen Frau Rede und Frau Müller und schlossen die Eingangstür. Frau Müller blieb noch zehn Minuten am Ausgang stehen, bis der letzte Kunde gegangen war.

Mattes hatte alle Arbeitsabläufe beobachtet und begutachtet. Er war mit seinen Beobachtungen zufrieden. In der letzten halben Stunde entwickelte sich eine Theorie, die er aber für sich behielt.

Auf der Heimfahrt überlegte er die nächsten Schritte für die kommende Woche. Um sich abzureagieren und aufzumuntern suchte er seine Judosportgruppe auf.

Es klingelte um halb sechs an Pits Wohnungstür. Susanne Offner stand davor und heulte.

»Susanne, was ist passiert? Komm erst einmal rein!«, forderte er sie auf, nahm ihre Hand und zog sie in seine Wohnung. Es schleuste sie in die Küche und nahm sie in den Arm. Nach einer Weile nahm er ein Papiertaschentuch und wischte ihre Tränen ab.

»Ich bin fürchterlich enttäuscht, ich bin so sauer und wütend, dieser Schuft!«, begann sie.

»Verstehe! – Erzähl weiter. Um wen handelt es sich?«

»Mein Bruder. Er kam heute zu Besuch. Ich hatte mich riesig gefreut, mein Bruderherz endlich mal wiederzusehen.

Er kam mit einem Taxi. Er trug eine zweihundert Euro Jeans und ein Paar Nike-Schuhe, für die er über einhundertfünfzig Euro ausgegeben hat. Dann erklärte er mir, dass er seit zwei Jahren nicht mehr die Uni besucht. Weil es ihn so ›anödet‹ und weil er keinen ›Bock hat‹, so etwas ›Spießiges‹ zu machen. Er war gekommen, um von mir Geld für eine Reise nach Amerika zu bekommen. – Ich habe ihn hinausgeworfen. Ich habe die Nerven verloren. Ich habe meinen kleinen Bruder rausgeschmissen. Pit, was soll ich tun?«

»Ganz ruhig«, begann Pit und gab ihr ein neues Taschentuch.

»Dein kleiner Bruder ist nicht mehr klein. Er ist ein erwachsener Mann, der in diesem Jahr zweiundzwanzig Jahre alt wurde. Er hat dich ausgenutzt und ausgebeutet. Er wird in Zukunft alleine zurechtkommen müssen. Susanne, du hast das Richtige gemacht. Jetzt denke an dich, mach das, was du schon immer anstellen wolltest.«

Susanne stand auf, ging auf Pit zu und umarmte ihn. Mattes lud sie zum Essen ein. Sie spazierten in das ›Ristorante da Franco‹. Pit aß eine ›Pizza Con Prosciutto‹ und Susanne eine ›Pizza Calzone‹. Eineinhalb Stunden später, auf dem Rückweg, ging es ihr viel besser.

6

Nach zwei Tagen Regen schien am Sonntagmorgen die Sonne. Bemerkenswert!

Mio Takahashi schloss die Eingangstür fünf Minuten vor fünfzehn Uhr auf. Es standen bereits acht Personen vor der Tür, die sofort in den Raum stürzten und Plätze belegten. Mattes schaute sich das eine Weile an und forderte die Besucher auf, ihre Schals und anderen Kleidungsstücke zur Garderobe zu bringen. Die Bibliothek füllte sich rasch. Bereits um viertel nach drei war kein Platz mehr frei. Frau Takahashis anfängliche Nervosität legte sich, nachdem sie alle Eintrittskarten ausgegeben hatte. Susanne und Pit holten weitere Stühle aus dem Keller, die gedrängt in den Eingangsbereich gestellt wurden. Die Bibliothekarin hatte nicht damit gerechnet, dass so viele Leute zu ihrer Veranstaltung kommen würden.

Die kurze Begrüßung, die sie aussprach, fiel prägnant und gefühlsbetont aus. Mattes zeigte sich positiv überrascht. Dann stellte sie den Schriftsteller vor und übergab ihm das Wort.

Er hatte eine Stunde Zeit, sein Publikum zu fesseln. Das machte er, indem er über den Inhalt seines Buches referierte und natürlich auch interessante Passagen aus seinem Werk ›Pit Mattes: Der Winter-Mord‹ vorlas:

... Die Kugel bohrte ein fünf Zentimeter großes Loch in den Holzfußboden, nachdem sich der Schuss löste. Kurt Winter klappte wie ein Taschenmesser zusammen. Den Revolver nahm Mattes ihm sofort ab. Der Jurist lag wie die Kommissarin bewegungslos auf dem teuren Teppich. Mattes ging zu ihr, untersuchte ihre Wunde und küsste sie. Der Sprecher im Radio quasselte von anhaltenden Regenschauern.

Er nahm ihr die Handschellen, die sie immer an ihrem Gürtel trug, ab und verpasste sie dem Juristen. Aus der Küche holte er ein nasses Handtuch und legte es auf die Beule am Kopf von Frau Sommer. Sie stöhnte.

›Eigentlich hätte er mir ruhig noch einen Kuss geben können‹, dachte sie und schaute ihn erwartungsvoll an. Mattes konnte ihren Blick nicht richtig interpretieren. »Die Waffe liegt auf dem Tisch und Winter schläft«, erklärte er kurz die aktuelle Situation.

Die Kommissarin wollte aufstehen, doch ihr wurde schwindelig und sie rutschte wieder zurück auf den Teppich. Mattes' Hand griff sofort zu und fing sie auf. Er zog sie hoch und setzte sie in den Sessel. Sie genoss den Augenblick, den sie in seinem Arm lag.

»Dann rufen Sie jetzt mal Ihr Einsatzkommando und einen Arzt an, damit die den da wegräumen, bevor Frau Winter die Bühne betritt«, kam vom Hobbykriminalisten, während er auf den Juristen zeigte.

»Meinen Sie, dass sie hierherkommt?«

»Ja, davon bin ich voll und ganz überzeugt. Sie ist bestimmt zu einem Ort gefahren, wo sie von vielen Personen

gesehen wurde. Denn dieses Mal wollte sie ein sicheres Alibi haben«, erklärte Mattes.

Während Frau Sommer mit ihrer Einsatzzentrale telefonierte, untersuchte Mattes die Koffer. Im Vorfach eines pinkfarbenen Koffers fand er Flugtickets für sechzehn Uhr nach Rio über Paris.

»Na bitte, passt doch!«, sagte Pit mehr zu sich selbst.

Das Mobile Einsatzkommando brauchte zehn Minuten bis zum Ballindamm. Der Arzt war bereits da und verpasste dem inzwischen wachen Juristen einen Verband. Frau Sommer hatte er sich auch angeschaut. Der Sanitäter klebte ihr eine Bandage auf die Beule am Kopf. Bereits eine halbe Stunde später verließen der Jurist, allerdings in Handschellen, der Arzt und natürlich auch die Beamten vom Einsatzkommando die Wohnung.

Die Kommissarin packte ihre Sachen ein und machte sich auch für den Aufbruch fertig. Mattes saß im Wohnzimmer in einem bequemen Sessel und beobachtete das Geschehen. Sie stand in der Tür und winkte mit ihrem Autoschlüssel.

»Wollen Sie hier noch ein Schläfchen halten?«, fragte sie etwas gereizt.

»Nein, wir bleiben noch.«

»Und worauf möchte der Herr warten? Vielleicht, dass das Wetter besser wird und er trockenen Fußes zum Auto kommt?«

»Nein, wir lauern Frau Winter auf, der Mörderin von Josef Winter.«

»Wieso meinen Sie, dass ausgerechnet sie hier noch einmal vorbeischaut?«

Mattes nickte zu den Koffern.

»Sie meinen, sie kommt, um ihre Koffer abzuholen.«

»Genau, wir warten hier bis maximal halb drei.«

»Wieso?«

»Ihr Flieger startet um sechzehn Uhr dreißig, eine Stunde muss sie vorher da sein und eine Stunde muss sie bis zum Flugplatz mit dem Taxi rechnen. Sie wird spätestens um vierzehn Uhr dreißig hier auftauchen«, erklärte Mattes und sein breites Grinsen nervte sie. Sie wusste aber, dass er auch dieses Mal recht haben wird ...

»So, an dieser Stelle höre ich auf zu lesen, damit Sie einen Grund haben, mein Buch zu kaufen. Ich verspreche Ihnen, es wird noch spannend. Denn so reibungslos, wie Mattes es sich vorgestellt hatte, funktionierte die Überführung und Verhaftung von Frau Winter nicht.«

Der Schriftsteller legte das Buch zur Seite und schaute ins Publikum.

Er hatte nicht mit vielen Fragen gerechnet. Einige Gäste wollten etwas zu seinen aktuellen Projekten wissen. Hier antwortete er sehr zurückhaltend. Anschließend brauchte er eine halbe Stunde, bis er alle Autogrammwünsche erfüllen konnte. Er war zufrieden, und das lag nicht nur am positiven Feedback von seinen Zuhörern.

Mio Takahashi war überrascht, wie gut die Lesung bei den Gästen angekommen war. Sie schloss die Tür um achtzehn Uhr dreißig und lud Susanne und Herrn Mattes zu einem Tee ein.

Mattes verabschiedete sich um zwanzig Uhr, setzte sich an seinen Schreibtisch und brachte das Geschehen und seine Eindrücke zu Papier.

7

Der Schriftsteller betrat schlurfend die Bücherei. »Moin, Herr Mattes«, rief Frau Takahashi ihm zu. Er reagierte nicht, setzte sich an seinen Lieblingsplatz und packte den Rechner aus.

Mio Takahashi merkte sofort, dass etwas nicht stimmte, und marschierte mit Tee und Becher hinter ihm her. Sie stellte alles auf den Tisch und setzte sich ihm gegenüber auf einen Stuhl.

»Ist was passiert oder nur schlechte Laune?«, fragte sie und goss Tee ein.

»Beides«, grummelte er.

»Schlimmer als mein kleines Problem?«

Pit Mattes schaute sie an, klappte seinen Laptop wieder zu und überlegte. Er nahm ihre Hand und griente sie an: »Nun nicht mehr. Mir ist gerade eine Lösung eingefallen. Frau Takahashi, Sie sind doch demnächst arbeitslos. – Ich habe Arbeit für Sie. Heute Morgen bekam ich von meiner Lektorin Bescheid, dass sie in den Ruhestand gegangen ist und keine Manuskripte mehr annimmt.
Mir ist gerade eine Idee gekommen. Ich kenne eine intelligente Dame, die Germanistik und Journalismus studiert hat und die bestimmt meine literarischen Werke bearbeiten und korrigieren kann. Vorausgesetzt, sie hat Lust darauf?«

»Dann sollte Sie sie einfach mal fragen!«, forderte sie ihn auf.

»Würden Sie das machen?«

»Ja, natürlich, nichts lieber als das!«

MONTAG, 09.10.2017, 15:00 UHR, WERE WANDSBEK:
Als der Hobbykriminalist aufbrach, sah der Himmel grau in grau aus. Aber es regnete nicht. Er war gerade im REWE-Laden angekommen, als ihn KHK Engelmann anrief: »Moin, Herr Mattes, ich vermute, Sie haben Interesse dabei zu sein, wenn wir den Erpresser festnehmen.«

»Gerne. Wohin muss ich fahren?«

»Seien Sie um sechzehn Uhr fünfzehn vor dem Haus Hammer Steindamm 62. Dort treffen wir uns.«

»Verstanden!«

Das Gespräch mit Werner fiel kurz aus. Danach machte er sich auf den Weg nach Hamm. Er nahm die S-Bahn bis zur Station Hasselbrook. Den Rest marschierte er zu Fuß.

MONTAG, 09.10.2017, 16:15 UHR, HAMMER STEINDAMM:
KHK Engelmann begrüßte Mattes. Anschließend beschrieb er die anstehende Aktion:»Die Geldübergabe soll in fünfzehn Minuten dort drüben auf der anderen Straßenseite stattfinden. Der Marktleiter wird die fünfzehntausend Euro, die sich in einem Stoffbüdel befinden, an einer markierten Stelle ablegen. Die Markierung wurde vor vier Tagen mit einem Wachsmalstift dort angebracht. Es handelt sich um ein rotes Kreuz in einem Kreis. Sobald jemand die Stofftasche aufnimmt, werden wir zugreifen.«

»Danke. Ich gehe mal dort hinüber und schaue mir das von der Seite an.«

»Herr Mattes, bitte behindern Sie nicht unseren Einsatz. Wir sind mit zwölf Kriminalpolizisten hier. Außerdem stehen noch sechs Beamte aus dem Polizeikommissariat einundvierzig bereit. Kommen Sie uns nicht in die Quere. Wir haben genug Leute da.«

»Verstanden!«

Mattes schlenderte auf die gegenüberliegende Straßenseite. Wie immer beobachtete er sein Umfeld. Acht der zwölf Polizisten in Zivil konnte er sofort ausmachen.

Bei einer Baustelle von ›Hamburg Wasser‹ in der Caspar-Voght-Straße blieb er stehen. Die Bauarbeiter hatten schon Feierabend. Nur ein Fahrrad stand noch in der Umzäunung. Er ging noch zwanzig Meter weiter und stellte sich in einen Hauseingang. Von hier hatte er einen guten Überblick.

Der Marktleiter war drei Minuten zu früh an der verabredeten Stelle. Den gelbblauen Stoffbeutel mit der EDEKA-Aufschrift trug er lässig in der Hand. Er blickte sich um, legte die Geldtasche auf den vereinbarten Platz und verschwand.

Wir warteten auf eine Aktion. Es liefen viele Menschen an der Tasche vorbei. Einige schauten auch auf die abgestellte Tragetasche. Drei Minuten, fünf Minuten, dann einen Meter vom Standort der Stofftasche hob sich der Kanaldeckel vielleicht acht Zentimeter hoch. Ein Metallgreifer zog den Beutel in den Kanal. Der Deckel schloss sich.

Plötzlich kam Leben in die Umgebung. Man sah Zivilbeamte, die in Funksprechgeräten Kommandos abgaben, zwei Polizeifahrzeuge mit Blaulicht kamen angerast und blockierten die Straße. KHK Engelmann rannte aufgeregt hin und her und schrie irgendwas von Feuerwehr in sein

Mobiltelefon. Mattes grinste in sich hinein, schlenderte ganz lässig zum Hauptkommissar Engelmann und tippte ihn an. Der schob Mattes an die Seite: »Jetzt nicht!«

Etwas enttäuscht lief er zurück in die Caspar-Voght-Straße zu einer jungen uniformierten Polizistin, die sich sichtlich genervt gegen ihren Polizeiwagen lehnte.

»Wollen Sie sich einen Orden verdienen?«, fragte Pit.

»Orden gibt es schon lange nicht mehr«, antwortete sie. Mattes schaute auf ihr Namensschild.

»Frau Luster, haben Sie einen Augenblick Zeit, den Erpresser festzunehmen?«

»Wollen Sie mich verarschen?«

»Nein, aber er wird in jedem Augenblick dort drüben innerhalb der Baustelle auftauchen, sich auf sein bereitgestelltes Fahrrad schwingen und verschwinden.«

»Was?«

»Ich empfehle Ihnen, sich für einen Moment von dem Fahrzeug zu lösen und mit mir zur Baustelle zu gehen.«

»Okay, ich komme mit«, kam es eher halbherzig von ihr.

Die beiden schritten auf die Absperrung zu. Ein etwa dreißigjähriger, mittelgroßer Mann, in orangefarbener Arbeitskluft, schloss gerade den Kanaldeckel. Mit einer Handbewegung öffnete er den Zaun und schob sein Fahrrad aus der Baustellenabsperrung. Frau Luster, die Polizistin, stand in diesem Moment neben ihm und wollte ihn festnehmen. Der Mann in Orange drehte sich um und schlug der Frau ins Gesicht. Die Polizistin verlor das Gleichgewicht und stürzte. Mattes lief die letzten zwei Meter zur Baustelle. Er nahm einen sechzig Zentimeter langen abgebrochenen Schaufelstiel, der auf einem Sandhaufen vor der Baustelle lag, und steckte den Stab zwischen die Speichen des Hinterrades. Der Flüchtende machte infolge der abrupten Bremsung einen Satz nach vorne und fiel vom Rad. Mattes ging zur Polizistin, reichte ihr die Hand und zog sie hoch. Sie legte dem Mann aus dem Untergrund Handschellen an.

Inzwischen kamen andere Polizisten in Uniform angerannt, hoben den Bauarbeiter auf und durchsuchten ihn. Es wurde ein blaugelber Stoffbeutel mit hundertfünfzig Einhundert-Euro-Scheinen sichergestellt.

Die Polizistin wurde zur Heldin des Tages, denn der Hobbykriminalist verwies immer wieder auf Frau Luster. Zehn Minuten später kam der angeforderte Gerätewagen der Feuerwehr.

»Herr Mattes, die Zusammenarbeit mit Ihnen gefällt mir. Jetzt verstehe ich Frau Sommer, die große Stücke auf sie hält. – Kann ich was für Sie tun?«

»Senden Sie mir endlich die Videos aus den Überwachungskameras aus dem REWE-Fall. Ich möchte sie mir anschauen.«

»Natürlich, bin bloß noch nicht dazu gekommen. – Ich brauche noch Ihre Zeugenaussage. Woher wussten Sie, dass der Erpresser dort herauskommt?«

»Es gibt nur wenige Baustellen in Hamburg, auf denen nach vier jemand arbeitet. Und hier stand ein Fahrrad innerhalb der Baustelle. Dann braucht man doch nur eins und eins zusammenzählen. –

Ich glaube nicht, dass Sie meine Aussage brauchen. Ihre aufmerksame Kollegin, Frau Luster, ist eine sehr wachsame Polizistin. Und griff beherzt zu.«

»Danke für alles«, bedankte sich KHK Engelmann.

Als der Schriftsteller den Weg zur S-Bahn einschlug, kam Frau Luster auf ihn zu: »Auf Wiedersehen, Herr Mattes und danke für Ihre Unterstützung.«

»Da nich' für! Aber es bleibt unter uns!«

»Danke! Danke, Herr Mattes!«

Auf dem Rückweg grübelte Mattes über die beiden Erpressungen. Er konnte jetzt einen Zusammenhang der beiden Fälle eindeutig ausschließen.

8

Als Pit Mattes die Bibliothek betrat, berichteten sie im Radio von einer erfolgreichen Polizeiaktion im Erpresserfall: »Der Tatverdächtige wurde von der Kriminalpolizei vorläufig festgenommen, erkennungsdienstlich behandelt und dem Haftrichter vorgeführt.«

Der Hobbykriminalist grinste, als er das hörte, und setzte sich an seinen Tisch. Mio Takahashi brachte ihm seinen Tee und setzte sich dazu.

»Na, Herr Mattes, was grinsen Sie? Sie waren bestimmt bei der Polizeiaktion beteiligt?«

»Ja – oberflächig, mehr als Zuschauer!«

›Ich erfahre das spätestens, wenn ich sein Manuskript bearbeite‹, überlegte Frau Takahashi und lächelte ihn an.

»Wann darf ich den ersten Teil Ihres neuen Buches lesen?«, fragte sie und schaute ihn fragend, aber bestimmend an.

»Sofort und jederzeit. Ich habe die ersten sechs Kapitel auf dem Server deponiert. Sie können sofort loslegen!«

»Fein!«

Dem Schriftsteller entging nicht das freudige Blinzeln in ihren Augen.

Der Wetterbericht im Radio war nicht gerade erfreulich. Dort wurde von Regen und Grau in unterschiedlichen Variationen gesprochen.

Mattes kam um dreizehn Uhr beim Lebensmittelmarkt in Wandsbek an. Natürlich regnete es. Werner begrüßte ihn flüchtig. Er war kurz angebunden und verschwand sofort im Lager.

Der Hobbykriminalist machte seine sogenannte Kontrollrunde im Laden. Dabei beobachtete er die Kunden, wie sie sich verhalten und wie sie reagieren, wenn sie sich observiert fühlten. Nachdem er schon einmal als Hausdetektiv angesehen wurde, spielte er ein wenig mit dieser Rolle.

Das zahlte sich auch aus. Denn am frühen Nachmittag erwischte er einen älteren Mann, der sich in der Drogerieabteilung Parfüm in die Jackentasche gesteckt hatte. Mattes stellte den Ladendieb und Werner schaltete die Polizei ein.

Anschließend konzentrierte sich Pit auf die Mitarbeiter. Er studierte ihre Arbeitsweise, wie sie sich verhielten, wenn Kunden Fragen hatten und nach welchen Kriterien sie neue Waren in die Regale packten.

Pit schritt gegen fünfzehn Uhr dreißig ins Büro und setzte sich neben Frau Rede, die gerade dabei war, Warenbestellungen abzuarbeiten.

»Frau Rede, alle Bestellungen und der gesamte Wareneingang gehen doch hier über Ihren Tisch?«, wollte er wissen.

»Ja, ich bekomme von unseren Mitarbeitern einen Meldezettel, dass die eine oder andere Ware nachbestellt werden muss.«

»Mich interessieren in erster Linie die Milch-, Joghurt- und Käseprodukte. Ihre Mitarbeiterin stellt fest, dass der Joghurt zur Neige geht oder ausverkauft ist. Dann ordern Sie nach?«

»Ja, genau so. Bei einigen Artikeln läuft das automatisch. Denn wir erfassen die verkauften Artikel oder Artikelgruppen mit unserem Kassensystem.«

»Das bedeutet, Sie können mir mitteilen, wie viel Joghurt Sie am 12. September verkauft haben?«

»Ja und nein. In dem Frischebereich registrieren wir nur die Artikelgruppe, in unserem Fall ›Joghurt‹. Da wir aber fünfzehn unterschiedliche Joghurtsorten beziehungsweise sogar verschiedene Hersteller haben, kann ich Ihnen nicht sagen, wie viele Becher wir am besagten Tag von dem manipulierten Produkt verkauft haben«, erklärte Frau Rede.

»Frischware, zum Beispiel Joghurtpaletten, werden im Laufe des späten Nachmittags geliefert und ins Kühllager gebracht. Am Abend verteilen Sie oder Frau Müller die Neuware in die Kühlregale. Ist das richtig?«

»Ja und nein. Nicht Frau Müller, sondern Andrea, Frau Kolwaski. Ich glaube, ich weiß, worauf Sie hinauswollen. Bei den Milch-, Quark-, Joghurt- und bei noch ein paar anderen Frischeprodukten läuft das etwas anders. Die Waren werden gegen achtzehn Uhr angeliefert. Der Großhändler bringt eigene Rollcontainer mit. Diese wurden im Vorwege marktbezogen beladen.
Der Lieferant kommt, schiebt seinen Rollcontainer in den Laden und packt gleich selber die Ware ins Kühlregal. In den meisten Fällen ist ein Mitarbeiter von uns dabei und unterstützt den Lieferanten beim Umpacken.«

»Verstehe!«

»Ja! Am Abend vor der Erpressung war es genauso. Wir hatten an diesem Tag besonders viel Ware. Ich empfing den Lieferanten, er schob den Rollcontainer in den Laden und ich half beim Abladen. Die leeren Verpackungen kamen gleich wieder auf den Container und dieser wurde wieder auf den Lieferwagen geschoben. Das dauert in der Regel zwischen zehn und zwanzig Minuten, je nach Umfang der Lieferung«, beschrieb Werners Frau.

»Verstanden!«

»Wir sprachen, glaube ich, schon einmal darüber: Definitiv, den Joghurt habe ich ins Regal gestellt und die Paletten waren vollständig.«

»Ja, das haben wir besprochen! Und am anderen Morgen fehlte genau ein Joghurtbecher! Und das bedeutet, dass der, der den Joghurtbecher entnommen hat, die acht anderen Becher manipulierte«, ergänzte Mattes.

»Richtig! Und wir wissen, dass diese Becher aus der Lieferung vom Vorabend stammten, das wurde überprüft. Verkauft wurde nach der Warenlieferung auch kein einziger Joghurt mehr. Das haben wir zusammen mit der Polizei am Kassensystem untersucht und festgestellt.«

»Und in der Nacht war keiner im Laden. Denn sonst hätten die Bewegungsmelder der Alarmanlage reagiert«, ergänzte der Hobbykriminalist.

»Mir ist es unbegreiflich, wie und wann die Becher traktiert wurden, und wer das gemacht haben könnte.«

»Ja, Frau Rede, Ihr Mann erwähnte, dass Sie nach der Warenlieferung zweiundzwanzig zahlende Kunden hatten und keiner dabei war, der Joghurt kaufte.«

»Richtig, und das ist noch nicht alles! Wir haben extra dieses blöde Überwachungssystem angeschafft. Das hat viel Geld gekostet und kostet jeden Tag Zeit, denn die Aufnahmen müssen täglich archiviert werden.«

»Versteh, Frau Rede!«, kam von Mattes, der spürte, dass sie noch was sagen wollte.

»Ehrlich gesagt, ich wundere mich, dass nicht längst ein erneuter Erpresserbrief aufgekreuzt ist.«

»Wieso?«

»Nachdem wir die Zahlung einstellten, war schon am Folgetag ein neuer Brief da. – Ich rechnete bereits am Donnerstag damit, dass ein neuer Erpresserbrief auftauchen würde.«

»Es hätte mich nicht verwundert«, gab ihr Pit recht.

»Ich würde mir gerne noch Ihre Personalliste anschauen, um zu sehen, wer am Vorabend hier im Geschäft war«, kam von ihm nach einer kurzen Pause.

»Kein Problem, ich fertige Ihnen gleich eine Fotokopie an.«

»Danke! Erzählen Sie weiter«, forderte er sie auf.

»Na ja, die Polizei stellte sich so unprofessionell an und baute sich genau am Übergabeort so auf, dass bestimmt jeder den Polizeieinsatz durchschauen konnte. Es wundert mich nicht, dass der Erpresser das Geld nicht abgeholt hatte.«

»Ihre Argumentation kann ich nachvollziehen, obwohl ich nicht glaube, dass der Polizeieinsatz am Wandsbeker Markt bemerkt wurde.«

»Wie auch immer! Ich bin skeptisch geworden, denn ich weiß im Moment nicht, wie es hier weitergehen soll. Werden wir noch erpresst oder ist es endlich vorbei?«, steigerte sie sich hinein.

»Frau Rede, das werde ich mit Ihrer Hilfe herausbekommen!«, sagte Mattes und lächelte sie provozierend an.

»Und übrigens, das Lösegeld, das nicht abgeholt wurde, haben wir am Mittwochabend zur Bank gebracht. Die haben uns das Geld immer noch nicht gutgeschrieben«, rief sie und Tränen liefen ihr von den Wangen.

Pit schluckte, lehnte sich zurück und nahm die Hand von Frau Rede. Nach einer Weile setzte sich Frau Rede gerade hin, wischte sich die Tränen ab und sortierte ihren Papierstapel mit Bestellungen.

»Wir können doch nicht jeden Kunden verdächtigen und beobachten. Frau Müller kam heute Morgen ins Büro gestürmt, weil sie vermutete, dass eine Stammkundin sich am Quark zu schaffen machte. Dabei kontrollierte sie lediglich das Haltbarkeitsdatum.«

»Verstehe! – Hier sind alle nervös! Ich glaube nicht, dass eine Person in den Markt gekommen ist, hier die Joghurtbecher mit Olivenöl versehen hat und wieder verschwunden ist.«

»Sie glauben, dass es einer von uns war?«

»Vielleicht, ich will es nicht ausschließen«, sagte Mattes vorsichtig.

Bettina Rede verstand sofort, worauf Pit Mattes hinauswollte. Zumal er auch die Liste der Mitarbeiter, die am besagten Tag anwesend waren, haben wollte.

Sie stand sprunghaft auf, redete was von »unmöglich, nicht nachvollziehbar, verrückt« und »unverschämt«, aber mehr zu sich selbst. Dabei holte sie ein Formular aus einem Ordner, ging damit zum Kopiergerät und fertigte ein Doppel an.

Als Mattes die Kopie in die Hand bekam, sah er, dass sie weinte.

Der Schriftsteller musste sich erst einmal von dem Redeschwall und dem emotionellen Ausbruch erholen. Er hatte aber einige interessante Informationen mitgenommen und die Liste der Leute, die am Vorabend im Laden gearbeitet hatten.

Ihm war auch bewusst, dass die Zeit drängt.

Auf dem Heimweg durchspielte er in Gedanken seine Theorie. In dieser war ein Mitarbeiter der Übeltäter.

Es regnete schon wieder oder immer noch.

DIENSTAG, 10.10.2017, 21:00 UHR, EPPENDORF, MATTES' WOHNUNG:

Die Dokumentationen des Tagesgeschehens erledigte Mattes schnell. Um einundzwanzig Uhr schaute er sich im NDR-Fernsehen das ›Duell‹ an. Es trafen der Ministerpräsident Stephan Weil und sein Herausforderer Bernd Althusmann in einem Rededuell aufeinander.

9

Mattes war kurz nach zehn in der Bücherei. Aufgehalten wurde er von Herrn und Frau Schmidt, die gerade zum Einkaufen wollten. Das Ehepaar wohnte schon im Haus, als damals die WG – Wohngemeinschaft – gegründet wurde. Der Schriftsteller mochte die beiden und freute sich immer, wenn er die lebensfrohen Nachbarn traf.

»Moin und Hallo!«, rief Pit in den Raum, als er die Bibliothek betrat. Er bekam aber kein Echo. Im Radio spielten sie ›Summer Dreamin'‹ von ›Kate Yanai‹.

Erst als er zu seinem Stammplatz marschierte, sah er Frau Takahashi. Sie saß an ihrem Schreibtisch und telefonierte.

Mattes klappte seinen Laptop auf und beantwortete einige Mails. Dann las er sich das Geschriebene vom Vortag durch und führte einige Korrekturen durch.

Hin und wieder schaute er zum Schreibtisch hinüber. Sie telefonierte immer noch. Er musste sich seinen Tee diesmal selber holen.

Gegen elf Uhr bekam der Schriftsteller eine Mail von Engelmann:

Hallo Herr Mattes!
Wie vereinbart sende ich Ihnen die Videosequenzen aus den Überwachungskameras des REWE-Marktes.
Wir haben sie uns mehrfach angeschaut und analysieren lassen. In der Zeit von sechzehn Uhr bis zum Folgetag war keine Person am Kühlregal.

Das Ergebnis unserer Linguistin besagt:
Die Verfasser der beiden Schriftstücke sind unterschiedlich.
Der Verfasser der Erpresserbriefe aus dem REWE-Fall hat mit großer Wahrscheinlichkeit eine gute Schulbildung.
Ich bin jetzt auch Ihrer Meinung. Die beiden Erpresserfälle stehen in keinem Zusammenhang.
Ich hoffe, ich konnte Ihnen weiterhelfen.

Mit freundlichen Grüßen
KHK Engelmann.

›Also nichts Neues! Das schaue ich mir trotzdem an, aber in Ruhe‹, dachte Pit und schob die Videos aus der Mail auf seinen Desktop.

Wieder ein Blick zum Schreibtisch. Mattes erkannte sofort, dass sie aufgeregt war.

Dann endlich legte sie auf. Sie stand auf und verschwand in ihren hinteren privaten Räumen.

Mittwochs ist Ruhetag. Mit Besuchern musste man nicht rechnen. Als Frau Takahashi nach einer halben Stunde immer noch nicht zurück war, wurde Pit unruhig und er ging ihr nach.

Ihre Wohnungstür war nur angelehnt. Er klopfte und ging hinein. Sie saß auf dem Bett und weinte.

Es war ihr peinlich. Sie stand auf und drehte sich zur Wand.

Pit machte einen Schritt auf sie zu und legte seine Hand auf ihre Schulter. Langsam drehte sie sich um und er zog sie zu sich. Sie vergrub ihr Gesicht an seiner Schulter.

»Was ist passiert? Wer ist es, der Ihnen das hier antut?«

»Das Telefonat.«

»Verstehe«, kam von ihm. Er reichte ihr sein Taschentuch.

»Die haben wieder angerufen. Ich soll die Bücherei auflösen. Die Räumlichkeiten werden abgemietet. Ab dem 18. Oktober ist die Bücherei geschlossen. Die Bücher soll ich danach verschenken oder zu Stilbruch, unserem Sozialkaufhaus in Hamburg, bringen. Meine Kündigung bekomme ich zum 31. Oktober, mit einer schriftlichen Rechtsbehelfsbelehrung. Herr Mattes, ich halte das nicht aus!«

»Kommen Sie, wir machen jetzt erst einmal einen Spaziergang.«

Er nahm sie an die Hand. Es hatte aufgehört zu regnen. Sie schlenderten die Eppendorfer Landstraße hoch, überquerten den Eppendorfer Marktplatz und bummelten zur Alster hinunter. An der Alster entlang marschierten sie weiter zum alten Mühlenteich.

Dort aßen sie in der ›Alten Mühle‹ das legendäre Roastbeef mit Bratkartoffeln.

Auf dem Rückweg nach Hause, es nieselte draußen, kauften sie zwei große Stücke Butterkuchen.

Mio Takahashi kochte Tee und Kaffee, er deckte den Tisch. Sie ließen sich den Kuchen schmecken und Pit erzählte von seiner Studentenzeit. Zwischenzeitlich holte er eine Flasche Rotwein und zwei Gläser aus seiner Wohnung.

Bis einundzwanzig Uhr saßen sie bei Kerzenschein am Tisch. Dann schief sie in ihrem Sessel ein.

Mattes trug sie ins Bett, zog ihr wieder die Schuhe, ihren Rock und die Bluse aus, deckte sie zu und gab ihr einen Kuss.

Dieses Mal blieb er dagegen in der Bücherei. Er schaute sich die Filme aus den Überwachungskameras an.

Pit holte die Mitarbeiterliste, die er von Frau Rede bekommen hatte, aus seiner Tasche und legte sie auf den Tisch. Er schaute sich alle Filme an und machte sich Notizen, wer, zu welchem Zeitpunkt sich wo aufhielt.

Er hoffte, dass er anhand der Personalliste Mitarbeiter ausschließen konnte. Die einzigen Personen, die er ausklammern konnte, waren Frau Gylüs und Were. Sie saßen die ganze Zeit über an der Kasse.

›So komme ich nicht weiter. Ich muss mich auf den Film, der das Kühlregal zeigt, konzentrieren!‹, überdachte Pit.

Pit konzentrierte sich auf den Film. Die Kamera war so angebracht, dass das ganze Kühlregal abgedeckt wurde. Nach der dritten Wiederholung war er sich sicher, dass er was wahrgenommen hatte, was zur Lösung führen könnte. Er wusste allerdings nicht was.

Die Videosequenz zeigte immer nur das Warenregal. Lediglich drei kleine Abweichungen konnte man sehen.

Zuerst kam Frau Rede um achtzehn Uhr dreißig mit drei Paletten Joghurt. Sie stellte sie ins Kühlregal.

Dann schob der Lieferant um achtzehn Uhr zweiunddreißig seinen Rollcontainer von links nach rechts am Regal vorbei.

Und nur elf Minuten später noch einmal, allerdings aus der entgegengesetzten Richtung.

Keine weiteren Unterbrechungen und kein Mensch, der beim Joghurt stehen blieb.

›Die einzige Person, die Kontakt zu den Bechern hatte, war Frau Rede. Nur Frau Bettina Rede. Ist sie die Erpresserin?

Das ist doch total unlogisch.

Welches Motiv sollte sie haben, ihren eigenen Markt zu ruinieren?

Das glaube ich nicht. Ich bin mir sicher, dass ich was übersehen habe‹, dachte Pit und schaute sich den Film noch einmal an.

Plötzlich, ohne dass Pit es gemerkt hatte, stand Frau Takahashi vor ihm. Sie sah verschlafen aus.

»Was machen Sie denn hier?«, fragte sie schläfrig.

»Ich passe auf Sie auf!«

»Und dann haben Sie es nicht verhindert, dass mich jemand ins Bett gebracht hat?«

»Nein, das war ich!«

»Danke!«, sagte sie leise und lächelte Pit an.

»Da nich' für! – Gerne geschehen, immer wieder zu Diensten. Geht es Ihnen gut?«

»Ja, ich glaube, Sie können jetzt ins Bett gehen.«

»Verstehe!«

Sie drehte sich um und schlurfte wieder in ihre Wohnung. Sie schaute noch einmal zurück und lächelte ihn an. Ihre Wohnungstür ließ sie offen.

Mattes klappte den Rechner zusammen, packte seine Sachen ein und fing an zu grübeln.

Die Bilder von Frau Rede, wie sie an ihrem Schreibtisch saß und weinte, kamen bei Pit hoch.

›Damit bin ich noch nicht fertig! –

Das ist noch nicht die Lösung. –

Frau Rede, das passt nicht!‹, wägte Pit ab und schlief im Sessel ein. Er träumte von Bettina Rede, die aus dem Portal eines Fünfzig-Euro-Scheins herauskam, ihn böse anschaute und ihm dann die Zunge herausstreckte.

10

DONNERSTAG, 12.10.2017, 7:00 UHR, EPPENDORF, BÜCHEREI:
Frau Takahashi weckte Herrn Mattes um sieben Uhr.

»Na, Herr Mattes, haben Sie den Weg in Ihre Wohnung nicht mehr gefunden? Oder ist der Sessel bequemer als Ihr Bett?«

Mattes war noch nicht richtig wach. Er wollte auch nicht darauf antworten. Er nahm seine Utensilien und verschwand in seiner Wohnung.

›Was sollte das denn? Warum mache ich das? Warum muss ich ihn verletzen?‹, überlegte sie sich verärgert.

DONNERSTAG, 12.10.2017, 7:15 UHR, EPPENDORF, MATTES' WOHNUNG:
Der Schlüssel wurde wieder auf das Sideboard geworfen. Mattes zog sich aus und legte sich aufs Bett. Mit den Gedanken war er zuerst bei Mio Takahashi, dann bei Frau Rede und dem Verdacht, dass sie etwas mit der Erpressung zu tun hat.

Er konnte nicht mehr einschlafen. In seinem Arbeitszimmer setzte er sich vor den Computer und schrieb. Als er mit seinen Überlegungen bei Frau Rede ankam, stockte er und schaute sich noch ein paarmal den Videofilm an.

›Da ist was, was ich nicht sehe. Aber doch ist es da!‹, grübelte er. Ihm wurde kalt, deshalb verschwand er unter seiner Dusche.

DONNERSTAG, 12.10.2017, 10:00 UHR, EPPENDORF, BÜCHEREI:
Frisch abgebraust und gefrühstückt betrat er die Bücherei. Am Eingang hing ein eingeschweißtes Pappschild:

> **Diese Bücherei schließt am Dienstag, den 17. Oktober!**
>
> **Bitte bringen Sie zu diesem Datum Ihre ausgeliehenen Bücher zurück.**
> **Mio Takahashi.**

Mattes durchfuhr es wie ein Stromschlag.
    ›Da werde ich noch ein Wörtchen mitreden!‹, überlegte er.

Frau Takahashi begrüßte ihn herzlich und hatte schon einen Becher Tee für ihn in ihrer Hand. Sie sah abgespannt aus, ihre Augen waren gerötet. Sie hatte geweint.

Das Radio spielte ›If You Don't Know Me By Now‹ von ›Simply Red‹, als Pit sich auf seinen Stammplatz setzte. Er fasste ihre Hand, als sie den Becher abstellte.
    »Danke, es geht wieder!«, sagte sie und versuchte zu lächeln.

Nach den Zwölf-Uhr-Nachrichten sendete der NDR 90,3 einen Zeugenaufruf der Polizei:»Gesucht wird eine weibliche Person, die am Sonnabend, den 7. Oktober, zwischen sieben Uhr dreißig und acht Uhr im Winterhuder Stadtpark, in der Nähe der Otto-Wels-Straße, eine männliche Leiche fand und die Polizei anrief.
Bitte wenden Sie sich an die Kriminalkommissarin Sommer oder an jede andere Polizeidienststelle.«

»Haben Sie das gehört, Herr Mattes, das ist doch Ihre Freundin, diese Frau Sommer, Ihre Kommissarin aus dem Buch!«

»Ja, das habe ich heute Morgen schon einmal mitbekommen. Und ich glaube nicht, dass sie eine Freundin von mir ist.«

»Bisher haben Sie aber immer positiv über Sie geschrieben. Und geküsst haben Sie sie auch«, erwiderte Frau Takahashi.

»Stimmt. Ich mochte sie. Eigentlich mag ich sie immer noch oder besser, ich schätze sie als Kriminalbeamtin. Mehr nicht. Sie ist zurzeit mit einem Ganoven zusammen«, sagte er und lachte verlegen.»Außerdem habe ich vor kurzem eine Frau geküsst, die ich sehr mag«, flüsterte er.

»Na, dann passen Sie bloß auf, dass sie …«, begann sie. Den Rest verschluckte sie.

Auf dem Weg zum REWE-Markt überlegte Mattes, wie er vorgehen soll. Faktisch hatte er eine Lösung. Aber daran glaubte er selber nicht.

Gleich nach der Ankunft im Markt schritt er ins Büro zu der verabredeten Besprechung. Dort saßen Werner und seine Frau und warteten schon auf ihn.

Er setzte sich an den Kopf des Besuchertischs, wo man für ihn eine Tasse hingestellt hatte.

»Tut mir leid, Werner. Ein befriedigendes Ergebnis kann ich noch nicht abliefern«, begann er. Frau Rede schenkte Tee ein.

»Aber im Gegensatz zur Polizei, die nach wie vor von einer Marketingaktion ausgeht, glaube ich an eine Erpressung.

Fangen wir mit den Erpresserbriefen an. Die Linguistin der Staatsanwaltschaft behauptet, dass es sich um einen intelligenten Erpresser oder eine Erpresserin handeln muss. Die Sprache und Schreibweise deuten auf eine Person mit gehobener Schulbildung hin.«

»Warte mal, Pit. Du erwähntest auch Erpresserin?«, fragte Werner.

»Ja, Were. Ich – wir dürfen das nicht ausschließen. Um ganz ehrlich zu sein: Ich glaube, dass es sich um einen weiblichen Menschen handelt.«

Werner Rede brauchte einen Augenblick, um das zu verarbeiten.

»Wieso? – Wieso kommst du darauf?«

Kapitel 10

»Da gibt es zwei Punkte, die dafür sprechen. Einmal die Sprache oder besser die Wortwahl in den Erpresserbriefen. Und zweitens die Beschreibung der Gestalt, die mit dem Fahrrad das Erpressergeld am Heinrich-Heine-Denkmal abgeholt hat. Die Polizei schrieb im Protokoll: Voraussichtlich haben wir es mit einer weiblichen Person zu tun. – Analysieren wir weiter. Ein zweiter Fall in Hamm zeigte im ersten Augenblick ganz offensichtliche Parallelen zu unserem Fall auf. Der Täter wurde übrigens geschnappt. Er war ein eindeutiger Trittbrettfahrer. Die Gemeinsamkeiten zu unserem Fall hatte er beabsichtigt. Bei einer genaueren Betrachtung wurden jedoch gravierende Unterschiede deutlich, die wir einbeziehen sollten. Dieser Erpresser wollte sich bereichern. Unsere Erpresserin handelte aus einer anderen Situation heraus. Sie verlangt, in Anführungsstrichen, nur fünftausend Euro. Ich vermute, sie benötigte exakt diese Summe. Irgendetwas ist in der vergangenen Woche vorgefallen. Denn die Erpresserin holte das Geld am Wandsbeker Markt nicht ab.«

»Oder sie hat spitzbekommen, dass die Polizei auf sie wartete«, warf Frau Rede ein.

Der Hobbykriminalist wollte einen Schluck trinken, setzte aber die Tasse wieder ab.

»Kann sein. Ich glaube aber, wenn sie das Geld benötigt hätte, hätte sie inzwischen reagiert und einen neuen Erpresserbrief geschrieben.«

»Das kann ich nachvollziehen«, kam von Werner und seine Frau nickte zustimmend.

»Ja, im Parallelfall vergiftete der Erpresser das Obst, genauer gesagt, er besprühte es mit einem Schimmelpilz. In unserem Fall verunreinigte die Übeltäterin das Milchprodukt mit einem Lebensmittel. Wenn ein Kunde, durch welchen Zufall auch immer, vom Joghurt etwas gegessen hätte, würde er keine gesundheitlichen Folgen davontragen.«

»Und daraus schließen Sie, dass die Frau das Geld nicht mehr braucht?«

»Nein – Frau Rede, das nicht. Aber der Erpresser oder die Erpresserin wählte absichtlich diese Variante, damit niemand zu Schaden kommt. – Ich bin davon überzeugt, dass sie euer Unternehmen nicht schädigen wollte. Obwohl der angesammelte Geldbetrag inzwischen beträchtlich angewachsen ist. – Were, deine Konkurrenz-Theorie habe ich deshalb verworfen.«

»Ja – Herr Mattes, Ihr Argument klingt plausibel«, kam von Bettina Rede.

»So und jetzt wird es spezieller. Ich habe lange darüber nachgedacht – sehr lange. Ich bin der Auffassung, dass der Erpresser ein Insider ist.«

Wieder brauchte Werner ein Weilchen, bis er das verdaute.

»Was, ein Mitarbeiter von uns?«, empörte sich Werner.

»Ja, nur ein Mitarbeiter kennt die Abläufe, die Organisation in deinem Markt. Und hier war eine sehr aufmerksame und kluge Frau am Werk. – Werner, du hast sechs Videokameras im Laden installiert. Jeder Kunde, jede fremde Person wäre bei einer Manipulation der Joghurtbecher auf mindestens einem Film abgebildet gewesen. Ich habe es bis heute noch nicht herausbekommen, wie und wann das Olivenöl in die Becher gespritzt wurde. Es ist für mich noch ein Rätsel. – Frau Rede, man kann deutlich sehen, wie Sie die Paletten ins Kühlregal stellen. Aber dann ist aus. Eine Manipulation der Joghurtbecher ist nicht auf dem Film erkennbar.«

»Pit, das kann doch nicht wahr sein. Du hast meine Frau in Verdacht?«

»Nein, das habe ich nicht. Zurzeit verdächtige ich jeden, der hier im Markt arbeitet, oder genauer, die Mitarbeiter, die an jenem Abend im Geschäft waren.«

»Pit, jetzt reicht es mir. Ich glaube, es ist besser, wenn du gehst!«

»Verstanden!«, kam von Mattes. Er hatte mit solcher oder ähnlicher Reaktion gerechnet.

›Wenn du das Unmögliche ausgeschlossen hast, dann ist das, was übrig bleibt, die Wahrheit, wie unwahrscheinlich sie auch ist. – Aber sie ist nicht bewiesen!‹, ließ Pit sich durch den Kopf gehen.

Langsam stand er auf und verließ den Raum. Die volle Tasse Tee blieb zurück. Er schritt in den Verkaufsraum. Frau Kolwaski winkte ihm freundlich zu. Mattes grinste sie an, er mochte sie. Sie trug beschwingt einen Joghurtkarton. Pit beobachtete, wie ihre Schuhsohlen im Takt leuchteten, und er musste lachen. Sie übergab Frau Rede die Palette, die sie eifersüchtig anschaute. Der Hobbykriminalist bekam einen Schreck.

Als er den Markt verließ, wusste er, wer die Erpresserin war.

11

Mattes betrat die Bibliothek, er sah nicht gerade motiviert aus. Das Radio spielte ›Send Me An Angel‹ von den ›Scorpions‹.

»Sie sind heute spät dran. Was ist los mit Ihnen, Pit Mattes? Welche Laus ist Ihnen über die Leber gelaufen? Ist was passiert?«, bombardierte Frau Takahashi ihn.

»Nein, manchmal ist es nicht leicht, wenn man einen Fall gelöst hat, den Übeltäter identifiziert hat und dann erkennen muss, dass man vielleicht selber genauso gehandelt hätte.«

»Kommen Sie und setzten Sie sich hier zu mir. Schildern sie mir, was geschehen ist.«

»Seit gestern kenne ich den Erpresser des REWE-Ladens. Was mir bis heute Morgen fehlte, war das Motiv. Deshalb bin ich in der Früh nach Wandsbek gefahren. Das Wetter war überraschenderweise gut. Ich bin ausnahmsweise mal nicht nass geworden.«

»Und was wollten Sie in Wandsbek?«, drängelte Frau Takahashi.

»Ich wollte mehr über die Person oder besser über die Frau erfahren, die den REWE-Markt erpresste.«

»Ja! Und wer ist sie? – Nun erzählen Sie schon. Machen Sie es nicht so spannend!«

»Ich lernte sie im Laden kennen. Und deshalb konnte ich mir nicht vorstellen, dass sie Werner Rede und seiner

Frau einen Schaden zufügen wollte. Mir waren ihre Beweggründe einfach nicht klar. Mir fehlte das Motiv. Und deshalb fuhr ich nach Wandsbek.«

»Nachvollziehbar – und was haben Sie herausgefunden?«

»Ja! Sie hatte eine Oma, die wurde vor fünf Jahren dement und musste vor zwei Jahren in einem Heim untergebracht werden. Das Pflegeheim kostete mit allem Drumherum fünftausend Euro im Monat. Ihre Oma war früher selbstständig. Ihr kleiner Laden wurde überfallen und angesteckt. Dabei verlor sie ihr gesamtes Vermögen. Ihre Enkeltochter sorgte für sie. Sie bezahlte das Geld fürs Pflegeheim.«

»Woher wissen Sie das?«

»Ich war in ihrer Nachbarschaft und habe dort Erkundigungen eingeholt. Die meisten Informationen bekam ich von ihrem direkten Nachbarn. Der erzählte mir die Geschichte von der dementen Oma. Der Nachbar vermutet, dass die Enkelin auf den Strich geht, um das Geld für das Heim aufzubringen.«

»Ach, du Schreck! Aber nachvollziehbar! Nur sie ging nicht auf den Strich, dafür erpresste sie den REWE-Markt. Und was haben Sie jetzt vor?«

»Ich habe vorhin mit Doktor Rechtler gesprochen. Er würde sie verteidigen. Außerdem ist er der Meinung, dass die Versicherung den Heimplatz hätte bezahlen müssen. Aber das ist noch zu klären.«

»Und was haben Sie nunmehr vor? Wollen Sie die junge Frau ans Messer liefern?«

»Ich werde in der kommenden Woche zu Frau Kolwaski gehen und sie überreden, sich zu stellen.«

»Und damit ist der Fall für Sie geklärt und abgeschlossen?«, wollte sie von Pit wissen und schaute ihn erwartungsvoll an.

»Geklärt – ja, abgeschlossen noch nicht. Denn ich bin zu dem Entschluss gekommen, Frau Kolwaski zu helfen. Deshalb auch mein Telefonat mit Harald.«

FREITAG, 13.10.2017, 12:30 UHR, WINTERHUDE, SAARLAND-STRAẞE:

Es hatte erneut angefangen zu regnen. Natürlich hatte Mattes seinen Schirm vergessen. Also zog er den Hut etwas tiefer ins Gesicht. Er fuhr mit der U-Bahn und schritt vom Bahnhof zu Fuß zum Treffpunkt. Gabriele Sommer wartete auf ihn.

»Warum müssen wir uns bei diesem Schietwetter gerade hier treffen?«

»Damit es nicht so lange dauert! Beim letzten Mal haben Sie mich nur angeschrien.«

»Gehen wir ein Stück? Ich brauche Sie und Ihre Fähigkeiten, um die Ecke zu denken.«

»Verstehe!«

»Es handelt sich um Serienmord. Vorgestern wurde der zweite Tote gefunden. Beide Opfer wurden mit der gleichen Neun-Millimeter-Waffe erschossen.

Der Täter hinterlässt jeweils seine Visitenkarte:

›*Doktor Abraham Extinctor – für alle Spezialaufträge*‹ steht in schwarzer Schrift auf einem goldenen Kärtchen.«

»Ah, der Beseitiger!«

»Äh, was?«

»Beseitiger, Eliminator, Extinctor ist Latein und heißt Beseitiger«, sagte er.

»Hatte ich mir schon gedacht, dass wir es mit einem Berufs- und Auftragskiller zu tun haben.«

»Vermutlich.«

»Damit kommen zwei Übeltäter ins Spiel: der Mörder und der Auftraggeber.«

»Was die Ermittlungen nicht einfacher machen wird!«, ergänzte Mattes.

»Unterstützen Sie mich?«

»Das kommt darauf an ...«

»Seien Sie doch nicht so arrogant. Sie wissen, dass ich Sie brauche. Nun sagen Sie schon zu!«, forderte sie ihn auf.

»Wie gesagt, das kommt darauf an. Was sagt denn Ihr Felix dazu, dass Sie mit mir kooperieren wollen?«

»Woher wissen Sie das denn schon wieder? Ich habe mein Verhältnis zu Felix Gerber geheim gehalten.«

»Ich habe immer noch ein Auge auf ihn, denn ich bin nach wie vor davon überzeugt, dass er hinter der Überfallserie auf die Geldtransporte in Harburg steckte.«

»Ja – ja, ich weiß. Solange Sie ihm nichts beweisen können, ist er unschuldig.«

»Ich arbeite daran«, entgegnete er und schaute sie skeptisch an. Sie grinste ihn an und hakte sich unter.

»Und, neugierig?«

»Ich möchte den Tatort sehen.«

»Drehen wir um, mein Auto steht an der U-Bahn-Station.«

Frau Sommer fuhr mit Mattes Richtung Altona, dann über Ottensen nach Othmarschen.

*Gabriele Sommer: Die fünfundvierzigjährige Kriminal-
kommissarin ist einen Meter und siebzig groß, hat eine
normale Statur, trägt braune lange Haare und ist immer
sportlich gekleidet. Die impulsive, schnell aufbrausende
Dame war verheiratet, ist allerdings seit fünf Jahren ge-
schieden. Seitdem hatte sie mehrere Verhältnisse mit Kollegen, die jedoch scheiterten. Sie war zu jenem Zeitpunkt
mit dem Lebemann Felix Gerber zusammen.*

*FREITAG, 13.10.2017, 13:15 UHR, OTHMARSCHEN, POPPES
WEG:*

»Wir sind da!«, kommentierte sie ihr abruptes Bremsen
vor einem Einzelhaus im Poppes Weg. Sie hatte einen
passenden Schlüssel in ihrer Handtasche.

»Herr Bernhard Langmann wohnte alleine in diesem
Haus. Seine Frau ist vor acht Jahren mit einem Immobi-
lienmakler durchgebrannt. Ich habe mit den Nachbarn gesprochen. Besuch bekam Langmann nie. Auch eine weibliche Person wurde hier nicht mehr gesehen. Den Garten
machte ein Gärtnereibetrieb aus Norderstedt. Eine Haushaltshilfe arbeitet zehn Stunden die Wochen hier. Ich habe
sie persönlich noch nicht gesprochen.«

»Verstehe«, kam vom Mattes.

»Schauen wir uns den Tatort an«, erläuterte sie und verschwand im Wohnzimmer.

»Hier lag er«, sagte sie und zeigte auf einen auf dem
Teppich markierten Bereich. »Fotos habe ich im Auto, die
können Sie sich nachher anschauen. Langmann wurde
gestern zwischen achtzehn und zwanzig Uhr erschossen.«

»Verstehe«, flüsterte Mattes und ging durch alle Räume. Als er ins Wohnzimmer zurückkam, setzte er sich in

einen großen Ledersessel. Die Kommissarin schaute ihn fragend an.

»Berichten Sie«, forderte er sie auf.

»Langmann wurde von vorne erschossen. Die Kugel traf seinen Kopf und trat hinten wieder aus. Sie schlug drüben im Wohnzimmerschrank ein«, erklärte sie und zeigte auf das Loch im Schrank. Mattes ging zum Schrank und schaute sich den Einschuss an. Die Spurensicherung hatte das Projektil aus dem Holz gepult. Der Hobbykriminalist holte sein Notizbuch und ein Zentimetermaß aus seiner Tasche und wollte die Höhe vom Boden zum Loch messen.

»Einen Meter und fünfundfünfzig«, rief die Kriminalbeamtin ihm zu. Mattes notierte sich das.

»Und drei Meter achtzig vom Toten zum Schrank«, fügte sie hinzu. Auch das schrieb er sich auf. Trotzdem schritt er den Weg vom Schrank zum Fundort der Leiche ab und von der Leiche zur Wohnzimmertür. Wieder notierte er sich die Werte.

»Und jetzt, was soll jetzt passieren?«

»Setzen Sie sich bitte dort drüben auf die Couch.«

Frau Sommer setzte sich, holte ihr Smartphone aus der Manteltasche und beschäftigte sich mit ihrem Gerät.

Sie kannte dieses Prozedere. Sie wusste, dass Mattes zwischen zehn und sechzig Minuten dasaß und in die Gegend starrte. Sie verstand seine Methodik nicht. Es nervte sie, wie er minutenlang ›nichts tat‹.

Mattes nahm die Atmosphäre des Raums auf. Er überlegte und durchdachte die unterschiedlichen Variationen, wie sich der Mord abgespielt haben könnte. Er schloss seine Augen und meditierte.

»Wo lag die Visitenkarte?«, fragte er nach zehn Minuten.

»Dort drüben auf dem Tisch, gleich vorne auf der Tischkante.«

Wieder vergingen zehn Minuten.

»Legen Sie sich bitte einmal so hin, wie die Leiche lag.«

»Jetzt?«, fragte die Kommissarin entsetzt. Mattes stand auf und schritt zur Eingangstür.

»Ja, sofort, hier«, antwortete Mattes und zeigte auf den Teppich, einen Meter neben dem markierten Bereich.

Frau Sommer stand auf. Sie legte sich auf den Teppichboden, neben dem gekennzeichneten Areal, in dem man die eingetrocknete Blutlache noch sehen konnte.

»Ein Schuss. Das Projektil traf direkt von vorne in den Kopf. Der Rechtsmediziner, der vor Ort war, legte den Todeszeitpunkt zwischen zweiundzwanzig und dreiundzwanzig Uhr fest. Langmann war einen Meter fünfundachtzig groß.
Es wurde in der Wohnung nichts gestohlen. – Drogen wurden weder hier noch beim ersten Mordfall gefunden. Wir haben mit dem Polizeihund danach gesucht.«

Mattes setzte sich in den Ledersessel zurück. Wieder vergingen zehn Minuten. Frau Sommer schmerzte der Rücken. Sie wurde unruhig.

»Darf ich jetzt endlich aufstehen?«

»Moment!«

Pit Mattes stand auf und schlenderte zur Tür. Mit ausgestrecktem Arm zielte er mit seinem Bleistift, den er aus seiner Tasche genommen hatte.

»Peng«, flüsterte er und schaute sich suchend um.

›Langmann ist aus einem Meter Entfernung erschossen worden. Kopfschuss, wahrscheinlich genau zwischen den Augen. Wir haben es hier mit einem Profikiller zu tun!‹, überlegte der Schriftsteller und malte eine Skizze in sein Notizbuch. Dann lief er um die Ersatzleiche herum und positionierte seinen Stift auf die Tischkante.

»Sie dürfen hochkommen«, sagte er, und bot ihr seine Hand an, um sie hochzuziehen. Sie war trotzig und lehnte seine Hilfe ab.

»Verstehe!«, grummelte er, während er sein Schreibgerät nahm und sich zurück in den Sessel verzog.

Die Kommissarin setzte sich auf die Couch, während Mattes zuerst in die Küche und dann ins Schlafzimmer marschierte und zuletzt im Badezimmer verschwand. Sie hörte ihn dort an den Schränken hantieren.

Zehn Minuten später tauchte er wieder auf und setzte sich in den Ledersessel.

»Ich hätte auch gerne die Fotos von der Küche und den anderen Räumen gesehen«, erwähnte Mattes. Er stand auf und ging zum Wohnzimmertisch.

»Wer macht hier sauber? Wann war die Putzfrau das letzte Mal hier? Wer fand den Ermordeten? Was machte er beruflich? Haben Sie seinen Tagesablauf rekonstruieren können?«

»Halt, Moment! Nicht so schnell!

Die Putzfrau ist die Haushaltshilfe. Frau Sabine Gyühlan kam um acht Uhr und fand den Toten. Sie kommt jeden Werktag um acht Uhr für zwei Stunden. Sie rief die Polizei und wartete vor der Haustür. Polizei und Sanitäter trafen um acht Uhr fünfzehn ein. Das LKA 41 wurde um acht Uhr dreißig informiert. Um neun war die Spurensicherung hier, der Rechtsmediziner und ich kamen um neun Uhr dreißig.«

»Hat jemand den Schuss gehört?«

»Nein, wir fragten in der Nachbarschaft. – Zu Langmanns Tagesablauf: Er verließ um sieben Uhr fünfzehn das Haus, fuhr mit seinem BMW zur Reederei Navis im Steinwerder Hafen. Er muss vor acht Uhr dort angekommen sein. Seine Sekretärin kam um acht, da saß er schon am Schreibtisch.«

»Verstehe«, kam von Mattes, während er seinen Stift ins Notizbuch klemmte und das Buch einsteckte.

Das Landeskriminalamt 41 (LKA 41) ist bei der Hamburger Polizei das Fachkommissariat für Tötungsdelikte und Todesermittlungen. Diese Dienststelle ist im Polizeistern am Bruno-Georges-Platz 1 in Hamburg beheimatet.

»Was wollen Sie nun machen?«

»Sie geben mir den Schlüssel zu diesem Haus und fahren mich jetzt zu seinem Kontor.«

Ungläubig starrte sie Mattes an, schüttelte den Kopf, nahm ihre Handtasche und holte den Haustürschlüssel heraus.

›Das darf ich keinem erzählen, was hier abgeht! Schlimm genug, dass man das alles in seinen Büchern nachlesen kann!‹, waren ihre Gedanken. Sie reichte den Schlüssel an den Schriftsteller weiter.

»Fahren wir!«, kommentierte sie ihre Aktion.

»Ja«, äußerte sich Mattes und schlurfte hinter der Kommissarin her.

Die Haustür schloss er ab und steckte sich den Schlüssel ein.

Die Kommissarin gab ihm im Auto die Fotos vom Tatort und von der Wohnung.

»Haben Sie schon Erkenntnisse?«, fragte Frau Sommer unterwegs.

»Ja«, war die schlichte Antwort vom Schriftsteller, während er sich noch die Bilder anschaute. Sie kannte das und wusste, dass er jetzt nichts mehr sagen würde.

FREITAG, 13.10.2017, 16:00 UHR STEINWERDER HAFEN, REEDEREI NAVIS:
Sie erreichten um sechzehn Uhr die Reederei. Frau Sommer marschierte voran und betrat, ohne zu klopfen, das Vorzimmer von Bernhard Langmann.

Im Vorraum saß Frau Gertrud Malberg. Sie war die Sekretärin des Prokuristen der Reederei Navis in Hamburg. Die attraktive Frau war mittelgroß, zirka fünfundvierzig Jahre alt und trug blond gefärbte, voluminöse Haare. Sie hatte ein leuchtend gelbes Glockenkleid mit rundem Ausschnitt und passende rote Schuhe dazu an. Neben ihrem Schreibtisch stand ein flacher Korb, in dem ein Pudel lag und schlief.

Mattes ließ sich das Büro von Bernhard Langmann zeigen. Das dauerte nicht einmal fünf Minuten. Anschließend setzte er sich in den Besuchersessel, der gegenüber dem Schreibtisch von Frau Malberg stand. Er unterhielt sich mit der Sekretärin über ihren Tagesablauf vom 12. Oktober und von belanglosen Dingen aus ihrem Arbeitsalltag. Frau Sommer langweilte sich.

Die Kommissarin verließ die Reederei gegen siebzehn Uhr dreißig mit einem kurzen »Tschüss«. Mattes saß immer noch in dem Sessel und grübelte, während Frau Malberg an ihrem Schreibtisch arbeitete.

»Herr Mattes, wollen Sie nicht seinen Schreibtisch und seinen Schrank durchsuchen?«, fragte sie.

Nach zwei Minuten antwortete er: »Das hat die Polizei gemacht. – Wie war Ihr Verhältnis zu Bernhard Langmann?«

»Wir hatten kein Verhältnis. Falls Sie das meinen«, antwortete sie. Mattes glaubte, einen verärgerten Unterton herausgehört zu haben.

»Eine so attraktive Frau wie Sie hat doch eine Liebschaft mit ihrem Chef?«

»Nein! – «, begann sie energisch.

»Leider nicht«, ergänzte sie leise mit viel Wehmut in ihrer Stimme.

»Keine kleinen Schmusereien oder Berührungen?«

»Hin und wieder saß er dort, wo Sie jetzt sitzen, und las mir Gedichte vor. Es waren schöne poetische Liebesgedichte.«

»Ist er Ihnen auch mal nähergekommen?«

»Na ja – wenn Sie es keinem weitersagen – er stand einmal hinter meinem Schreibtisch, um auf diesem Laptop den Text zu lesen. Dabei griff er in meinen Ausschnitt und umfasste meinen Busen.«

»Das hat Ihnen gefallen?«

Sie grinste in sich hinein. Der Pudel kam aus seinem Korb und ließ sich von Mattes streichen.

»Und zum Abschied hat er Sie geküsst!«, ergänzte er.

»Nein! Wie kommen Sie darauf?«

»Ich habe Ihren Lippenstift an seinem Trenchcoat-Kragen gefunden.«

»Ich küsste ihn. Er drehte sich aber weg und verschwand«, sagte sie und es klang traurig.

FREITAG, 13.10.2017, 18:30 UHR, EPPENDORF, RECHTSMEDIZIN IM UKE:

Mattes blieb noch bis kurz vor achtzehn Uhr und fuhr zum Institut für Rechtsmedizin im Universitätsklinikum Hamburg-Eppendorf.

Er hatte von unterwegs mit Doktor Ortwin Schietzler aus dem UKE telefoniert, bevor er das Haus Nord einundachtzig im Butenfeld vierunddreißig betrat. Doktor Schietzler holte ihn am Empfang ab.

»Hey, Pit – schön, dich zu sehen!«

»Nur als Gast und nicht als Kunde«, erwiderte Pit und musste dabei lachen.

»Und, du bist wieder als Kriminalist unterwegs und brauchst Hilfe von einem Rechtsmediziner?«

»Ja, so ähnlich. Es geht um Bernhard Langmann.«

»Komm erst mal rein. Mein Büro ist die dritte Tür rechts. Ich hole uns was zu trinken. – Tee, war das doch?«

»Genau!«, sagte Mattes und schritt Richtung Büro.

Ortwin Schietzler: Der einen Meter achtzig große Mediziner ist Teamleiter im Institut für Rechtsmedizin im Universitätsklinikum Hamburg-Eppendorf. Nach seinem Medizinstudium arbeitete er als Internist im UKE. Vertretungsweise wurde er zu einer medizinischen Tagung nach Köln geschickt. Dort hörte er einen interessanten Vortrag über Rechtsmedizin. Das Referat fesselte ihn so stark, dass er sich in Hamburg auf einen Posten in der Rechtsmedizin

bewarb. Seit 2001 arbeitet er in diesem Hamburger Insti-
tut. Seine Ausbildung zum Rechtsmediziner dauerte dann
noch mal drei Jahre.

Pit Mattes lernte den jetzt fünfundfünfzigjährigen auf
einer Kreuzfahrt um Südamerika herum kennen. Bei
einem Landgang in São Paulo wurde er von drei einheimi-
schen Typen überfallen. Mattes griff ein, legte zwei flach,
der Dritte entkam. Seitdem war eine Freundschaft ent-
standen. Ortwin Schietzler ist seit sechs Jahren verheira-
tet und hat einen fünfjährigen Sohn.

Die Hamburger Rechtsmedizin: Professor Doktor Klaus
Püschel ist seit 1991 Direktor des Instituts für Rechtsme-
dizin am Universitätsklinikum Hamburg-Eppendorf.

Sowohl in Deutschland als auch international ist die
Hamburger Rechtsmedizin auf dem Gebiet der Forensik
gefragt. Fünfzehn Ärzte arbeiten in sieben Teams im Insti-
tut. Die Dienststelle ist rund um die Uhr besetzt.

Bei einem Unfall, Suizid, Fremdverschulden oder bei
einer Einwirkung von außen wird im Totenschein eine un-
klare Todesursache oder ein nichtnatürlicher Tod angege-
ben. Es wird ein Todesermittlungsverfahren eingeleitet.
Das zuständige polizeiliche Fachkommissariat LKA 41 im
Polizeipräsidium Hamburg wird eingeschaltet.

Mit dem Todesermittlungsverfahren wird geklärt, ob
der Tod vorsätzlich oder fahrlässig oder durch fremdes
Verschulden verursacht wurde.

Für die Dauer der Ermittlungen ist der Leichnam des
Verstorbenen beschlagnahmt. Er wird von einem Bestat-
tungsunternehmen im Auftrag der Polizei in das Institut
für Rechtsmedizin gebracht.

Hier wird von zwei Rechtsmedizinern eine äußere Be-
sichtigung, die Leichenschau, durchgeführt.

In einem Eilverfahren entscheidet die Staatsanwalt-
schaft, ob weitere Untersuchungen erforderlich sind. Bei
Hinweisen auf ein Fremdverschulden wird immer eine
Obduktion veranlasst. Sie wird von mindestens zwei Ärz-
ten durchgeführt. Oft ist die Spurensicherung mit dabei.
Es kommt auch vor, dass jemand vom LKA 41 (Mordkom-
mission) oder eine Person aus der Staatsanwaltschaft an-
wesend ist.

Der Leichnam des Toten wird bis zur schriftlichen Frei-
gabe der Staatsanwaltschaft Hamburg im Institut aufbe-
wahrt.

Doktor Schietzler kam kurz darauf mit zwei Bechern in
sein Büro, stellte sie auf den Besuchertisch und schmiss
sich in seinen Schreibtischsessel.

»Bernhard Langmann. Ich war gestern Morgen im Poppes
Weg und habe mir das Opfer dort angesehen.
Ein nicht besonders spektakuläres Tötungsdelikt. Das Op-
fer: Vierzig Jahre und einen Meter fünfundachtzig groß.
Ein stattlicher Mann, hätte bestimmt noch vierzig Jahre
leben können, wenn das Projektil ihm nicht dazwischen-
gekommen wäre. Gezielter Schuss zwischen die Augen.
Die Kugel trat am Hinterhauptbein wieder aus. Ein glatter
Durchschuss. Gestern Abend bei der Obduktion war die
Spurensicherung anwesend. Die Kleidung nahmen sie für
die Ballistik mit«, berichtete der Mediziner und blätterte
in der Akte.
»Du solltest dir den Knaben einmal anschauen.«

»Ich bin nicht so vergnügungssüchtig wie du, dass ich mir Leichen betrachten muss«, entgegnete Pit.

»Nein, ich möchte dir nur sein Gesicht zeigen. Komm mal mit«, forderte Ortwin ihn auf und stand auch schon in der Tür. Ein Gegenargument konnte der Schriftsteller nicht mehr vorbringen. Er folgte dem Doktor. Im Aufbewahrungsraum war es merklich kälter. Und als er eine Kühlkammer öffnete und die Leiche herauszog, kam ihm ein prägnanter Kälteschwall entgegen.

»Der sieht ja aus wie ich!«, entfuhr es Mattes, als der Doktor den Leichensack ein kleines Stück öffnete.

»Du kannst dir nicht vorstellen, welchen Schreck ich bekam, als ich den Burschen gestern Morgen in Othmarschen untersuchte. Obwohl ich mir durchaus ausmalen kann, dass du irgendwann hier mal mit einem Loch im Korpus auftauchen wirst«, grinste er Pit an. »Damit warte bitte noch ein paar Jahre. – Der Einschusskanal des Projektils ist übrigens von oben schräg nach unten gerichtet«, ergänzte er, als er den Reißverschluss am Leichensack wieder zuzog. »Das bedeutet, dass der Schütze entweder größer ist oder dass er Plateauschuhe anhatte, was ich allerdings für unwahrscheinlich halte«, fügte er hinzu und schob den toten Körper in die Kühlkammer zurück.

»Verstehe – ein Profi zielt immer, auch bei kurzen Entfernungen. Also kommen wir auf eine Distanz, gestreckter Arm plus Abstand zwischen Waffe und Opfer, von ungefähr einen Meter und neunzig.«

»Der Kriminaltechniker von der ballistischen Abteilung, mit dem ich heute Mittag telefonierte, erwähnte, dass der Schuss aus ungefähr einem Meter Entfernung abgegeben wurde. Das konnten sie mithilfe der Kleidung ermitteln, die wir dem Toten hier ausgezogen hatten. Denn aus der Anzahl der Schmauchpartikel am Oberhemd des

Opfers errechneten sie den Abstand der Waffe zum Todesopfer.«

»Richtig! Das hatte ich auch ermittelt. Denn viel mehr Platz war für den Schützen nicht vorhanden. – Stell dich mal dort hin und schieß mal mit deinem Finger auf mich. Halt, ich muss noch ein Stück zurückgehen. Streck mal deinen Arm aus«, gab Mattes als Regieanweisung. Mattes betrachtete die Konstellation und schüttelte den Kopf.

»Ja, aber ich bin mindestens zehn Zentimeter zu klein, um auf den richtigen Winkel zum Schusskanal zu kommen.«

»Danke, also einen Meter neunzig bis fünfundneunzig. Damit haben wir die ungefähre Größe des Übeltäters.«

»Und er ist Rechtshänder. – Das schreibst du alles ins neue Buch?«, wollte der Doktor wissen, während die beiden zurück ins Büro gingen.

»Ja, Ortwin. Du wirst dieses Mal auch darin vorkommen. – Habt ihr eure Begutachtungen abgeschlossen?«

»Nein. Das Gutachten ist noch nicht fertig. Wir haben Medikamente in seinem Blut gefunden, wir untersuchen noch, um was es sich handeln könnte.«

»Ich habe Hormonpräparate mit Testosteron und andere Potenzmittel in seinem Badezimmerschrank gesehen«, erwähnte Pit und zeigte ihm ein Bild, das er mit dem Smartphone gemacht hatte.

»Danke, die habe ich vor Ort nicht bemerkt. Pit das hilft uns weiter. Zumindest wissen wir, in welcher Richtung wir ermitteln müssen.«

Pit schickte ihm ein Foto vom geöffneten Spiegelschrank aus Langmanns Badezimmer per Mail.

»Noch was, Pit. Einige Zeit, bevor er das Rendezvous mit der Pistolenkugel hatte, bekam er zwei oder drei kräftige Schläge in die Bauchregion.«

»Wann genau war das?«

»Das müsste nach den Hämatomen zu urteilen vier bis sechs Stunden vor seinem Exitus passiert sein.«

»Hatte er innere Verletzungen?«, fragte Pit und trank etwas von seinem Tee.

»Ein Hämatom ist eine innere Verletzung. Du meinst die Organe, wie Nieren, Leber, Galle, Magen und so weiter. – Nein, die sind nicht in Mitleidenschaft gezogen worden. Das hätte ein oder zwei Tage wehgetan, wäre aber nicht lebensbedrohlich gewesen.«

»Wie geht es jetzt weiter?«

»Morgen werden wir die Blutuntersuchungen haben. Mittags wird unsere Expertise an die Behörden verschickt. Die DNA werden wir in zwei oder drei Wochen nachliefern. – Pit, ich weiß, worauf du hinaus willst. Ich werde dich zu einem Bier einladen, wenn was Außergewöhnliches entdeckt wird. Ansonsten gehen wir auf deine Kosten im November zum Italiener. Am Sonntag fahre ich mit meiner Frau und unserem Sohn für ein verlängertes Wochenende in den Urlaub. In Hamburg sind Herbstferien. Schwiegermutter erwartet uns zum Mittag. Donnerstag bin ich wieder hier.«

Pit wünschte Ortwin noch einen schönen Urlaub, bevor er nach Hause fuhr.

An Mattes' Wohnungstür klingelte Susanne. Pit bat sie hereinzukommen. Er merkte sofort, dass sie etwas Wichtiges auf dem Herzen hatte.

»Komm setzen wir uns ins Wohnzimmer. Möchtest du was trinken?«

»Nein, im Moment nicht«, begann sie und blieb im Wohnzimmer stehen. »Ich weiß nicht, ob ich dich damit belästigen darf? – Pit, mir ist heute Morgen die Sicherung durchgebrannt«, schluchzte sie.

»Ist alles okay. Komm mal her!«, beruhigte sie Pit und nahm sie in den Arm. »Dazu sind Freunde da. Am besten ist´s, du berichtest von vorne«, ergänzte er.

Er führte sie zum Sofa und sie setzten sich. Sie rutschte zu ihm und legte ihren Kopf an seine Schulter. Er hielt sie fest.

»Ich ließ mich doch vor zwei Monaten hier in die Filiale am Stephansplatz versetzen, weil der Betriebsleiter der alten Niederlassung an mir rumfummeln wollte.«

»Ja, das hattest du mir vor ein paar Wochen erzählt!«

»In dem neuen Laden musste ich im Verkauf arbeiten. Lieber würde ich Kuchen oder Kekse backen oder Torten dekorieren. Ich wünschte mir, in der Backstube beschäftigt zu werden. Ich möchte das machen, was ich gelernt habe.«

»Verstehe!«

»Heute Vormittag bot mir das der Filialleiter an. Allerdings nur, wenn ich für ihn die Beine breitmache. Und genauso hat er das gesagt. Als er dann aufdringlich wurde, habe ich ihn zwischen die Beine getreten, meine Sachen gepackt und bin abgehauen.

In der Zentrale sprachen sie von Arbeitsverweigerung und ich sollte mit dem Leiter in Ruhe darüber sprechen. ›Ich hätte das doch bestimmt falsch verstanden.‹ Dabei ist mir der Kragen geplatzt, und ich habe gekündigt. Anfang nächster Woche muss ich noch mal zur Hauptgeschäftsstelle und die Kündigung unterschreiben und meine Papiere abholen.«

»Verstehe! – Susanne, du hast richtig reagiert. Du brauchst dir keine Vorwürfe zu machen. Und es ist auch in Ordnung, dass du zu mir gekommen bist.

Entweder komme ich am Montag mit oder noch besser wäre es, wenn Harald dich begleiten würde. Auf jeden Fall wirst du nicht alleine dort hingehen müssen.«

»Das finde ich gut. Harald, wer ist das?«

»Doktor Harald Rechtler ist Jurist und ein Studienfreund von mir. Er wird dir helfen, dein Recht durchzusetzen. Ist das okay für dich? Bist du damit einverstanden, dann würde ich ihn gleich anrufen?«

»Pit, ich weiß nicht! Ich habe kein Geld. Ich kann mir einen Rechtsanwalt nicht leisten.«

»Darüber mach dir keine Sorgen. Wenn Kosten anfallen, werde ich dir Geld vorschießen.«

Sie war einverstanden. Mattes telefonierte darauf mit Harald. Der direkt zusagte, nachdem Mattes ihm den Fall geschildert hatte.

Susanne wurde viel ruhiger und sie trank dann doch noch mit Pit eine Flasche vom kühlen Bier. Und Pit bekam einen Kuss, als sie sich verabschiedete.

Die Aktualisierung seines Skripts hatte Mattes schnell erledigt. Gegen dreiundzwanzig Uhr dreißig fiel ihm die Oma von Frau Kolwaski wieder ein. Es dauerte nicht lange, bis er den damaligen Polizeipressebericht fand:

Hamburg – Tatzeit: 11.11.2007, 06:58 Uhr, Tatort: Hamburg-Wandsbek:

Die Polizei Hamburg fahndet nach zwei bislang unbekannten Tätern, die am Morgen einen Kiosk überfallen haben. Das zuständige Raubdezernat führt die weiteren Ermittlungen durch.

Die 69-jährige Inhaberin hatte den Kiosk gerade geöffnet und ging in einen hinteren Raum, um Geld aus einem Tresor zu holen. Zwei maskierte Täter betraten den Kiosk und gingen zielstrebig auf die 69-Jährige zu. Sie schubsten sie beiseite und entnahmen aus dem Tresor eine Kassette mit 150 Euro Bargeld. Die Geschädigte setzte sich zur Wehr und schrie um Hilfe. Im weiteren Verlauf erschien daraufhin eine Zeugin in dem Kiosk. Die beiden Täter flüchteten aus dem Kiosk. Vorher schmissen sie noch zwei Molotowcocktails in die Räumlichkeiten. Der Kiosk brannte bis auf die Grundmauern herunter. Die 69-Jährige wurde bei dem Überfall verletzt. Sie wurde ins Krankenhaus eingeliefert.

Im Rahmen der mit neun Funkstreifenwagen durchgeführten Fahndungsmaßnahmen konnten die Täter nicht mehr aufgefunden werden.

Diese können wie folgt beschrieben werden:

Täter 1:

– männlich – ca. 1,75 m – sportlich schlanke Figur, trug eine helle Hose und dunkle, eng anliegende Oberbekleidung.

Täter 2:

– weiblich – ca. 1,80 m – sportlich schlanke Figur, trug eine blaue Jeanshose und dunkle, eng anliegende Oberbekleidung.

Zeugen, die Hinweise auf die Täter geben können oder die verdächtige Beobachtungen gemacht haben, werden gebeten ...

Der Hobbykriminalist druckte den Bericht aus und heftete ihn in seinem Skript- und Rechercheordner ab.

12

SONNABEND, 14.10.2017, 11:15 UHR, EPPENDORF, MATTES'
WOHNUNG:

Es klingelte an Mattes' Wohnungstür.

»Hallo Niels, ich habe schon gar nicht mehr mit dir gerechnet«, lästerte der Schriftsteller.

»Ich hatte ein Problem, einen Parkplatz zu finden.«

»Verstehe.«

»Das nächste Mal vereinbaren wir einen Termin um viertel vor elf, dann können wir pünktlich um elf anfangen.«

Niels Zwink: Seit acht Jahren ist der fünfzigjährige SPD-Politiker Mitglied des Deutschen Bundestages. Der ständig gestresste blonde Volksvertreter beauftragte den Schriftsteller, seine Biografie zu schreiben. Die beiden trafen sich fast ein Jahr lang alle drei Wochen sonnabends in Mattes' Wohnung. Niels hat eine Marotte, er kommt immer eine viertel Stunde zu spät. Selbst bei seiner eigenen Hochzeit wich er davon nicht ab.

»Niels, ich hoffe, dir haben die letzten drei Kapitel genauso gefallen wie die ersten zwölf?«

»Ja, die sind große Klasse. Was jetzt noch fehlt, ist meine Scheidung. Ich bin seit Dienstag wieder Single«, sagte er, und ein bisschen Wehmut klang mit.

»Wenn du das möchtest? Kein Problem – dann nehme ich das mit auf«, erklärte Mattes. Er wusste, dass seine Ehefrau, eine hübsche, erfolgreiche Schauspielerin, vor eineinhalb Jahren mit einem russischen Millionär durchgebrannt war.

»Was passiert mit dem fertigen Manuskript?«

»Das Skript schickst du zum Verlag. Dort wird ein Lektor oder eine Lektorin sich den Text anschauen und kleine Modifikationen vornehmen. Anschließend wird Korrektur gelesen. Dann kommt das Buch in den Druck und darauf endlich in den Handel. Das ist der grobe Fahrplan. In der Regel dauert diese Prozedur vier bis sechs Monate. – Die Verlagsanschrift und den erforderlichen Ansprechpartner schreibe ich dir gleich auf.«

»Danke Pit!«

»Kann ich noch was für dich erledigen?«

Nach einer kurzen Denkpause begann der Politiker: »Was hältst du von dem Bundestagswahlergebnis?«

»Meinst du das Ergebnis oder das, was inzwischen passiert ist?«, fragte Pit und goss Tee in die Becher.

»Über den Ausgang diskutierten wir bereits das letzte Mal. Mich interessiert vielmehr, wie du die Entwicklung nach der Wahl siehst?«

»Ja – nicht einfach, meine Wahrnehmung zu beschreiben. – Vor der Abstimmung war der Unterschied zwischen der CDU und der SPD, als ob ich einen schwarzen oder einen roten Golf auf die Rampe stelle. Das fand ich gar nicht so verkehrt. Beide Programme hatten eine gemeinsame Mehrheit und es war politisch eine stabile

Angelegenheit. Und dann kam Martin Schulz in der Wahlnacht und verkündet, dass die SPD in die Opposition geht.«

»Das hatte schon seinen Grund!«

»Ja, das weiß ich. Das aber nach dem Urnengang zu verkünden fand ich dem Wähler gegenüber nicht fair. – Dann kam der Spruch von Andrea Nahles: ›*Ein bisschen wehmütig – und ab morgen kriegen sie in die Fresse.*‹ So eine Person mit solchen Sprüchen kann ich politisch nicht ernst nehmen. Die Frau hat sich als Politikerin in meinen Augen abqualifiziert.«

»Da muss ich dir zustimmen. Sie wollte auf sich aufmerksam machen«, sagte Niels und schaute etwas melancholisch.

»Erforderlich ist eine stabile Politik, nicht nur in Deutschland, sondern in Europa. Meines Erachtens agieren unsere Parteien viel zu regional. Das fängt schon in den Ländern an. ›Erst wir – dann die anderen‹, Trump macht uns das vor. Aber wir benötigen die Globalisierung, auch in der Staatsführung. Wir brauchen ein gemeinsames Europa. Im Handel, in den Finanzen und besonders im Umweltschutz ist ein einheitlicher Kurs unabdingbar. – Es nutzt nichts, wenn wir unsere Atomkraftwerke abschalten und fünfzig Kilometer hinter der Grenze welche aufgerüstet werden.«

»Du hast recht. Aber zumindest sind wir in der Vorreiterrolle und geben die richtige Richtung vor.«

»Ja, das stimmt, gewiss tun wir was und zeigen eine Richtung. Ob sie die bessere ist, wird sich in ein paar Monaten oder Jahren herausstellen.«

»Mm, ich verstehe deine Argumentation. Was mich brennend interessieren würde: Was meinst du, was fehlt der SPD?«

»Niels, du weißt, dass ich nicht für die SPD stimme!«

»Ja, darum schätze ich deine neutrale Sicht auf meine Partei. Ich achte deine objektive Einstellung.«

»Verstehe!«, kam von Pit etwas undeutlich, denn er trank seinen Tee dabei.

»Na ja! Ich glaube, allen Parteien fehlen neue gute Ideen, der Elan, sie auszudiskutieren und sie anschließend auch umzusetzen, und zwar in Europa!«

»Hast du ein Beispiel für mich?«

»Ja – schau dir die Entwicklung in der Industrie an. Da standen vor Jahren Facharbeiter am Produktionsband. Heute stehen dort Roboter. Diese leisten dasselbe oder sogar mehr. Früher arbeiteten dort hunderte Menschen, jetzt nur noch drei. Das Unternehmen hat höhere Investitionskosten aber dafür geringere Personalkosten, weniger Risiko, Krankheit, Streik und so weiter. Lohnsteuer oder Einkommensteuer bezahlen nur die drei.«

»Und was würdest du ändern?«

»Man sollte mal darüber nachdenken und diskutieren, ob die Maschinen, die jetzt die Arbeit der Menschen erledigen, nicht besteuert werden könnten.«

»Das ist ein Thema, über das ernsthaft diskutiert werden müsste«, bemerkte der Politiker und trank seinen Tee aus. »Und was fehlt der SPD?«, fragte er weiter.

»Ich habe den Eindruck, dass bei der SPD der soziale Aspekt in den Hintergrund geraten ist.«

»Wie meinst du das? Hast du auch dafür ein Beispiel?«

»Ja! – Marktwirtschaft ist eine gute Sache. Aber nicht in allen Sparten sinnvoll. – Warum gibt es bei uns ein Gesundheitssystem, das gewinnorientiert oder, wenn ich mir die Krankenhauskonzerne anschaue, gewinnmaximierend unterwegs ist?

Mich stört, dass Krankenhäuser mit der Krankheit anderer

Menschen überproportional viel Geld verdienen.

Das passt nicht zu einer sozialen Marktwirtschaft. Dazu kommt, dass das Vertrauen in unser Gesundheitswesen verloren geht«, erklärte Pit und wollte Tee nachschenken.

»Nein danke, ich möchte nichts mehr trinken! – Du, Pit! Tust du mir einen Gefallen? Schreibst du die beiden Aspekte und Beispiele, die du eben nanntest, noch in das Skript, als Ausblick und Schlusswort?«

»Ja – okay, mach ich. Ich schicke dir das fertige Manuskript in der kommenden Woche.«

»Danke, und die Schlussrechnung übersendest du mir bitte ebenfalls!«

»Natürlich auch die Rechnung.«

»Pit! Ich könnte einen neutralen Berater brauchen. Hättest du nicht Lust, als Ratgeber für uns zu arbeiten? Du bist ein kreativer Mensch, wir benötigen frische Ideen.«

»Niels, ich glaube nicht, dass ich der Richtige dafür bin. Ich wirke viel zu gerne als Schriftsteller und Hobbykriminalist.«

SONNABEND, 14.10.2017, 16:00 UHR, BARMBEK, GERTRUD MALBERGS WOHNUNG:

Nieselregen in Hamburg. Pit Mattes nahm dieses Mal einen Schirm mit.

Er klingelte an der Appartementtür von Frau Malberg. Er nahm das Bellen eines Hundes wahr. Die Tür wurde geöffnet. Gertrud Malberg trug einen weit ausgeschnittenen, blauen Pulli und eine hautenge Leggins, die ihre Figur betonte.

»Frau Malberg, ich habe noch ein paar Fragen an Sie«, begann Pit Mattes.

»Kommen Sie herein. Darf ich Ihnen was zu trinken anbieten?«

»Gerne!«

Sie stellte Weingläser auf den Tisch und gab Mattes die Weinflasche und einen Korkenzieher in die Hand. Inzwischen hatte sich der Pudel beruhigt und verschwand in der Küche.

»Das ist Petty. Er gehört einem Freund von mir«, erklärte sie. Pit Mattes goss Wein ein und sie prosteten sich zu.

Mattes setzte sich ihr gegenüber an den Tisch. Sie schauten sich eine Zeit lang an. Er studierte ihre Mimik. Sie seine Augen. Auf dem Tisch lag ein Buch von Joachim Ringelnatz.

Der Schriftsteller nahm das Buch in die Hand. Beim Lesezeichen schlug er es auf und begann laut vorzulesen. ›Ich habe dich so lieb‹, er kannte das Gedicht von Ringelnatz.

Sie schloss ihre Augen und genoss die Worte, den Reim und die Atmosphäre bis zum Schluss der Verse.

Mattes legte das Buch auf den Tisch und goss Wein nach. Nach einer langen Pause öffnete sie die Augen, lächelte ihn an und flüsterte: »Danke Bernhard!«

Nach einer weiteren Pause fragte sie: »Wie kann ich Ihnen helfen?«

»Ich weiß nicht, ob Sie mir helfen können oder ich Ihnen«, kam von Mattes. Er stand auf und schaute sich im Wohnzimmer um. Die Wohnung war im Stil der fünfziger und sechziger Jahre eingerichtet. Gertrud Malberg saß auf einem Stuhl am Wohnzimmertisch und spielte verlegen mit ihrem Weinglas.

»Ich habe noch nicht Ihr Verhältnis zu Bernhard Langmann nachvollziehen können. So eine attraktive Frau wie Sie kann sich doch nicht vor Verehrern retten. Warum dann ausgerechnet Langmann?«

»Sie sprechen schon wieder von Verhältnis. Wir sprachen bereits darüber: Wir hatten keins.

Wenn sie einen Menschen lange kennen, jede Bewegung, jede Geste, jede Bemerkung vorhersagen können, dann ist das doch Zuneigung. Auch wenn der Verstand eine abweichende Meinung vertritt.«

»Und Ihre Beziehung zu Ihrem Freund mit dem Hund?«

»Das mit Felix ist mehr eine erotische Zweierbeziehung. Er ist ein fantastischer Liebhaber. Aber eine unmögliche Person. Er ist egozentrisch veranlagt. – Bernhard war da ganz anders. Der konnte zuhören, der konnte charmant und romantisch sein«, schwärmte sie und schaute Mattes bittend an.

Mattes stand hinter ihr und berührte ihre Schultern. Sie lehnte sich nach hinten und seufzte. Er beugte sich nach vorne und eine Hand verschwand in ihrem Ausschnitt. Sie stöhnte auf und legte ihren Kopf in den Nacken. Pit Mattes küsste sie.

Er genoss eine leidenschaftliche Gertrud Malberg und blieb über Nacht. Am Sonntagmorgen holte er Brötchen. Den Hund nahm er mit und drehte mit ihm noch eine Extrarunde. Als er zurückkam, kochte er Kaffee und Tee. Zum Frühstück erschien sie in einem durchsichtigen Negligé.

Er blieb noch bis dreizehn Uhr und fuhr dann nach Eppendorf in seine Wohnung.

13

Pit klingelte bei Mio Takahashi. Sie öffnete die Eingangstür und er begrüßte sie:»Hallo, Frau Takahashi!«

»Hallo, Herr Mattes, ist es Ihnen oben zu langweilig geworden? Ich jedenfalls habe im Moment keine Zeit für Sie.«

»Nein, alles in Butter, Frau Takahashi! Ich wollte Sie nur sehen«, kam von ihm. Er drehte sich um und schlich die Treppe hinauf. Sie konnte nicht verstehen, warum sie ihm schon wieder eine Abfuhr erteilte.

Nachdem er etwas von dem fehlenden Schlaf nachgeholt hatte, schrieb er seine Erlebnisse in der Hellbrookstraße auf. Die Handlung gefiel ihm, auch wenn sie ihn ständig mit ›Bernhard‹ ansprach.

Gegen siebzehn Uhr rief er sie an.

»Bernhard, ich habe mit Ihrem Anruf gerechnet.«

Pit Mattes besuchte sie. Als er sich um zweiundzwanzig Uhr verabschiedete, bedankte sie sich bei ihm:»Herr Mattes, Sie sind ein außergewöhnlicher Gefühlsmensch. Danke für die schönen Stunden. Sie haben viel für mich getan. Ich glaube, ich kann die Episode ›Bernhard‹ abschließen und werde die Freundschaft mit Felix auf den Prüfstand stellen. Sie haben mir gezeigt, dass beide Eigenschaften, die ich schätze, vereinbar sind.«

Mattes nahm ein Taxi zum Poppes Weg. Er setzte sich im Wohnzimmer in den Ledersessel und grübelte.

Um drei Uhr schritt er in die Küche und kochte sich Tee. Im Schlafzimmer fand er ein Portemonnaie mit dreihundert Euro oben auf dem Kleiderschrank. Im Wäscheschrank lag ein Fotoalbum. Er nahm es mit ins Wohnzimmer.

Der Hobbykriminalist betrachtete Bilder aus Langmanns Kindheit, die von seiner Hochzeit und von einem Urlaub in Pisa mit seiner Ehefrau. Hinten lagen einige lose Fotos, die noch nicht eingeklebt worden waren. Der Ermordete küsste seine Frau vor einem Tannenbaum, der sich im Wohnzimmer befand. Mattes drehte das Bild um. ›Weihnachten 2009‹ stand mit Bleistift auf der Rückseite.

›Die Einrichtung und die Dekoration im Wohnraum sehen heute noch genauso aus. Er hatte tatsächlich nichts verändert‹, stellte der Schriftsteller fest. Die Fotos zeigten Wasserflecken.

»Nein das sind Tränen!«, sagte Pit, als er die Erinnerungsstücke zurücklegte und das Buch zuklappte.

Kurz vor acht Uhr kam Frau Sabine Gyühlan, die Haushaltshilfe, und wollte nach der Wohnung sehen. Pit Mattes unterhielt sich mit ihr eine Stunde lang. Dann schickte er sie wieder nach Hause.

Um zehn Uhr erschien Gabriele Sommer. Mattes saß wieder im Sessel. Erst dachte sie, dass er schläft, dann nahm sie wahr, dass er sie beobachtete.

»Erzählen Sie mir von dem ersten Mord«, forderte er sie nach einer Weile auf.

»Albert Holtzer wurde beim Joggen im Winterhuder Stadtpark am Sonnabend, den 7. Oktober, zwischen 7:00 und 8:30 Uhr, erschossen. Er war mit einer Jogginghose und einem Polohemd bekleidet. In der Brusttasche vom Polohemd steckte die goldene Visitenkarte. Das Besondere war, dass Albert Holtzer neben seinem Haustürschlüssel zwei Fünfzig-Euro-Scheine lose in der Jogginghosentasche aufbewahrte. Ein Schein war mit einem roten ›F‹ markiert worden.«

»Was war er für ein Mensch?«

»Herr Holtzer war fünfundvierzig Jahre alt, einen Meter und fünfundsechzig groß, verheiratet, keine Kinder. Seine Frau Liane Holtzer ist eine selbstständige Grafikerin. Sie wohnten in Winterhude in der Himmelstraße. Beschäftigt war er bei dem Großhandel ›Otto Kleinig Im- und Export‹ hier in Hamburg. Das Unternehmen ist hauptsächlich im Handel mit China tätig. Sowohl sein Arbeitsplatz als auch seine Wohnung wurden von uns untersucht. Wir fanden keine Anhaltspunkte, die uns weiterbringen könnten. Holtzer war ein Hallodri oder Luftikus. Er hatte Spielschulden. Vor zwei Jahren wurde er wegen Besitzes von Betäubungsmitteln verhaftet und bekam eine Bewährungsstrafe.«

»Mobilfunkauswertung?«

»Wir haben in seiner Wohnung einen Prepaidvertrag gefunden, aber kein Mobiltelefon. Vom Festnetz ist seit vier Monaten nicht mehr telefoniert worden. Gesperrt, weil nicht bezahlt. Auf dem Küchentisch lag eine Telefonliste. Nur Nummern vom Arbeitgeber, Ärzten und Pizza-Bringdiensten, Sportverein und so weiter.«

Von Mattes kam nur sein typisches »Verstanden!«.

»Haben Sie eine Idee? Können Sie sich einen Reim darauf machen? Die einzigen gemeinsamen Anhaltspunkte sind die beiden gleichen Visitenkarten.«

»Und die Schusswaffe«, ergänzte er.

»Natürlich – die tödlichen Projektile wurden von derselben Pistole abgeschossen«, bestätigte sie.

»Ja – noch was – die zwei Fünfzig-Euro-Scheine. Wenn ich joggen gehe, habe ich nie Geld dabei. Wozu gebrauchte er Geld, und dann gleich zwei Scheine?«, erwähnte Mattes.

»Wenn ich mal zum Laufen aufbreche, nehme ich auch immer Geld mit. Für einen Kaffee oder so was!«

»Verstehe! – Und was hat das rote ›F‹ auf der Banknote zu bedeuten?«, fragte Mattes.

»Geldscheine mit irgendwelchen Kennzeichen sind nicht selten«, antwortete Frau Sommer.

»Hatte Bernhard Langmann ein Portemonnaie in der Tasche?«

»Ich glaube ja!«

»Das hilft mir nicht weiter. Überprüfen Sie das.«

Mattes stand auf, schlenderte ins Schlafzimmer. Die Kommissarin folgte ihm. Er holte die Geldbörse vom Schrank und gab sie der Kommissarin. »Zwei mal drei Fünfzig-Euro-Scheine in zwei unterschiedlichen Fächern.

Wurde wohl von ihren Leuten nicht gefunden«, kam von ihm mit einem vorwurfsvollen Unterton.

»Okay!«

»Lassen Sie alle Fünfziger untersuchen. Gehen Sie damit zur Deutschen Bundesbank, Willy-Brand-Straße 73.«

»Vermuten Sie Falschgeld?«, fragte sie überrascht.

»Das ›F‹ könnte für ›Falschgeld‹ stehen.«

»Jetzt sind Sie zu schnell für mich!«

»Schauen Sie: Drogen werden es nicht sein, dann hätten Ihre Polizeihunde das angezeigt.
Aber es gibt viele Möglichkeiten. Um es genau zu sagen, es sind acht hoch vier. In allen Alternativen werden Waren aus China über Rotterdam nach Hamburg gebracht.«

»Wie kommen Sie darauf?«

»Fassen wir zusammen, was wir wissen:

Wir haben einen Toten, der bei einem Großhändler arbeitete, der Waren aus China bezieht, und einen Toten der bei einer Reederei beschäftigt war. Die Reederei transportierte Container aus China.

Gehen wir hypothetisch davon aus, dass die Reederei und der Großhändler in unserem Fall involviert sind.

Überlegen wir mal, was könnte aus China nach Hamburg transportiert oder geschmuggelt werden.«

»Plagiate?«

»Ja – durchaus möglich. In diese Richtung habe ich zuerst gedacht. Gefälschte Turnschuhe, Elektrogeräte oder Parfüm kamen und kommen immer wieder hier an. Der Zoll im Hamburger Hafen hatte einige Erfolge in der letzten Zeit vorzuweisen.
Frau Sommer, ich glaube aber nicht an Plagiate. Es wurde ein Auftragskiller beauftragt. Wir haben zwei Tote. In die-

sem Sachverhalt geht es um was Größeres.
Drogen haben wir auch schon ausgeschlossen.
An Schmuggelgut, wie altes Kulturgut, glaube ich nicht.«

»Und dann kommen Sie auf Falschgeld, nur weil auf einem Fünfzig-Euro-Schein ein rotes ›F‹ gemalt wurde?«

»Ja – das ist von allen Alternativen die wahrscheinlichste. Zumindest wäre es das Logischste, in diese Richtung zu fahnden. Zugegebenermaßen vage, aber eine folgerichtige Möglichkeit, mindestens so lange, bis wir mehr Anhaltspunkte haben«, erläuterte Mattes.

»Und wie soll das ablaufen?«

»Das letzte Schiff, das in der Reederei ankam, ist die ›Rosalinde‹. Das Containerschiff kam aus Rotterdam. Heute kommt übrigens wieder eins an, allerdings vom Jade-Weser-Port.

Wenn man sich den gesamten Warentransport anschaut, dann könnte das folgendermaßen funktioniert haben:
Das riesige Containerschiff kommt aus China in Europa an. Es ist zu groß, um Hamburg mit voller Ladung anzulaufen, Problem Elbvertiefung. Einige Container werden deshalb schon in Rotterdam gelöscht und auf Kümos, das sind Küstenmotorboote, umgeladen und von denen nach Hamburg gebracht.
Die Reederei Navis hat sich auf solche Transportgeschäfte spezialisiert.
Das Kümo ›Rosalinde‹ brachte fünfunddreißig Container aus Rotterdam nach Hamburg. Hier wurde das Schiff gelöscht. Die Eisenboxen haben die Hafenarbeiter auf dem Gelände oder in den Lagerhallen der Reederei Navis zwischengelagert. Navis informierte den oder die Empfänger, die sich ihre Waren bei der Reederei abholten, oder von einem Spediteur bringen ließen.«

»Das habe ich verstanden!«, unterbrach Frau Sommer.

»Ich fasse noch einmal zusammen: Wir haben die Reederei ›Navis‹, Mord an Langmann, und wir haben den Großhändler ›Otto Kleinig‹, eine Spur, die aus dem ersten Mord stammt. Dazu kommt, dass ich mir noch keinen Reim auf die beiden Fünfzig-Euro-Scheine machen kann. Falschgeld würde hier hereinpassen. – Lassen sie die Scheine überprüfen, um Gewissheit zu bekommen.«

Mattes schloss die Wohnung ab und gab ihr den Schlüssel.

Im Auto berichtete er: »Langmann erwartete seinen Mörder. Er rechnete aber nicht mit einem Auftragskiller, sondern mit dem Empfänger der Ware. – Er muss einen Verdacht gehabt haben, wer dahintersteckt. Das bedeutet auch, dass er die Schmuggelware gefunden hatte.«

»Woher wissen Sie das schon wieder?«

»Er hatte Tee gekocht und im Wohnzimmer Tassen bereitgestellt. Die Abdrücke kann man noch auf der Tischdecke sehen. Der Pott mit dem Kandiszucker steht noch da, obwohl er dort nicht hingehört. Dr. Abraham Extinctor wollte nicht mit ihm Tee trinken oder diskutieren und erschoss ihn. Der Schütze stellte die Teekanne und eine Tasse in der Küche auf die Spüle und die zweite Tasse in den Schrank zurück.«

»Woher wissen Sie das?«

»Frau Gyühlan ist gewissenhaft und genauso ordnungsliebend wie Langmann. Bei allen Tassen und Bechern im Schrank wurde der Henkel nach rechts ausgerichtet. Lediglich die oberste Tasse wurde gegensätzlich reingestellt. Nicht durch Frau Gyühlan. Die zweite Tasse auf der Spüle wurde nicht benutzt. Und der Tee ausgekippt. Bitte lassen Sie die Tassen auf Fingerabdrücke untersuchen.«

»Was bedeutet das?«

»Langmann hat was gesehen oder ist auf was gestoßen, was er besser nicht entdeckt hätte. Er war sich dessen bewusst und erwartete seinen Kontrahenten.«

»Was ist mit seiner Sekretärin? Ich habe sie in Verdacht. Ich glaube, sie hat bei der Reederei alle Fäden in der Hand.«

»Gertrud Malberg ist ledig, wohnt mit einem kleinen Pudel in einer kleinen Wohnung in Hamburg Barmbek, die im Stil der Fünfzigerjahre eingerichtet ist. Sie hat wenig Freunde. Sie kleidete sich gerne im Stil der fünfziger oder sechziger Jahre. Sie kann zuhören, ist etwas leichtgläubig, und war total in Bernhard Langmann verschossen. Was er nicht erwiderte. Ich halte sie nicht für verdächtig.«

»Und wer ist dann der Auftraggeber der Tötungsdelikte, und wo finde ich den Profikiller. Das kann mir der allwissende Pit Mattes wohl auch nicht sagen. Oder?«, entfuhr es ihr, weil sie verärgert war.

»Nein!«

»Was wollen wir jetzt unternehmen?«

»Setzen Sie mich hier am Schlump ab. Ich habe noch einen Termin in Eppendorf und in Winterhude.«

Mattes sprang aus dem Auto und verschwand, ohne sich umzudrehen, in der U-Bahn-Station.

»Und wo bleib ich? Was soll ich machen? Ich weiß doch nicht weiter!«, flüsterte sie, als sie ihm nachsah.

Die Sonne schien – ein herrlicher Herbsttag mit sommerlichen Temperaturen. Aber davon bekam der Hobbykriminalist nichts mit. Er grübelte über Langmann, über Frau Malberg mit ihrem Pudel und deren Verhältnissen.

›Eine Beziehung, die gar keine war. Sie liebte ihn unerwidert? Auf jeden Fall wurde sie immer wieder von ihm enttäuscht. Hat sie ihn deshalb umgebracht?‹, überlegte Mattes. ›Nein, das passt nicht zum ersten Mord. Außerdem würde eine Frau wie Gertrud Malberg nie einen Auftragsmörder beauftragen. Nein, das passt nicht zusammen.‹

14

Im Radio wurde vom Ausgang der Niedersachsenwahl berichtet. Die Moderatorin stellte die möglichen Parteienkoalitionen für eine Regierungsbildung in Hannover vor. Darunter die Große Koalition, ein Jamaika-Bündnis sowie eine mögliche Ampel-Koalition, die für eine Landesregierung in Frage kommen. Dann diskutierte sie die unterschiedlichen Konstellationen mit einigen Journalisten, die im Studio verweilten.

Als Mattes in die Bibliothek kam, hatte er es eilig.

»Ich muss unbedingt was mit Ihnen und Susanne besprechen. Mir ist letzte Nacht eine Idee gekommen«, sprudelte es aus ihm heraus, als Frau Takahashi ihn fragend ansah.

»Herr Mattes, das mit gestern Nachmittag tut mir leid. Ich wollte Sie nicht …«

»Und meine Wohnung sollte ich aufräumen und sauber machen. Denn ich kenne eine ganz nette Dame, die bei mir einziehen möchte. Oh, entschuldigen Sie. Ich habe Sie unterbrochen …«

»Der Umzug hat noch Zeit. Außerdem ist das nicht so viel, was ich umzuziehen habe. Ich möchte einiges hinter mir lassen. Aber – was wollen Sie mit mir und Frau Offner besprechen? Sie machen mich neugierig.«

»Das können wir heute Nachmittag so gegen vier bereden. Ich glaube, dann ist Susanne zurück. Ich bin gespannt, wie mein Vorschlag ankommt.«

Pit Mattes brauchte eine Stunde bis Winterhude. Er besuchte Frau Liane Holtzer in der Himmelstraße. Sie hatte im Erdgeschoss ihr Atelier. Er betrat ihr Studio. Sie begrüßte ihn und bot ihm einen Tee an.

»Was war los mit Ihrem Mann?«, fragte er nach etwas Small Talk.

»Herr Mattes, ich bin froh, dass ich ihn los bin. Das hört sich jetzt nicht gerade toll an, und ich weiß, dass ich mich mit so einer Aussage verdächtig mache. Aber der Kerl war ein Schuft. Er nutzte mich ständig aus. Ich hatte ihn mehrmals aus der Wohnung und hier aus dem Geschäft geschmissen. Der war aber wie eine Klette.«

»Obwohl Sie ihn rausgeschmissen haben, wohnte er noch hier?«

»Ja, das Haus gehörte ihm. Er erbte es von seinen Eltern. Ich konnte ihn nicht rausschmeißen, eher er mich. Und damit hatte er mich in seiner Hand. Ich bin auf diesen Standort angewiesen. Hier verdiene ich meinen Lebensunterhalt«, begann sie und goss Tee nach.

»Wir waren zehn Jahre verheiratet. Die erste Zeit lief alles vorzüglich. Wir hatten vieles gemeinsam gemacht. Eigentlich eine perfekte Beziehung. Dann vor vier Jahren fing es an. Er begann zu spielen und zu wetten. Dann hatte er andere Frauen. Vor drei Jahren bin ich aus unserer Wohnung nach hier ins Atelier gezogen. Vor vier Monaten wollte die Bank Geld von ihm zurückhaben. Er konnte nicht bezahlen. Die Bank wollte das Haus versteigern las-

sen. Ich habe einen Kredit aufgenommen und einhundert-
fünfzigtausend Euro der Bank gegeben.«

»Können Sie mir sagen, mit welchen Leuten Ihr Mann
Kontakt hatte?«

»Nein, und wenn ich ehrlich bin, wollte ich das auch
nie wissen.«

»Verstehe! Darf ich mich in seinen Räumen umsehen?«

»Muss das sein? Da sieht es schlimm aus. Ich würde
gerne vorher aufräumen. Ich lebe noch hier unten. Die
Polizei hat doch oben schon alles durchsucht.«

»Für mich ist eine unaufgeräumte Behausung viel in-
formativer, um mir ein Bild von einem Menschen zu machen.«

»Okay, Herr Mattes, ich bringe Sie hoch. Seien Sie mir
aber nicht böse, wenn ich Sie dort alleine lasse. Ich erwarte einen Kunden.«

»Einverstanden.«

Frau Holtzer brachte Mattes in die Wohnung. Er setzte
sich im Wohnzimmer auf einen Stuhl und ließ die Atmosphäre auf sich wirken. Durchsuchen brauchte er die Wohnung nicht. Das hatte die Kripo bereits erledigt.

Albert Holtzer betrieb Sport. Ein Sportfahrrad stand im
Wohnzimmer. Joggingklamotten lagen auf dem Sofa. Auf
dem Flur sah Mattes mehrere Turnschuhpaare.

Auf dem Küchentisch lagen Geldmünzen. Der Hobbykriminalist überschlug den Betrag, es waren mehr als zehn
Euro. Ihm fielen die beiden Fünfzig-Euro-Scheine wieder
ein, die Holtzer in seiner Tasche trug.

Im Schlafzimmer auf dem Nachttisch lag ein Wochen-
kalender. Die Seite mit der vierzigsten Woche wurde he-

rausgerissen. Damit fehlte auch der 7. Oktober, der Tag, an dem Holtzer ermordet wurde.

Mattes überprüfte, ob sich Eintragungen auf die einundvierzigste Woche durchgedrückt hatten. Am Sonnabend, dem 14. Oktober, war nur ein Abdruck einer Pfeilspitze zu sehen. Am Donnerstag stand ein Großes ›G‹ und ein großes ›W‹ bei neun Uhr. Der Pfeil ging von den beiden Buchstaben auf Sonnabend sechs Uhr dreißig. Nur im Gegenlicht konnte man das überhaupt erkennen.

›Er wollte sich mit jemandem beim Joggen treffen. Er steckte sich zwei Fünfzig-Euro-Scheine in die Hosentasche. Obwohl er hier noch zehn Euro in Kleingeld auf dem Tisch liegen hatte. Moment! Er war also am Sonnabend um sechs Uhr dreißig verabredet gewesen. Seine letzte Verabredung! Die Geldscheine mussten dabei eine Rolle gespielt haben. Fragt sich nur, ob er ›GW‹ traf, oder den Auftragskiller. Eigentlich ganz klar … die Visitenkarte zeigt es und die gleiche Schusswaffe wie im zweiten Mordfall. Holtzer wollte ›GW‹ treffen, und der Auftragskiller erwartete ihn …‹, grübelte er.

Mattes schloss die Wohnung wieder ab und brachte den Schlüssel ins Atelier. Er verabschiedete sich von Frau Holtzer, nachdem sie noch eine Tasse Tee getrunken hatten. Er fuhr zurück nach Eppendorf.

MONTAG, 16.10.2017, 16:00 UHR, EPPENDORF, BÜCHEREI:
Pit Mattes erreichte fünf Minuten vor vier die Bücherei.

Susanne war erst gar nicht in ihre Wohnung gegangen, als Mio ihr erzählte, dass Mattes etwas mit ihnen zu besprechen hat.

Die Bibliothekarin stand noch am Tresen und nahm von einem Kunden Bücher entgegen. Jedes Mal wenn sie auf die Schließung der Bücherei angesprochen wurde, bekam sie feuchte Augen. Pit spürte ihren Schmerz.

»So, das war für heute der letzte Kunde. Ich mache jetzt zu.«

Mio schloss ab, ging zum Sideboard, goss Tee in einen Becher und Kaffee in einen zweiten ein. Susanne saß schon am Stammtisch gegenüber von Mattes. Mio stellte die Becher auf das Möbelstück.

»Erzähl bitte erst einmal, was heute Morgen bei der Bäckerei passiert ist und wie es euch ergangen ist«, forderte Pit Susanne auf.

»Ja – dein Doktor Rechtler ist ja mit allen Wassern gewaschen«, begann sie. In ihrer Stimme schwang Begeisterung mit.

»Also, um zehn Uhr traf ich mich mit ihm in einem Café, direkt um die Ecke vom Hauptsitz. Ich erzählte ihm meine Geschichte. Er fragte dann noch nach einigen Details. Er machte mir Mut, sodass ich dann relativ selbstbewusst mit ihm zur Zentrale marschierte.
Dort brachte ich mein Anliegen vor und schilderte ausführlich die beiden Vorfälle. Die wetterten gleich wieder auf mich los, mit so etwas wie: falsch verstanden, in Ruhe darüber reden und so weiter.
Der Doktor stellte sich dann erst einmal vor und beschrieb dann die Fakten und die Rechtslage. Jedenfalls sind die froh, dass sie mich jetzt los sind. Das wird sie allerdings eine Stange Geld kosten, Ablösesumme, wie beim Fußball. Ich war froh, dass ich den Doc mithatte, und die waren froh, als wir wieder raus waren. Von dem Geld kann ich ein Jahr leben und mir in Ruhe einen neuen Job suchen«, berichtete Susanne entzückt.

»So, Pit, dann schieß du mal los!«, forderte sie Mattes auf.

»Verstehe! Das bedeutet, dass dein Problem erst einmal aus der Welt ist.«

»Jupp!«

Frau Takahashi rutschte etwas näher an Pit heran und legte ihren Arm auf seinen.

»In der vergangenen Nacht hatte ich viel Zeit zum Überlegen. Dabei ist eine Idee geboren, die ich euch erzählen und eure Meinung dazu hören möchte. Um sicherzustellen, dass meine Idee auch funktioniert, habe ich einige Telefonate mit unserer Immobiliengesellschaft geführt. Mio, diese Räumlichkeiten wurden von der zentralen Bücherei gekündigt. Die Kündigung wurde fristgerecht schon vor einem halben Jahr ausgesprochen.«

Mio erschrak und guckte Pit verwundert an. Mattes war selber überrascht, dass er sie mit ihrem Vornamen ansprach. Sie hatte das gar nicht registriert.

»Entschuldigen Sie. – Frau Takahashi, von Ihnen weiß ich, dass Sie gerne als Bibliothekarin weiterarbeiten würden. Susanne, du bist zurzeit ohne Arbeit und möchtest als Bäckerin- und Konditorin kreativ und selbstständig sein. Da ist mir heute Nacht was eingefallen. Wir könnten beides hier zusammen verwirklichen.«

Pause! Mattes fiel auf, dass das Radio nicht an war. Es herrschte eine totale Stille in der Bibliothek.

»Ihr gründet ein ›Bücher-Café‹ oder ein ›Lese-Café‹. Ein Café mit Kaffee, Tee und selbst gemachten Keksen und Kuchen, vielleicht mit einem guten Frühstück. Und das Besondere ist die Möglichkeit, Bücher zu lesen oder sich auszuleihen. Ihr werdet Autoren einladen, die ihre

Bücher vorstellen und daraus vorlesen. Solche oder ähnliche Veranstaltungen sind machbar«, schwärmte er weiter.

»Was? Du bist ja verrückt! Das funktioniert doch nie.«

»Doch, Susanne. Ich glaube, das Konzept könnte klappen. Mir gefällt beides: Bücher-Café und Lese-Café. Wir sollen es ›Bücher&Lese-Café‹ nennen«, begann die Bibliothekarin. »Aber ich kann in der Konditorei oder Backstube wenig helfen. Ich verbrenne jede Fertigpizza«, ergänzte sie und lachte.

»Quatsch, dein Kaffee ist Spitze«, warf Susanne ein.

»Und ich liebe deinen Tee«, schwärmte Mattes.

»Der Name ist super. So etwas gibt es noch nicht! Zumindest finde ich den Namen klasse. Und der Name ist Programm!«, bestätigte Susanne.

»Heute Vormittag habe ich mit dem Vermieter telefoniert. Ihr bekommt von der Immobilienfirma Hilfe. Die Miete wird sich nicht verändern. Sie werden euch beim Umbau unterstützen«, berichtete Mattes.

»Ja! Das hört sich gut an. Wir müssten ein oder zwei Regale umstellen und noch ein paar Tische und Stühle aufstellen«, kam von Frau Takahashi.

»Um Kuchen zu backen, brauchen wir eine Backstube mit Maschinen, Backofen und so weiter«, gab Susanne zu bedenken.

»Das könnten wir in meiner alten Wohnung einrichten, wenn ich ausgezogen bin. Eine Kochnische gibt es ja schon. Also Strom und Wasser sind vorhanden«, warf Mio ein.

»Ja, Mio, was sagst du dazu?«, fragte Susanne.

»Ich mache mit, wenn du auch dafür bist!«

»Ja, wow – cool –, dann habe ich wieder Arbeit und kann meinen eigenen Kuchen backen!«, rief Susanne.

Die nächsten drei, vier Stunden saßen sie noch in der Bücherei und schmiedeten Pläne.

15

Frau Sommer war bereits im Café. Sie saß in einem Sessel, ihr Laptop war aufgeklappt, und sie telefonierte. Als sie Pit Mattes erkannte, klappte sie den Rechner zu und beendete ihr Gespräch.

»Guten Morgen, Herr Mattes. Sie wohnen doch hier in der Gegend, oder?«

»Moin, ja nicht weit von hier.« Er mochte ›Starbucks‹ nicht. Er war Teetrinker.

»Ihre Laune ist ja immer noch nicht viel besser!«, stellte die Kommissarin fest. Sie stand auf und holte für ihn einen ›Earl Grey Tea‹.

»Herr Mattes, ich habe einige Informationen für Sie. Bernhard Langmann war impotent«, begann sie und lauerte auf seine Reaktion. Mattes schaute sie an, zuckte mit den Schultern und wartete auf mehr Neuigkeiten.

Als nichts mehr kam, sagte er: »Ist mir bekannt – ich hatte die Medikamente im Badezimmer gesehen.«

»Drei oder vier Stunden vor seinem Tod wurde er angegriffen. Er bekam mindestens einen kräftigen Schlag in den Bauch.«

»Habe ich vermutet.«

Gabriele Sommer schaute ihn fragend an.

»Frau Malberg berichtete, dass er sich seinen Unterleib hielt, als ob er Schmerzen hätte.«

Von seinem Besuch in der Rechtsmedizin erwähnte er nichts.

»Seit wann wissen Sie das?«

»Seit Freitag, ich begleitete Sie. Frau Malberg erläuterte den Tagesablauf am Mordtag. Sie saßen daneben, aber Ihre Gedanken waren woanders, und Sie hatten mit Ihrem Smartphone gespielt.«

»Für mich ist die Malberg immer noch verdächtig. Sie verdient einhundertzwanzigtausend Euro im Jahr, und das als Sekretärin. Okay – okay, Langmanns Geliebte war sie wohl nicht. Sie kommt um acht und bleibt die halbe Nacht im Büro. Das passt doch alles nicht zusammen.«

»Frau Sommer! Gertrud Malberg studierte Betriebswirtschaft mit Schwerpunkt Außenhandelswirtschaft. Ihren Bachelor absolvierte sie vor drei Jahren, die Masterprüfung steht im Frühjahr an. Sie ist ›best in class‹. Ich erkundigte mich. Die Firma Navis wird von ihr geführt. Sie übernahm die Aufgabe des Prokuristen.«

»Und was machte Langmann?«

»Der saß im Büro und las lyrische Bücher. Sie haben doch bestimmt die umfangreiche Büchersammlung gesehen. Ist allerdings etwas außergewöhnlich für einen Geschäftsführer und Firmenteilhaber.«

»Das bedeutet, dass die Malberg das Unternehmen steuert und leitet?«

»Ja, seit drei Jahren, erfolgreich.«

Mattes trank den Tee aus, er schmeckte ihm nicht. Dann stand er auf, nahm seine Tasse, den Kaffeebecher von Frau Sommer und brachte das Leergut zum Tresen.

Der Schriftsteller setzte sich nicht mehr hin. Die Kommissarin blieb sitzen.

»Herr Mattes, warum sind Sie so distanziert?«

»Ich möchte von Ihnen nicht noch mal mit Schimpfwörtern bombardiert werden.«

»Sind Sie nachtragend? Ja, Sie sind tatsächlich nachtragend! – Vergessen Sie den Anruf.«

»Nein, Ihr Telefonat mit mir war weit überzogen. Nur weil ich Sie geküsst habe, machten Sie einen Aufstand. Ich verspreche es Ihnen. Das wird nie wieder vorkommen!«

Sie erschrak und zuckte zusammen.

»Sie denken, ich war wütend, weil Sie mich geküsst haben?«

»Warum sonst?«

»Im Buch steht, dass Sie Frau Winter schon von Anfang an verdächtigten, was ich ignorierte.«

»Na und – war doch so«, konterte Mattes.

»Ja – ja. Aber im Präsidium habe ich das anders erzählt. Und nachdem das Buch in der Dienststelle herumging, grinsten sie mich alle schelmisch an.«

Mattes schaute auf und wollte was sagen. Sie war aber schneller.

»Vergessen Sie das! Der Kuss hat mir übrigens gefallen«, beteuerte sie und stand auf. »Was ist, Herr Mattes, übernehmen Sie unter meiner Leitung den Fall? Mir fehlt noch Ihre Zusage.«

»Nein, im Moment nicht. Ich habe viel um die Ohren«, log er.

»Dann müssen Sie sich ein bisschen beeilen! Herr Mattes.«

»Um es mit Igor Strawinsky zu sagen: – Ich habe keine Zeit mich zu beeilen. – «

Die Kommissarin drehte sich um und ging. Er sah ihr nach und schüttelte den Kopf.

Natürlich wollte er den Fall bearbeiten. Aber nicht als ihr Laufbursche. Gleichberechtigung war seine Bedingung und die kannte sie aus den früheren Fällen.

›Das wird aber noch ein paar Tage dauern, bis sie das begriffen hat‹, überlegte Mattes. ›Und ich bin mir nicht sicher, ob sie sich an unsere Verabredung hält‹, bedachte er weiter.

DIENSTAG, 17.10.2017, 12:00 UHR, EPPENDORF, BÜCHEREI:

Im Radio spielten sie ›Conquest Of Paradise‹ von ›Vangelis‹, als Pit Mattes die Bibliothek betrat. Es war der letzte Tag, an dem die Bücherei geöffnet hatte. Dementsprechend war die Stimmung getrübt. Mio Takahashi brachte ihm den Tee an seinen Platz.

»Ab morgen ist alles anders.«

»Ja, ein geordnetes Ende ist die beste Chance für einen neuen Start.«

»Da gebe ich Ihnen recht. Ich freue mich auf meine neuen Aufgaben. Besonders auf meine Lektortätigkeit.«

Frau Takahashi musste aufstehen, denn es kam eine Kundin, die ihre ausgeliehenen Bücher zurückgeben wollte.

Gegen zwölf Uhr dreißig wurde es ruhiger. Susanne kam um viertel vor eins und brachte für sich, Mio und für Pit selbst gebackenen Flammkuchen mit.

Die drei setzten sich an den großen Tisch und Mattes erzählte beim Essen von seiner Begegnung mit der Kommissarin.

»Was, Sie haben ihr einen Laufpass gegeben? Warum?«, fragte Mio Takahashi, als sie aufstand, um Kaffee und Tee zu holen.

»Ich habe keine Lust, ihre Arbeit zu machen und angeschrien zu werden«, antwortete er.

»Aber den Fall möchtest du doch gerne lösen?«, fragte Susanne.

»Ja – natürlich – gewiss würde ich das gerne!«

»Dann müssen Sie auch ein paar Unannehmlichkeiten in Kauf nehmen«, begründete Frau Takahashi.

»Wahrscheinlich haben Sie recht.«

»Was macht Ihr Erpressungsfall«, fragte sie weiter.

»Die Sache will ich abschließen. Vor allem muss ich die junge Frau überreden, sich zu stellen.«

»Wann wollen Sie das machen?«

»Spätestens morgen. Gleich muss ich noch zu einer Beerdigung.«

»Wer?«

»Bernhard Langmann, der zweite Ermordete.«

»Dann haben Sie noch einiges auf dem Zettel. Und jetzt kommen wir noch mit einer Bitte zu Ihnen«, sagte Frau Takahashi.

Mattes schaute auf und wurde neugierig: »Na, dann mal los, wo drückt der Schuh?«

»Heute Abend um siebzehn Uhr kommt der Architekt. Der will sich diese Räumlichkeiten anschauen und feststellen, ob wir hier überhaupt ein ›Bücher&Lese-Café‹ einrichten können. Uns wäre es lieb, wenn du uns dabei unterstützen würdest«, bat Susanne.

»Verstehe – ich werde es so einrichten, dass ich um siebzehn Uhr hier bin. Der Flammkuchen war übrigens

Klasse. Den solltest du im ›Bücher&Lese-Café‹ anbieten.«

Susanne freute sich über das Kompliment.

DIENSTAG, 17.10.2017, 15:00 UHR, OHLSDORF, FRIEDHOF:

Die Sonne schien vom Himmel und angenehm warm war es auch. Mattes fuhr mit öffentlichen Verkehrsmitteln nach Ohlsdorf. Er wechselte auf die Buslinie einhundertsiebzig, die über den Friedhof fuhr. Der Schriftsteller erreichte sein Ziel zwanzig Minuten zu früh. Da es nicht regnete, nahm er einen Umweg zur kleinen Kapelle.

Gertrud Malberg ging vor ihm. Sie trug ein enges, schwarzes Kleid und einen dunklen Trenchcoat darüber, natürlich im Stil der sechziger Jahre. Sie wirkte auf Mattes unsicher, wackelig. Er holte sie ein. Sie hakte sich sofort bei ihm ein und drückte ihm ihren Knirps in die Hand. Er fühlte sich angebunden, unternahm aber nichts.

Die Trauerfeier dauerte keine fünfzehn Minuten. Am Grab fragte sie nach einem Taschentuch. Mattes reichte ihr seins.

Viele Trauergäste kamen nicht. Der Hobbykriminalist prägte sich ihre Gesichter ein. Er erkannte Langmanns Ex-Frau. Ihr Foto stand auf dem Sideboard in seiner Wohnung. Sie war in Begleitung eines wesentlich älteren Herren. Anhand ihrer Gesten und Gebärden vermutete Pit, dass es sich um ihren Lebensgefährten handelte.

Frau Gyühlan, die Haushaltshilfe, hatte er bei der Trauerfeier nicht gesehen. Bei der Beisetzung stand sie hinter Langmanns Ex. Die anderen beiden Männer und drei Frauen kannte Mattes nicht.

Nach der Beisetzung begleitete er Frau Malberg zu ihrem Auto. Überrascht stellte er fest, dass sie einen VW

Bulli besaß, Baujahr 1972. Er gab ihr ihren Schirm zurück, sie stieg ein. Das war's.

DIENSTAG, 17.10.2017, 17:00 UHR, EPPENDORF, BÜCHEREI:
Auf dem Weg vom Friedhof nach Eppendorf hatte Mattes nicht viel Glück. Er verpasste den Bus und musste auf den Folgebus warten, der verkehrsbedingt zehn Minuten zu spät kam und total überfüllt war. Er ärgerte sich, kein Taxi genommen zu haben.

Der Schriftsteller war fünf Minuten vor fünf in der Bücherei. Der Architekt, Max Kerner, war eine halbe Stunde früher gekommen und hatte sich bereits überall umgesehen.

Mattes setzte sich nach der Begrüßung zu ihnen an den Tisch. Herr Kerner referierte seine Ideen und Vorstellungen zum ›Bücher&Lese-Café‹. Frau Takahashi und Susanne waren begeistert.

»Das hörte sich alles toll an, Herr Kerner. Wo ist jetzt der Haken?«, wollte Mio wissen.

»Der kritische Punkt ist die Finanzierung. Der Umbau wird fünf bis siebentausend Euro kosten. Dann kommt die Kücheneinrichtung dazu. Die Maschinen, der Backofen und die Abluftaufbereitung sind die größten Brocken. Die Küche und Backstube wird bestimmt fünfzigtausend Euro kosten.«

»Das können wir nicht aufbringen!«, rief Susanne.

»Herr Kerner, kommen Sie im Auftrag der Immobilienfirma hierher?«

»Ja, den Auftrag habe ich von dort bekommen.«

»Verstehe! Dann hat die Immobiliengesellschaft Interesse, dass diese Räumlichkeiten hier weiter genutzt werden?«

»Logischerweise haben sie das.«

»Wenn ich Sie richtig verstehe, werden die Baumaßnahmen um die sechzigtausend Euro kosten. Was ist die Immo denn bereit, in dieses Projekt zu investieren?«

»Herr Mattes, Sie haben doch mit der Gesellschaft telefoniert und wissen, dass ich der Geschäftsleitung einen Vorschlag unterbreiten soll.«

»Ja – doch! Natürlich weiß ich das. Mich interessiert, was Sie vorschlagen werden!«

»Okay, ich werde siebzig Prozent vorschlagen«, antwortete er.

»Dann bleiben achtzehntausend für uns?«, wollte Susanne wissen.

»Sie dürfen bei der Gesellschaft einen Kredit für die Umbauten beantragen. Da können Sie nochmals zehntausend Euro aufnehmen. Ich komme nicht unvorbereitet hierher. Im Auftrag der Immobiliengesellschaft habe ich einen Wirtschaftsplan für ein ›Bücher&Lese-Café‹ erstellt. Da ich jetzt die Räumlichkeiten gesehen habe, kann ich den Plan noch etwas zu Ihren Gunsten anpassen.«

»Verstehe! Wann können wir mit einer Antwort vom Vermieter rechnen?«

Genau konnte Herr Kerner das nicht sagen. Sein Abgabetermin war der kommende Donnerstag. Mattes nahm sich vor, die Genehmigungsphase zu beschleunigen.

Der Architekt ging dann noch tiefer ins Detail und erläuterte seine Umbauvorschläge. Dazu gehörten die Stromversorgung in der Backstube, die Toiletten, die Beleuchtung, der Eingangsbereich und der Holzfußboden, der überarbeitet werden müsste.

Gegen achtzehn Uhr dreißig verließ Herr Kerner die Bibliothek. Frau Takahashi, Susanne und Pit Mattes diskutierten noch bis weit nach zwanzig Uhr über die Vorschläge. Mattes versprach, sich um die An- und Aufträge bei der Immobiliengesellschaft zu kümmern. Susanne schlug vor, Doktor Rechtler einzubeziehen. Mattes grinste und stimmte zu.

Als sie sich verabschiedeten, klingelte Mattes Telefon. Der Anrufer war Werner. Er entschuldigte sich für seine Grobheiten und bat Pit, die Untersuchungen wieder aufzunehmen.

16

Das Radio spielte ›What A Wonderful World‹ von ›Louis Armstrong‹. Mattes war schon kurz vor zehn in der Bücherei. Er war an diesem Morgen um sieben Uhr aufgestanden und räumte seine Wohnung auf, machte den Abwasch von zwei Tagen und fegte und saugte den Boden. Er wollte Mio Takahashi zu einer Wohnungsbesichtigung einladen.

Sein Besuch in der Bibliothek verlief wie immer. Er bekam seinen Tee und sie hielten Small Talk über Wetter, Politik und diskutierten über Bücher.

Mittwoch war Ruhetag in der Bücherei. Frau Takahashi machte die Tür nur für ihn auf. Mittwochs hatten sie mehr Zeit für Gespräche. Mattes schätzte diese Tage. Um elf Uhr lud er sie dann schließlich zur Wohnungsbesichtigung ein.

»Gerne, sehr gerne«, sagte sie, und dachte: ›Na, endlich!‹

Sie schloss die Bücherei ab und folgte ihm in das erste Stockwerk. Er öffnete die Eingangstür. Der angenehme Duft von Holz und Pflanzen kam ihnen entgegen. Mio Takahashi mochte diesen Geruch, sie liebte die alten Holzböden und den Sonnenschein, der durch die Zimmer kroch. Mattes nahm ihren Seufzer wahr.

»Sie haben ja gar keine Türen in Ihren Räumen«, stellte sie fest.

»Stimmt, nur in den beiden Badezimmern, vor dem Gästeklo und die Wohnungstür. Wenn Sie eine Tür vor Ihrem Zimmer wünschen, hole ich Ihnen eine aus dem Keller. Dort sind alle noch vorhanden.«

Mattes führte sie durch die Küche, zeigte sein Schlafzimmer, sein Büro, die Badezimmer, das Wohnzimmer und die anderen möblierten Zimmer. Sie staunte über den Platz und die geschmackvoll eingerichteten Räume. Sie bewunderte auch die Blumen und Pflanzen.

»Das war mal eine WG-Behausung. Wir lebten fünf Jahre zu acht Parteien hier. Hier war richtig was los. Fast jede Woche fand sich ein Anlass zum Feiern. Ich wohnte damals in meinem Schlafzimmer. Es war eine herrliche und konstruktive Zeit. Nach und nach zog einer nach dem anderen aus. Heute sind sie im Ausland, sind verheiratet oder – zwei sind im vorigen Jahr gestorben. Ich blieb hier. Mir gefällt das Haus, die Gegend, das Licht in den Innenräumen, die Ruhe, die die Zimmer ausstrahlen, und so weiter. Ich sanierte die Wohnung Raum für Raum und richtete sie mit den alten Möbeln ein. Suchen Sie sich ein Zimmer aus. Die Möbel, die im Raum sind, bringe ich in den Keller und schleppe Ihre Sachen dann hoch.«

»Herr Mattes, darf ich in diesen Raum einziehen?«

»Kein Problem. In dem Raum scheint zu jeder Jahreszeit am Vormittag die Sonne herein. Daher ist das ein angenehm heller und lichtdurchfluteter Wohnraum. Das Zimmer daneben würde ich dann als Ihren Arbeitsraum empfehlen.«

»Meinen Sie, dass ich ein Büro brauche?«

»Natürlich, jede Lektorin hat ein Arbeitszimmer, in dem viele Bücher kreuz und quer herumliegen«, antwortete Mattes und musste schmunzeln.

»Einverstanden, Herr Mattes. Eine Bitte habe ich aber noch. Darf ich Ihre Möbel benutzen, ich hasse meine. Mein Vater war der Meinung, ich müsste unbedingt japanische Einrichtungsstücke haben. Ich bin in Deutschland geboren, hier aufgewachsen, zur Schule gegangen, ich habe in Hamburg studiert und ich arbeite hier. Mein ganzes Leben war ich nur einmal für vier Wochen in Japan. Ich hasse diese schwarzen viereckigen Kisten. Nur mein Bett würde ich gerne mit nach oben nehmen.«

»Einverstanden! Darf ich Ihnen was zu trinken anbieten?«

»Ja, ein Glas Wasser wäre wohltuend.«

Mattes ging in die Küche, holte zwei Gläser aus dem Schrank und goss Trinkwasser ein. Er nahm beide Gläser mit in ihr zukünftiges Zimmer und reichte ihr ein Glas.

»Frau Takahashi, ich möchte jetzt die Gelegenheit nutzen und Ihnen das ›Du‹ anbieten.«

»Oh, Herr Mattes! Ja, natürlich!«

Er prostete ihr zu, trank einen Schluck und stellte sein Glas auf den Tisch.

»Ich heiße Pit«, sprach er mit gedämpfter Stimme.

»Bitte sage Mio zu mir!«, kam von ihr.

Pit nahm ihr das Trinkglas ab, stellte es auf den Tisch und wollte ihr einen Kuss geben. Im letzten Moment drehte sie ihren Kopf zur Seite, so landete Pits Kuss auf ihrer Wange.

Sie ärgerte sich über sich selbst.

›Wie oft hast du geträumt, dass er dich küsst, wie oft wolltest du die Initiative ergreifen und ihn küssen. Und du drehst den Kopf weg. Die Chance bekommst du nie wieder. Was wird er von dir denken?‹, überlegte sie. Ihr liefen Tränen über die Wangen.

Pit wusste nicht so recht, was er von ihrer Reaktion halten sollte.

›Und jetzt fängt sie noch an zu heulen!‹, rätselte er.

Beherzt fasste er sie an ihren Schultern und zog sie an seine Brust. Sie umfasste ihn und ihre Tränen liefen.

Nach einiger Zeit hatte sie sich wieder unter Kontrolle: »Ich muss jetzt gehen. Ich habe noch viel zu tun!«, log sie aus Verlegenheit. Pit genoss ihre Nähe, konnte aber mit ihrem Verhalten nichts anfangen.

»Entschuldige, Mio!«, nuschelte er, nahm die beiden Gläser und brachte sie in die Küche. Er war enttäuscht, hatte er sich doch diese Begegnung etwas anders vorgestellt. Sie erkannte das, wollte ihm folgen, traute sich aber nicht. Mio verließ die Wohnung. Auf der Treppe nach unten liefen ihr die Tränen.

Zwei Minuten später klingelte Susanne bei Mattes.

»Was hast du mit Mio gemacht. Sie kam aus deiner Wohnung, lief die Treppe herunter und heulte. Was hast du mit ihr gemacht?«

»Komm erst einmal herein. Ich weiß nicht, was sie hat. Ich bot ihr das ›Du‹ an, sie stimmte zu, ich wollte ihr einen Kuss geben, sie drehte den Kopf weg und fing an zu heulen. Dann entschuldigte ich mich, und sie lief davon. Ich verstehe das nicht!«

»Wir sind Frauen, das funktioniert nicht immer logisch. Versteh das doch!«

Mattes beschloss, zum Judo zu gehen, um auf andere Gedanken zu kommen.

Der Hobbykriminalist fuhr mit gemischten Gefühlen zum REWE-Markt. Er hatte keinen Plan, keine Vorstellung, was passieren würde. Er fühlte sich nicht wohl in seiner Haut.

Pit Mattes betrat den Laden durch die Kundentür. Er schritt zum Kühlregal und blickte auf die Joghurtbecher. Andrea Kolwaski kam auf ihm zu und schaute ihn an. »Seit wann wissen Sie es?«, fragte sie.

Mattes war überrascht: »Seit Donnerstag, und seit Freitag weiß ich auch, warum.«

»Ich kann nicht mehr richtig schlafen, ich mache mir Vorwürfe, aber ich würde es immer wieder tun! Herr Mattes, ich habe Angst. Würden Sie mich begleiten und mir helfen?«, fragte sie und fasste Pit an den Arm.

Mattes griff ihre Hand und drückte sie.

»Kommen Sie, bringen wir es hinter uns!«

»Einverstanden.«

Andrea Kolwaski klopfte an die Bürotür. Frau Rede und Werner waren alleine im Büro.

»Frau Rede, Herr Rede, ich haben etwas mit Ihnen zu bereden. Herrn Mattes möchte ich dabeihaben.«

Frau Rede nickte: »Kommen Sie herein. Was haben Sie auf dem Herzen?«

»Ich will mich stellen. Ich bin die Erpresserin.«

Werner schaute Pit ungläubig an. Pit nickte nur.

In der folgenden Stunde erzählte Frau Kolwaski ihre Geschichte.

»Frau Kolwaski, Pit, was soll nun passieren?«

»Erpressung ist eine Straftat. Were du hast Anzeige gegen unbekannt erstattet. Frau Kolwaski wird sich jetzt der Polizei stellen müssen. Ich habe einen Rechtsanwalt beauftragt. Doktor Rechtler wird sich um Frau Kolwaski kümmern. Alles Weitere werden wir dann sehen.«

MITTWOCH, 18.10.2017, 18:30 UHR, ALSTERDORF, POLIZEI-STERN:

Wir fuhren mit öffentlichen Verkehrsmitteln zum Polizeipräsidium. Unterwegs fragte Frau Kolwaski: »Herr Mattes, wie haben Sie herausbekommen, dass ich dahinterstecke. Ich war immer vorsichtig. Was hat mich verraten? Wie sind Sie dahintergekommen?«

»Ihre Schuhe, Ihre LED-Schuhe. Aber ich muss zugeben, es hat lange gedauert. Den Trick, sich hinter dem Rollcontainer zu verstecken, die Joghurtpalette zu nehmen und auch nach der Ölbehandlung wieder hinzustellen, war clever.«

»Aber nicht clever genug. Sie haben mich Gott sei Dank identifiziert. Jetzt ist alles vorbei!«

»Ja, Sie waren auf dem Film nicht zu sehen. Nur ganz kurz konnte man zuerst einen roten und dann einen blauen Schein unter dem Container sehen.«

»Danke, dass Sie mir helfen, diese Sache aus der Welt zu schaffen.«

»Stellen Sie sich das nicht so einfach vor. Das wird nicht leicht für Sie. Aber Doktor Rechtler und ich werden hinter Ihnen stehen, und was auch immer passieren wird, wir sind für Sie da.«

»Danke!«, flüsterte sie und lehnte sich an Pit.

Harald Rechtler wartete vor dem Polizeipräsidium auf die beiden. Mattes hielt immer noch die Hand von Frau Kolwaski. Harald übernahm die andere Hand. Herr Engelmann wartete bereits.

Mattes schaute noch beim Büro von Frau Sommer vorbei. Die Tür war abgeschlossen.

Als er zu Hause ankam, stellte er sich vor die Bücherei. Er überlegte, ob er klingeln sollte, verwarf aber diesen Gedanken und ging die Treppe zu seiner Behausung hoch.

MITTWOCH, 18.10.2017, 21:30 UHR, EPPENDORF, MATTES' WOHNUNG:

Pit schrieb im Arbeitszimmer an dem neuen Manuskript. Das letzte Kapitel im WERE-Fall schloss er ab.

Das Telefon klingelte, und Harald war am Apparat.

»Hallo Pit! Ich habe deine Mail gelesen und möchte mit dir ein paar Punkte durchgehen.«

»Gut, du arbeitest noch, es ist doch schon spät?«

»Na, du sitzt doch auch noch am Schreibtisch und schreibst am WERE-Fall herum!«

»Ja, du hast recht.

Was hältst du von dem Fall?

Wie wird das ausgehen?«

»Da Frau Kolwaski nicht vorbestraft ist, sich gestellt hat und ihre Aussagen plausibel sind, wird sie mit einer Strafe zur Bewährung davonkommen. Ich treffe mich morgen mit ihr in ihrer Wohnung. Dann werde ich mir die Unterlagen ihrer Großmutter anschauen. Ich bin davon überzeugt, dass ihr noch Gelder zustehen. Auch habe ich mit Werner Rede telefoniert. Er wird seine Anzeige zurückziehen. Und seine Frau hat sich dafür eingesetzt, dass Frau Kolwaski im Geschäft weiterarbeiten darf.«

»Das hört sich ja sehr gut an. Wenn es Probleme gibt, oder du meine Hilfe brauchst, sag mir bitte Bescheid. Dein Honorar für diesen Fall übernehme ich.«

»Das lass mal meine Sorge sein! Der Fall ist äußerst interessant. Das ist ein Fall für meine Kolumne in der Anwaltszeitschrift.«

»Kommen wir zum Thema ›Bücher&Lese-Café‹. Deinen Auftrag übernehme ich natürlich.«

»Das habe ich auch nicht anders erwartet!«, grinste Mattes ins Telefon.

»Das war mir klar. Pit, ich finde, es ist verrückt von dir, dass du nicht erzählen willst, dass dir die Immobiliengesellschaft, das Haus, in dem du wohnst, und noch ein paar andere Gebäude in Eppendorf gehören.
Was bezweckst du damit?
Bei deinen Spenden kann ich es verstehen, dass du anonym bleiben willst.«

»Harald, wenn ich den beiden erzähle, dass mir das Haus gehört und ich ihnen das Café mitfinanziere, dann werden sie das Projekt nicht durchführen.«

»Ja! Das kann ich nachvollziehen! Okay, ich regle alles in eurem Sinne. Auch um die Gewerbeanträge, Steuerangelegenheiten und so weiter kümmere ich mich. Pit, du bist dir darüber im Klaren, dass das einiges kosten wird?«

»Verstanden!«

»Da fällt mir noch etwas ein, ich habe heute ein Danksagungsschreiben für deine Spende, die du im vorigen Monat gemacht hast, bekommen. Soll ich dir den Brief schicken?«

»Nein, den schaue ich mir bei meinem nächsten Besuch bei dir an.«

Harald und Pit hatten gerade das Gespräch beendet, als das Telefon erneut klingelte. Dieses Mal war Kriminalhauptkommissar Engelmann am Apparat.

»Entschuldigen Sie, Herr Mattes, dass ich so spät anrufe. Ich hatte es schon ein paarmal versucht, war aber immer besetzt. Ich möchte mich bei Ihnen bedanken. Sie sollten zur Kripo gehen, denn Ihre Spürnase ist exzellent. Das Gespräch mit Frau Kolwaski, die in Begleitung von Rechtsanwalt Doktor Rechtler bei mir war, zeigt deutlich ihre Handschrift. Den Fall haben wir heute Nachmittag für uns abgeschlossen und der Staatsanwaltschaft übergeben. Frau Kolwaski ist wieder zu Hause. Alles andere wird das Gericht entscheiden. Danke noch einmal für Ihre Unterstützung.«

»Da nich' für, aber vielleicht können Sie mir auch helfen.«

»Ja, selbstverständlich. Um was geht es?«

»Es geht um Falschgeld. Wann sind das letzte Mal Blüten in Hamburg aufgetaucht?«

»Oh, das ist noch gar nicht lange her, Moment einmal«, sagte er und Pit hörte, wie er in Unterlagen kramte.

Am 28. September wurde ein sechsundzwanzig jähriger Russe festgenommen. Unser Kriminaldauerdienst ermittelte gegen ihn, weil er mit einem Zwanzig-Euro-Schein sein Busfahrticket bezahlen wollte.
Der Busfahrer, der die Fälschungsmerkmale bemerkte, in-

formierte die Polizei. Die Beamten konnten vor Ort beim Tatverdächtigen insgesamt sechs gefälschte Zwanzig-Euro-Scheine auffinden. Die Polizisten begleiteten den Tatverdächtigen zu seinem Hotel in der Alsterkrugchaussee. Dort wurden fünfundvierzig weitere gefälschte Scheine vorgefunden und sichergestellt. Der Tatverdächtige wurde einem Haftrichter zugeführt«, las KHK Engelmann aus einem Pressebericht vor.

»Danke. Kennen Sie auch einen Vorfall mit gefälschten Fünfzig-Euro-Scheinen?«

»Nein, bei Fünfzigern gucken die Verkäufer viel genauer hin. Ich glaube nicht, dass jemand einen Fünfziger kopiert oder fälscht. Zumindest kann ich mir das nicht vorstellen. Die Fälschung müsste dann schon sehr perfekt sein. Ich habe nichts von Fünfziger-Blüten gehört! Nicht in den letzten zwei Jahren.«

»Danke, Herr Engelmann, Sie haben mir weitergeholfen. Ich wünsche Ihnen noch einen schönen Feierabend. Tschüss!«

17

Gabriele Sommer rief auf Mattes' Mobiltelefon an und bat um Hilfe.

»Es hat wieder einen Toten gegeben, wieder mit goldener Visitenkarte. Herr Mattes, ich brauche Ihre Scharfsinnigkeit. Ich brauche Ihre Hilfe!«

Der Schriftsteller war überrascht, dass es einen dritten Mord gegeben hatte. Damit hatte er nicht gerechnet. Er überlegte einen Augenblick. Eigentlich war es ihm noch zu früh, in den Fall einzusteigen. Aber er war neugierig geworden. Er sagte einem Treffen zu und sie verabredeten sich zu zwölf Uhr dreißig bei Starbucks.

Nach dem Gespräch setzte er sich in seinen Schreibtischsessel und ließ den ersten und zweiten Mord noch einmal Revue passieren. Dann nahm er das Telefon und rief seinen Studienkollegen Rainer in Berlin zum Thema Falschgeld an. Der konnte nicht weiterhelfen, wollte aber Mattes' Fragen an einen Experten weiterreichen.

Um neun Uhr fünfzehn klingelte das Telefon. Am Gerät war ein Finanzbeamter aus dem Bundesfinanzministerium.

»Herr Mattes, Sie haben meinem Kollegen Rainer einige Fragen gestellt, die er nicht beantworten konnte. Ich werde Ihnen weiterhelfen.«

»Danke, soll ich Ihnen meine Punkte erläutern?«

»Nicht nötig! So wie ich Rainer verstanden habe, geht es um falsche Fünfziger, die bei uns in Europa in Umlauf gebracht wurden und werden.«

»Ah! Ich merke, Sie sind im Bilde. Und das Problem ist ihnen nicht unbekannt.«

»Richtig! –

Bisher galt immer, dass man eine Fälschung, auch bei der besten Qualitätsstufe, mit einer Prüfung nach dem Schema ›Fühlen-Sehen-Kippen‹ erkennen konnte. Momentan trifft das nicht mehr zu. Die Qualität der Fünfziger-Blüten, die jetzt im Umlauf sind, ist ausgezeichnet. Sowohl das Papier als auch der Druck sind perfekt.«

»Woran erkennen Sie dann, dass es sich um Falschgeld handelt?«

»Auf jedem Geldschein ist eine Druckplattennummer aufgedruckt. Bei diesem Falschgeld, das momentan im Umlauf ist, passen die Seriennummern der Geldscheine nicht zu den Druckplatten.«

»Das bedeutet, dass Sie die falschen Geldscheine nicht so einfach ausfindig machen können. Können Sie überhaupt die Scheine maschinell identifizieren?«

»Maschinelle Prüfungen – jedenfalls mit den vom Eurosystem auf Tauglichkeit getesteten Geräten – sind sehr verlässlich. Wenn ein solches Prüfgerät nur eine einzige Fälschung übersieht, gilt der Test als gescheitert. Da theoretisch jederzeit neue Fälschungen auftreten könnten, wird ein Gerät nur für rund ein Jahr gelistet. Eine Verlängerung der

Listung kann nur durch einen Wiederholungstest mit dem dann aktuellen Falschgeld-Testsatz erreicht werden. Allerdings muss der Verwender eines Prüfgerätes darauf achten, dass er regelmäßig die aktuellen Softwareupdates installiert.«

»Das bedeutet, Sie finden zurzeit die falschen Fünfziger nicht maschinell«, unterbrach Pit den Beamten.

»Richtig! Wir arbeiten seit einem Jahr an einer Softwarelösung«, berichtete er.

»Seit wann sind die Scheine in dieser Qualität im Umlauf?«

»Genau können wir das nicht sagen. Zuerst wurden sie im März 2016 in Italien entdeckt. Damals hatten wir an einen Fehler geglaubt, der bei uns in der Herstellung gemacht wurde. Das war vor über einem Jahr. Jetzt wissen wir, dass das Geld in China gedruckt, nach Europa gebracht und hier verteilt wird.
Ein Brenn- und Schwerpunkt ist in Rom, einer voraussichtlich in Paris oder Lyon und einer in Hamburg.
Wir ermittelten, dass in diesen Städten die chinesischen Blüten ankamen und verteilt wurden.«

»Wie kommen Sie auf China?«

»Wir hatten Glück und konnten acht Kisten, mit jeweils einer Million Euro, in Paris beschlagnahmen. Daraus vermochten wir den Weg nach China zurückzuverfolgen.«

»Wie läuft so ein Geschäft ab?«

»Recht einfach, wenn sie die Verbindungen haben! Sie bestellen die Blüten, sagen wir zum Beispiel fünf Millionen Euro in Falschgeld, beim Hersteller oder Zwischenhändler in China. Der fertigt sie an und verkauft ihnen die Druckware für zwei Millionen Euro. Für den Transport nach Europa müssen sie selber sorgen.

Die ersten Sendungen wurden noch per Kurier nach Italien oder Paris gebracht. So viel wissen wir bereits. Im Januar liefen für die Gangster zwei Lieferungen schief. Der Zoll in Italien untersuchte einen Kurierkoffer, und ein Bote setzte sich mit dem Kofferinhalt nach Südamerika ab. Seitdem wird das Falschgeld wie andere Schmuggelware nach Europa gebracht. Wir vermuten, dass die Scheine wie Betäubungsmittel zu uns verschifft werden.«

»Was passiert mit den Blüten dann hier?«

»Sie werden über einen Verteiler in ordentliche Währung getauscht beziehungsweise in unseren Geldverkehr in Umlauf gebracht. Sie müssen wissen, dass Sie nicht so einfach eine Millionen Euro zur Bank bringen können. Die fragen schon, woher Sie das Geld haben.«

»Welchen Aufwand muss man betreiben, um Geld in dieser Güte herzustellen?«, fragte Mattes.

»Gutes Geld zu drucken ist nicht ganz einfach. Sie brauchen Papier, Druckplatten, eine Druckpresse und spezielle Druckfarben. Das Papier in der erforderlichen Qualität herzustellen ist das Schwierigste. Ich gehe davon aus, dass Sie für eine Fertigung zwischen zwei und sechs Millionen Euro investieren müssen. Dann kommen die Druckplatten, rechnen Sie dafür zwei Millionen, die Farbe und der Druck dann noch ein bis zwei Millionen Euro. Dann haben Sie Papier, Farbe und ein anfängliches Wissen, wie der Fünfziger zu drucken ist«, informierte der Beamte.

»Verstehe! Das bedeutet, dass in China jemand zirka zehn Millionen Euro investiert hat, um falsche Fünfziger herzustellen.«

»Ja, dazu kommen noch laufende Betriebskosten und Materialien, Ausgaben für Bestechungen, Transport und Verteilung der Falschgelder«, erklärte der Beamte.

»Wie hoch ist der Gewinn bei diesem Geschäft?«

»In China haben wir keinen Überblick. In Europa schätzen wir den Reinerlös zwischen vierzig und sechzig Prozent für die Schleuser und Geldwäscher. Denn hin und wieder fischen wir ja die eine und andere Million Falschgeld bei der Überführung ab. Das ist für den Händler mehr als ein Totalverlust, denn er muss die Herstellung und gegebenenfalls den Transport bezahlen.«

»So wie ich Sie jetzt interpretiert habe, ist davon auszugehen, dass wir mit noch mehr Blüten dieser Güte rechnen müssen?«

»Natürlich. Für den Hersteller der Scheine ist das erforderlich, um die hohen Investitionssummen zu decken. Darin liegt auch unser Problem:

- Erstens wissen wir nicht genau, wie viel Falschgeld im Umlauf ist.
- Zweitens sind wir noch nicht in der Lage das Falschgeld maschinell zu identifizieren.
- Drittens durchdringen wir nicht das Verteilsystem.
- Und viertens haben wir keine Möglichkeit die Falschgeldherstellung in China zu stoppen.«

»Was veranschlagen Sie, wie viel falsches Geld ist bereits in Umlauf?«

»Das ist eine schwere Frage. Ich, und damit meine ich mich persönlich, schätze, dass es in Europa einhundertfünfzig bis zweihundert Millionen Euro sind. Dazu kommen noch fünfzig bis achtzig Millionen außerhalb von

Europa. Meine Kollegen hier im Ministerium vermuten einen höheren Geldbetrag.«

»Welche Maßnahmen ergreifen Sie?«, wollte Mattes wissen.

»Die Existenz des Falschgeldes ist streng geheim. Wir wollen eine Panik auf dem Geldmarkt verhindern. Ich möchte Sie bitten, unser Gespräch und den Inhalt nicht an die Öffentlichkeit weiterzutragen.

Da wir ohne einen großen Aufwand nicht das Geld separieren können, bleibt uns nichts anderes übrig als es laufen zu lassen. Intern verrechnen wir allerdings unsere Schätzungen.

In Frankreich stellten wir acht Millionen Euro sicher. Auch zwei der schuldigen Personen, die für die Verteilung des Geldes verantwortlich waren, konnten wir verhaften. Allerdings wurden die beiden Männer bei einer Überführung ins Polizeipräsidium erschossen. Sie konnten von den Behörden nicht verhört werden.

In der Bundesrepublik ermitteln die Bundespolizei, der Zoll und die Landeskriminalämter. In Hamburg versuchen wir, ein Sonderdezernat für Falschgeld einzurichten. Das ist logischerweise noch nicht spruchreif. Sie können sich ja nicht vorstellen, wie schwer es ist, eine Dienststelle zu etablieren.«

»Wie funktioniern die Zusammenarbeit und Zuständigkeit zwischen den einzelnen Bereichen und Behörden, auch zur Kriminalpolizei, zur Bundespolizei und zur Staatsanwaltschaft?«

»Wir unterscheiden grundsätzlich zwischen der Feststellung von falschen Banknoten ›innerhalb des Zahlungsverkehrs‹ und ›außerhalb des Zahlungsverkehrs‹. Geldbearbeitungsfirmen und Geldtransportfirmen sind sogenannte ›Wertdienstleister‹.

Für diese gibt es gesetzliche Vorschriften:

a) Ist sich eine Bank oder der Wertdienstleister sicher, dass es sich um Falschgeld handelt, muss dieses mit einem Bericht an die Polizei weitergeleitet werden.

b) Bestehen hingegen lediglich Zweifel an der Echtheit des Geldes, muss das verdächtige Geld mit einem Bericht an die Deutsche Bundesbank gegeben werden. Ist es dann Falschgeld, kommen wir zu Punkt a).

Diese Regelung soll sicherstellen, dass die Polizei in Fällen, wo Sicherheit bezüglich der Falschgeldeigenschaft besteht, sofort mit den Ermittlungen beginnen kann. In Zweifelsfällen wird die Bundesbank feststellen, ob es sich tatsächlich um ein Falschgelddelikt handelt.

Letztlich werden aber in jedem Falschgeldfall sowohl die Polizei als auch die Bundesbank involviert, da entsprechende gegenseitige gesetzliche Pflichten kodifiziert sind:

Die Polizei ist verpflichtet, der Bundesbank das Falschgeld zu einer Begutachtung zur Verfügung zu stellen, in der die Bundesbank eine sogenannte ›Fälschungsklasse‹ festlegt. Alle Fälschungen aus derselben Fälscherwerkstatt werden in einer Fälschungsklasse zusammengefasst, damit man Tatzusammenhänge erkennen kann. Man sagt: ›Wir lesen die Handschrift des Täters.‹

Außerdem ist die Bundesbank zur sicheren Verwahrung der falschen Banknoten verpflichtet, solange diese nicht für die Ermittlungen oder als Beweismittel benötigt werden.

Die Bundesbank ist verpflichtet, die Polizei über alle Falschgeldfälle zu informieren. Dabei werden der Polizei die Begutachtungsergebnisse mitgeteilt.

Falschgeldfeststellungen außerhalb des Zahlungsverkehrs

sind Ermittlungserfolge der Polizei oder einer anderen Ermittlungsbehörde zum Beispiel Zoll. Bei Personen-, Fahrzeug- oder Gebäudedurchsuchungen kann beispielsweise Falschgeld aufgefunden werden.

Die Polizei involviert auch in diesem Fall die Bundesbank zwecks Begutachtung und sicherer Verwahrung, sofern das Falschgeld nicht als Beweismittel benötigt wird.«

Mattes bedankte sich für das Gespräch, setzte sich noch für eine viertel Stunde in seinen Sessel und überdachte das, was er eben gehört hatte. Anschließend trottete er hinunter in die Bibliothek.

DONNERSTAG, 19.10.2017, 10:00 UHR, EPPENDORF, BÜCHEREI:
Pit hatte ein komisches Gefühl, als er in die Bücherei schritt. Mio stand am Tresen und schaute nur kurz zu ihm hinüber. Im Radio wurde in den Nachrichten von einem ermordeten Zollbeamten gesprochen. Der Wetterbericht sprach von einem ›Grau‹ in unterschiedlichen Variationsmomenten.

Der Schriftsteller setzte sich auf seinen Stammplatz und klappte seinen Laptop auf. Das Radio spielte ›Don't Worry, Be Happy‹ von ›Bobby McFerrin‹. Zehn Minuten später kam Mio mit seinem Becher Tee.

»Moin Pit. Böse mit mir? Gestern – das habe ich vermasselt?«

»Moin Mio, komm setz dich zu mir. Ich hatte mir unsere erste Begegnung oben in unserer Wohnung etwas anders vorgestellt. Wenn ich zu forsch oder zu frech war, weil ich dir einen Kuss geben wollte, dann möchte ich mich hiermit bei dir entschuldigen. Ich wollte dich nicht überrumpeln.«

»Nein Pit. Es war meine Schuld. Ich kann es nicht verstehen, warum ich so reagiert habe.

Susanne war gestern noch bei mir. Wir haben den ganzen Nachmittag gequatscht. Sie riet mir, zu dir hochzugehen. Ich habe mich aber nicht getraut. Pit, ich habe die Nacht nicht geschlafen, es tut mir leid.«

»Komm vergessen wir das und starten noch mal von vorne. Wann willst du bei mir einziehen?«

»So schnell wie möglich. Ich halte es nicht mehr in der Wohnung aus. In der Bücherei fühle ich mich wohl, aber in meinen Räumen …«

»Okay, wir werden das heute Nachmittag in Angriff nehmen. Mio, ich habe gleich noch einen Termin. Ich bin mit der Kommissarin um halb eins verabredet. Es gab einen dritten Mord.«

Sie drückte seine Hand und gab ihm einen flüchtigen Kuss auf die Wange.

DONNERSTAG, 19.10.2017, 12:30 UHR, EPPENDORF, STAR-BUCKS:

»Frau Sommer, ich werde mit Ihnen die Mordserie aufklären«, begann Pit Mattes.

»Bitte akzeptieren Sie meine Arbeitsweise und Methode. Außerdem möchte ich diesen Fall in einen neuen Krimi einfließen lassen. Ist das in Ordnung für Sie?«

»Ja, einverstanden«, flüsterte sie.

»Dann auf gute Zusammenarbeit! Ich heiße übrigens Pit«, bot er ihr an und reichte ihr die Hand.

»Danke, gerne – ich heiße Gabi. Danke Pit!«, kam von ihr. Ihre Stimme klang etwas fester und zuversichtlicher.

»Gabi, lass uns anfangen! Was ist in den letzten drei Tagen passiert?«

»Halt, bevor ich es vergesse: Hier hast du deinen Polizeiausweis wieder. Du bist wieder offiziell als Berater eingestellt. Mit den besten Grüßen von meinem Chef«, sagte Gabi und überreichte ihm die Plastikkarte.

»Verstehe – danke!«, kam von ihm, bevor er den Ausweis einsteckte.

»Pit, heute Morgen fand man den achtundzwanzigjährigen Dirk Pohlmann. Er wurde wie die beiden anderen Opfer erschossen.

Unsere Ballistiker stellten allerdings fest, dass Pohlmann nicht mit der gleichen Waffe getötet wurde wie im ersten und zweiten Tötungsdelikt.

Die goldene Visitenkarte steckte beim Opfer in der Brusttasche. Die Spurensicherung ermittelte, dass der Tote nicht am Fundort ermordet wurde.

Dirk Pohlmann arbeitete beim Zoll. Er gehörte zur Zollfahndung. Sein Vorgesetzter konnte oder wollte mir nicht erklären, an welchem Fall das Opfer gearbeitet hatte. Mein Chef hat die Staatsanwaltschaft eingeschaltet.«

»Ich möchte mir zuerst den Fundort anschauen! Können wir gleich dort hinfahren?«, wollte Pit wissen.

»Selbstverständlich. Mein Auto steht vorm Bezirksamt.«

Die beiden verließen das Café und marschierten zum Fahrzeug. Gabi startete sofort, sobald Pit eingestiegen war.

»Die Polizei, der NDR und das Hamburger Abendblatt führten einen Zeugenaufruf zum ersten Tötungsdelikt durch. Es meldete sich eine Augenzeugin. Ihre Aussage ist ein wichtiger Schritt für uns. Sie ging mit ihrem Hund in den Park spazieren. Berta Schiller, so heißt die Zeugin, sah, dass eine Person reglos auf dem Boden lag, und eine männliche Person beugte sich darüber. Sie lief zu den beiden, um ihre Hilfe anzubieten.

Der kniende Mann sprach Frau Schiller an, dass er einen Krankenwagen und die Polizei alarmieren wolle. Er lief sofort davon und kehrte nicht wieder zurück. Weder Polizei noch Rettungskräfte wurden von ihm benachrichtigt.

Berta Schiller untersuchte den Mann, der auf dem Boden lag und fand das Einschussloch in seinem Kopf.

Sie wählte die ›110‹ von ihrem Mobiltelefon aus. Später im Polizeirevier beschrieb sie den flüchtigen Mann. Mit den Kollegen vom Revier und unserem Erkennungsdienst fertigten sie ein Phantombild an. Ich habe einen Abzug in meiner Handtasche. Hol dir das Foto bitte dort heraus.«

Pit ergriff die Tasche vom Rücksitz, holte das Foto hervor und betrachtete es ganze zwei Minuten.

»Was guckst du? Das kann man nicht auswendig lernen!«

»Das meinst aber nur du! Berichte weiter!«

»Ich kann dir was zu den beiden Fünfzig-Euro-Scheinen aus dem Holtzer-Sachverhalt erzählen. Einer war ein falscher Fünfziger. Der, der mit dem roten ›F‹ gekennzeichnet wurde, war die Blüte.

Die Bundesbank geht davon aus, dass sie in China hergestellt wurden. Sie sind sehr gut gemacht. Es war schwierig, eine Auskunft von den Beamten zu bekommen.

Augenscheinlich lassen sie sich von den echten nicht unterscheiden. Eine automatische Separierung ist noch nicht entwickelt worden. Es wird auch, laut der Behörde, noch eine Weile dauern, bis eine neue Software eingesetzt werden kann.

Ich habe mich im Haus speziell nach Falschgeld erkundigt. In den letzten zwölf Monaten sind laut Aussage keine Blüten aufgetaucht.

Wir durchsuchten am Dienstag die Reederei Navis. Mit sechzig Beamten stellten wir in vier Stunden dort alles auf den Kopf. Gefunden wurde außer Staub nichts. Frau Malberg war stinksauer und tobte. Ich glaube nicht, dass wir von ihr noch einmal Hilfe bekommen werden. Meine Vermutung ist, dass etliche Kartons Schmuggelgut, Betäubungsmittel oder meinetwegen auch Falschgeld mit einer Ladung aus Rotterdam hier ankamen. Die Pappschachteln wurden in einem Container, zusammen mit chinesischem Porzellan, bis Rotterdam transportiert. Von dort übernahm die Reederei Navis den Transport nach Hamburg. Der Großhändler Otto Kleinig war der Empfänger der Ware.«

»Otto Kleinig, war das nicht auch die Firma, der Großhändler, bei dem Holtzer beschäftigt war?«

»Ja, richtig. Die Handelsräume wurden von uns untersucht. Auch ohne Ergebnis. Biestmann, mein Chef, tobte gestern. Am liebsten hätte er mir den Fall entzogen. Er hat bloß keine Alternative. Durch die Gründung der ›SoKo Schwarzer Block‹ wurden sowieso schon einige Mitarbeiter aus seiner Abteilung abgezogen. Um die Mordkommission zu verstärken, wurden ehemalige Mordermittler zurückgeholt. Das reicht aber bei Weitem nicht, denn viele Beamte holen gerade ihren Urlaub nach, schließlich gab es in den Wochen rund um G 20 Urlaubssperre.

Das Geld aus Langmanns Portemonnaie und das, was auf dem Schrank lag, war in Ordnung. Kein Falschgeld!«

»Gehst du jetzt auch von einem Falschgeldfall aus?«

»Ja, notgedrungen, bin aber für alle anderen Möglichkeiten offen. Falschgeld war übrigens deine Idee. Und mein Chef geht auch von einem Falschgeldfall aus. Er hatte einen Anruf vom BKA, Bundeskriminalamt.«

»Kann ich mir vorstellen!«

»Wieso?«

Pit erzählte von dem Telefonat, das er am Morgen geführt hatte.

»Danke, dass du mich eingeweiht hast. Mein Chef hatte es nicht für nötig gehalten. Ich sag es keinem weiter. Kannst du abschätzen, wie viele Geldscheine im Umlauf sind? Ich wurde aufgefordert, eine Summe zu nennen oder besser gesagt zu taxieren. Eine Summe von größer fünf Millionen Euro trug ich ins Formblatt ein. In Wirklichkeit habe ich aber null Ahnung. Da hoffe ich auf deine Intuition. Bis morgen oder übermorgen haben wir hoffentlich noch Zeit.«

»Verstehe! Ich werde mir Gedanken dazu machen!«

Mattes reichte ihr das Phantombild zurück.

»Das kann jeder Dressman sein. Diesen Kerl findest du in jeder Modezeitschrift. Das hilft uns nicht weiter.«

»Ich weiß, deshalb haben wir es auch nicht veröffentlicht. Fernsehen, Zeitungen und so weiter.«

»Logisch!«

DONNERSTAG, 19.10.2017, 13:30 UHR, ALTONA, LOUISE-SCHROEDER-STRAßE:

Das Auto erreichte die Louise-Schroeder-Straße in Altona. Gabi parkte auf dem Parkstreifen.

»Da hinten ist der jüdische Friedhof Altona. Der Tote wurde heute Morgen um acht Uhr hier im Park von einem Jogger gefunden.«

»Verstehe.«

Pit stellte sich an einen Baum und nahm die Umgebung in sich auf. Er stand fast zehn Minuten an dieser Stelle. Gabi schlurfte zurück zum Auto, öffnete die Beifahrertür und setzte sich auf den Sitz. Sie war ungeduldig und wurde immer nervöser.

Pit marschierte die Straße zweihundert Meter in beiden Richtungen, bevor er zum Auto zurückkehrte. Gabi schaute ihn fragend an.

»Die Spurensicherung hatte recht. Der Tote wurde dort drüben entladen und hier herübergetragen. Der Träger ist sehr groß, hat eine kräftige sportliche Figur und trug ›Nike‹-Sportschuhe.«

»Ja, ja. Dann sage mir nur noch den Aufenthaltsort und die Personalausweisnummer.«

»Fahren wir!«

»Und wohin darf ich den Herrn bringen?«

»Zum ›Zollamt Waltershof‹.«

»Was hast du vor?«, fragte sie etwas genervt.

»Ich will die Lage sondieren.«

»Ich wette, dass du dort nicht einmal hereinkommst.«

»Die Wette gilt.«

»Übrigens – der Mörder ist eine durchtrainierte männliche Person. Er trug den Toten quer vor sich auf beiden Armen. Dafür braucht man viel Kraft.«

»Woher weißt du das?«

»Die Fußabdrücke, und zwar die vom Auto zum Fundort, sind tiefer.«

»Und woher kennst du die Größe?«

»Er ging zwischen den Büschen. Die Blattspitzen sind rechts und links gebogen und abgeknickt. Daraus habe ich erstens abgeleitet, dass der Träger mindestens einen Meter neunzig groß ist und zweitens, dass er den Toten quer trug.«

»Danke!«

»Wir müssen Anhaltspunkte zum Ort des Verbrechens finden. Man wollte nicht, dass man den Ermordeten am Tatort findet. Die Leiche wurde transportiert und in Altona abgelegt. – Und übrigens, das Fahrzeug des Mannes mit der goldenen Visitenkarte hat Winterreifen der Marke Goodyear«, referierte Pit.

»Oh! Wir können doch davon ausgehen, dass wir dem Auftragsmörder, dem wir den ersten und zweiten Tötungsdelikt zuschreiben, auch den dritten Tatbestand zuordnen können?«, warf Gabi ein.

»Nicht unbedingt. Wir sollten zumindest davon ausgehen, dass dieser Doktor Abraham Extinctor den Toten an der Louise-Schroeder-Straße ablegte. Die Körpergröße passt zur Tätergröße im Langmann-Mord.«

»Hä?«

»Ja. Die geschätzte Straftätergröße müsste im Bericht des Instituts für Rechtsmedizin stehen.«

»Den Absatz habe ich nicht verstanden und deswegen nicht zu Ende gelesen.«

»Gabi! Dieser Mord ist andersartig.

- Pohlmann wurde erstens mit einer anderen Waffe erschossen.
- Zweitens – die beiden früheren Tötungen wurden geplant. Der Auftragskiller lauert seinem ersten Opfer, Albert Holtzer, auf. Im zweiten Fall besucht er sein Opfer, Bernhard Langmann, und erschoss ihn in sei-

ner Wohnung. In beiden Fällen ist der Tatort auch der Fundort der Leiche.

Im letzten Fall haben wir eine grundlegend andere Konstellation. Ich hoffe, wir erfahren beim Zoll mehr«, erklärte der Hobbykriminalist.

Zwanzig Minuten später erreichten sie die Dienststelle in der Finkenwerder Straße.

DONNERSTAG, 19.10.2017, 14:45 UHR, WALTERSHOF, ZOLLAMT:
»Ich möchte Frau Burgstaller sprechen«, informierte Mattes den Mann am Empfang. Er griff zum Telefon. Drei Minuten später kam Petra Burgstaller. Pit fasste sie an der Hand, zog sie zu sich und umarmte sie.

Petra Burgstaller: Die hübsche, einen Meter siebzig große, brünette Frau mit grünen Augen war achtundvierzig Jahre alt. Die schlanke und sportliche Frau mit kurzen blonden Haaren war Beamtin beim Zoll im gehobenen Dienst. Seit vier Jahren leitete sie eine Abteilung in der Zollfahndung im Hamburger Hafen.
Petra und Pit lösten zusammen einige Kriminalfälle. Sie waren ein perfektes Team, sowohl privat als auch beruflich. Das lief so lange, bis Mattes ihr einen Heiratsantrag machte.

»Darf ich erfahren, was du von mir willst?«, fragte sie, genoss aber die Umarmung von Pit.

»Ja, aber zuerst möchte ich dir jemanden vorstellen«, sagte Pit und zerrte Petra zum Auto. Gabi stieg aus und begrüßte Petra. »Darf ich vorstellen, Petra Burgstaller, Gabriele Sommer. Gabi ist bei der Kripo. Sie ist hinter einem Serienmörder her. Das letzte Opfer war Dirk Pohlmann. Kanntest du ihn?«

»Ja, kommt, wir gehen ein Stück den Weg dort lang. – Dirk Pohlmann wurde von uns vor vier Wochen kaltgestellt. Wir wussten, dass er im Dienst krumme Dinge machte. Wir vermuteten, dass er beschlagnahmte Waren nicht vollständig im Amt abgab. Aber beweisen konnten wir ihm das nicht. Die Untersuchung leitete ich.«

»Wie funktionierte diese Unterschlagung?«, fragte Gabi.

»Das hat lange gedauert, bis wir dahinterkamen. In einem Fall informierte er wahrscheinlich die Empfänger, dass wir von der Schmuggelware wissen. In einem anderen Fall machte er bei einer Stichprobe die Augen zu. Auf seinem Girokonto sind fünfhunderttausend Euro. Beim Pferderennen gewonnen, war seine Erklärung. Seit drei Wochen durfte er nur noch im Innendienst arbeiten.
Pohlmann war ein überaus intelligenter Bursche. Leider setzte er seine Fähigkeiten falsch ein.«

»So clever war er nicht. Sonst würde er noch leben!«

»Darüber, dass er erschossen wurde, informierte mich mein Vorgesetzter vor zwei Stunden. Die Staatsanwaltschaft hat sich eingeschaltet. Mein Chef muss heute Nachmittag dort vorsprechen. – Ich möchte mit euch zusammenarbeiten. Meinetwegen auch auf dem kleinen Dienstweg. Einverstanden?«

Fast gleichzeitig kam ein ›Ja‹ von Gabi und Pit.

»Perfekt! Wie wollen wir's anpacken?«

Gabi setzte Petra über die bisherigen Ermittlungsergebnisse in Kenntnis.

»Wie kann ich euch unterstützen?«, fragte Petra.

Pit überlegte einen Augenblick: »Du erzähltest, dass Dirk Pohlmann im Innendienst gearbeitet hatte. Was genau war seine Aufgabe?«

»Er bearbeitete Einfuhrpapiere. Hauptsächlich Statistik und Ablage.«

»Mm – ich vermute, dass er etwas fand, aus dem er Kapital und Profit ziehen wollte.«

»Du meinst, ich sollte mir die Akten, die er in der Hand hatte, genauer anschauen?«

»Ja – schau dir zuerst die Dokumente an, die eine Verbindung zur Reederei Navis haben.«

»Also doch!«, warf Gabi ein. »Du verdächtigst auch die Reederei!«

»Nein, Gabi, ich glaube nicht, dass der Schiffseigner in etwas verwickelt ist oder war. Aber die Reederei kann für einen Falschgeldtransport benutzt worden sein«, erklärte Pit.

»Okay – ich werde mich heute noch an die Arbeit machen. Wie bleiben wir in Verbindung?«

»Wir sollten morgen eine Telko machen«, schlug Gabi vor.

Die drei einigten sich auf eine Telefonkonferenz um neun Uhr. Die Steuerung wollte Gabi übernehmen. Sie verabschiedeten sich. Gabi und Pit stiegen wieder ins Auto.

DONNERSTAG, 19.10.2017, 15:30 UHR, IM AUTO:

»Die macht einen guten und kompetenten Eindruck. Woher kennst du sie?«

»Wir haben einige Fälle zusammen gelöst.«

»War das aus deinem Buch ›Pit Mattes: Der Eisbaron‹?«

»Ja. Du kennst das Buch?«

»Ein bisschen. Na ja – ich geb's zu, ich hab's gelesen. Du hast die Wette gewonnen! Um was haben wir gewettet?«

»Mir fällt was ein!«

»Findest du das fair?«

»Ja!«

»Was hast du jetzt vor?«

»Zuerst fahre ich nach Hause. Ich will ein wenig nachdenken. Dann muss ich dringend etwas klären. Anschließend werde ich die Reederei besuchen.«

»Ich glaube, ich erzählte dir, dass die nicht gut auf uns zu sprechen sind.«

»Ja, das erwähntest du. Hilft aber nichts.«

»Sei mir nicht böse, ich muss noch einiges Sinnvolles erledigen. Kann ich dich irgendwo absetzen?«

»Ja, hier gleich am Hauptbahnhof.«

Pit verabschiedete sich von Gabi und stieg aus. Sie sah ihm traurig nach.

›Mag er mich? Ich würde gerne mit ihm zusammen sein, beruflich und privat‹, wünschte sie sich.

Pit musste erst einmal seine Gedanken sortieren. Aber er hatte ein gutes Gefühl. Er mochte diese Herausforderungen. Und mit Petra und Gabi waren alle Voraussetzungen für einen Erfolg gegeben.

Zuerst einmal hatte er Hunger. Der Hauptbahnhof kam ihm da gerade recht. Anfänglich aß er ein Fischbrötchen bei Gosch und fuhr dann mit dem HVV (Hamburger Verkehrsverbund) nach Hause.

DONNERSTAG, 19.10.2017, 17:00 UHR, EPPENDORF, BÜCHEREI:
Mio und Susanne warteten schon auf Pit.

»Wir hatten schon befürchtet, dass du uns vergessen hast«, sagte Susanne und musste dabei grinsen.

»Nein, tut mir leid. Zurzeit überschlagen sich die Ereignisse. Heute Morgen ist wieder einer erschossen worden. Mir schwirrt der Kopf gerade. Ich muss unbedingt nachdenken und die vielen Einzelfäden im Gehirn zusammenknoten.«

»Wollen wir den Umzug auf morgen verschieben?«, fragte Mio.

»Sagt mal Mio, Susanne, kriegt ihr das alleine hin?«

»Na klar, du würdest sowieso bloß im Wege stehen und uns behindern. Wenn du willst, kannst du dich in meine Wohnung zurückziehen!«, kam von Susanne.

»Danke für das Angebot. Ich muss noch einmal zur Reederei. Ich bin davon überzeugt, dass dort der Schlüssel liegt. – Getränke habe ich besorgt, sie sind im Kühlschrank. Und Pizza ist im Tiefkühlfach.«

Pit reichte Mio seinen Schlüssel und drehte sich, um zu gehen.

»Pit!«, rief Mio und ging auf ihn zu. Er schaute Mio an und ohne dass er damit gerechnet hatte, gab sie ihm einen Kuss auf den Mund. Das Radio spielte ›Heart Of Gold‹ von ›Neil Young‹.

Mit dem HVV fuhr Mattes zur Reederei.

Gertrud Malbergs Begrüßung fiel verhalten aus: »Was wollen Sie denn schon wieder hier? Ich habe viel zu tun!«

»Entschuldigen Sie, Frau Malberg. Ich habe noch ein paar Fragen zum Tod von Bernhard Langmann.«

»Es wurde alles gesagt. Ihre Kollegin war gestern hier und hat die ganze Reederei auf den Kopf gestellt. Ich habe das immer noch nicht aufholen können. Die Waren im Lager sind total durcheinandergebracht worden. Mir wäre es lieb, wenn sie hier nie wieder auftauchen würden!«

»Verstanden!«, kam von Mattes. Er setzte sich in den Sessel am Besuchertisch, gegenüber von ihrem Schreibtisch und schaute auf das Bild des Firmengründers, das hinter Frau Malberg hing.

Nach einer Stunde schaute sie auf: »Danke!«

»Wofür?«

»Dass Sie mich am Dienstag begleitet haben. Ich hasse Beerdigungen.«

»Gerne geschehen«, sagte Mattes und es klang verärgert.

»Verärgert? Beleidigt?«

»Ich vermutete, dass Sie mich am Dienstag nicht wahrgenommen hatten.«

»Entschuldigen Sie bitte. Wir waren auf einer Beerdigung. Sie waren mir eine große Stütze.«

»Gerne geschehen«, kam von ihm und es war ein Ton, der nach Genugtuung klang. Mattes betrachtete jetzt Frau Malberg genauer.

Sie trug ein langes schwarzes, enges Kleid im Schnitt der sechziger Jahre und ihre roten Schuhe. Das Rot ihrer Lippen war dem Rot ihrer Schuhe angepasst. Oder umgekehrt.

Ihm war nicht entgangen, dass sie ihn aus den Augenwinkeln beobachtete. Voller Genugtuung ließ sich der Schriftsteller in den Sessel zurückfallen und machte es sich bequem. Zeit zum Grübeln.

Wieder eine Stunde später sah sie auf: »Darf ich Ihnen einen Tee zubereiten?«

»Gerne«, flüsterte Mattes und lächelte sie an.

Sie stand auf und verschwand aus dem Raum. Mattes nutzte die Gelegenheit und schaute sich die Papiere auf ihrem Schreibtisch an. Bevor sie zurückkam, saß er wieder im Sessel. Sie stellte ihm einen Becher Tee auf den Tisch und setzte sich zu ihm an den Besuchertisch.

»Was wollen Sie wissen?«

»Was macht Ihr Studium?«

»Nichts. Seit Bernhard tot ist, komme ich nicht mehr dazu. Jetzt muss ich ständig ins Lager laufen und Dinge klären, und dort kenne ich mich noch nicht aus.«

»Diese Kontrollrunden hat Langmann für Sie übernommen?«

»Ja, nachdem ich einmal von einem Truckfahrer belästigt wurde, hat er mir die Wege abgenommen. Und gegenwärtig merke ich, wie zeitintensiv das ist. Laufend will einer was, und ich renne zwischen Lager und Büro hin und her. Die Großhändler wollen betüttelt werden, der Lagerist will Lieferscheine und Arbeitsaufträge sehen, die gelieferte Ware muss verräumt werden, der Zoll will die Ladung sehen und so weiter.«

»Der Zoll kommt hierher, um sich Ware anzugucken?«

»Ja, ein- bis zweimal die Woche kommen die hier vorbei.«

»War am 11. Oktober der Zoll hier?«

»Ja, aber nur kurz. Und es war nur einer da, zumindest im Büro. Bernhard kannte ihn und spazierte mit dem Zollbeamten ins Lager.«

»Um was ging es dabei?«

»Das weiß ich nicht mehr – Turnschuhe, Spielzeug, Geschirr oder andere Haushaltswaren aus der letzten Schiffsladung.«

»Geht das vielleicht noch etwas genauer?«, fragte Mattes und lächelte ihr direkt ins Gesicht. Sie wich seinem Blick aus und schüttelte den Kopf.

»Tut mir leid …«

Mattes trank den Tee aus und stellte den Becker auf Zeitschriften, die auf dem Tisch lagen.

»Können Sie den Zollbeamten beschreiben?«

»Vielleicht. Er war einen Meter siebzig, unter dreißig Jahre alt, er trug einen schwarzen Schnauzbart und hatte dunkle Stoppelhaare.«

»Danke, Frau Malberg. Damit kann ich was anfangen! Bleibt nur noch die Frage nach dem Grund des Besuchs.«

»Tut mir leid … Das kann ich im Moment nicht abrufen.«

Pit nutzte die kurze Pause, um ein anderes Thema anzusprechen.

»Wo haben Sie Ihren Pudel gelassen? Ich sehe ihn nicht.«

»Petty ist bei ihrem Herrchen. Der Schuft, mein Ex, entschuldigte sich immer bei mir, dass er an einem wichtigen Projekt arbeitet. Das Projekt ist ungefähr einen Meter siebzig groß und hat braune lange Haare. Mehr konnte ich nicht von ihr sehen. Hat mir aber gereicht. Ich sah noch, wie sie im Kino verschwanden. Ich habe ihn Dienstag rausgeschmissen.«

»Verstehe!«

Sie stand auf, ging zu ihrem Schreibtisch, klappte den Laptop zu und verschloss ihn im Büroschrank.

»Was halten Sie davon, wenn wir Feierabend machen?«

»Einverstanden!«

»Darf ich Sie zu einem Cocktail einladen?«

»Nein danke, ich habe noch zu tun«, log er.

Mattes begleitete sie zu ihrem VW-Bus. Er reichte ihr die Hand zum Abschied. Sie lächelte ihn an und hielt etwas länger seine Hand fest. Er nahm ihre Enttäuschung wahr.

Als der Schriftsteller in der U-Bahn saß, freute er sich auf Mio.

DONNERSTAG, 19.10.2017, 22:00 UHR, EPPENDORF, MATTES' WOHNUNG:

Als er vor seinem Haus in der Eppendorfer Landstraße stand, fiel ihm ein, dass er ja keinen Schlüssel hatte.

Mattes klingelte. Susanne öffnete ihm die Tür.

»Wenn es noch länger gedauert hätte, wäre dein Biervorrat auf null geschrumpft!«, scherzte sie.

»Nun, wenn du jetzt da bist, kann ich ja verschwinden. Ich wünsche euch eine ruhige Nacht. Und dir, Mio, einen ganz tollen Start!«, sagte sie, umarmte Mio und war auch schon verschwunden.

Mio ging auf Pit zu und umarmte ihn. Pit wusste nicht, was er machen sollte. Er genoss die Umarmung. Wollte aber nicht zu forsch auf Mio zugehen und sich wieder einen Korb abholen.

Mio und Pit setzten sich in der Küche an den Tisch. Sie erzählte von ihrem Einzug und dass Susanne traumhaft geholfen hatte. Pit berichtete von seinem neuen Fall.

Während Mio noch in ihrem Zimmer aufräumte, verschwand Pit im Büro und schrieb am Manuskript. Um dreiundzwanzig Uhr kam Mio in sein Arbeitszimmer: »Na Pit – noch nicht fertig? Soll ich dir einen Tee kochen?«

Pit war überrascht, Mio zu sehen, er hatte längst damit gerechnet, dass sie schläft. Sie trug bereits einen Schlafanzug mit Tweety darauf.

»Ja, Tee – nein danke, ich glaube, es ist besser, wenn wir jetzt schlafen gehen«, flüsterte er und fuhr seinen Computer herunter. Sie gab ihm einen flüchtigen Kuss. Er grummelte was von »Gute Nacht!«.

Als er aus dem Badezimmer kam, war es auf dem Flur dunkel. Die Tür zu Mios Zimmer war zu. Er huschte leise in sein Schlafzimmer und kuschelte sich unter die Decke.

Pit war noch nicht eingeschlafen, als er merkte, dass Mio sich in sein Bett schlich.

»Mir ist kalt!«, flüsterte sie und schmiegte sich an ihn. Pit traute sich nicht, sich zu bewegen.

Mio hatte eine große Portion Mut aufbringen müssen, um sich in Pits Bett zu schleichen.

Susanne hatte ihr gesagt: ›Wenn du das heute nicht hinbekommst, dann wird das nie was. Da musst du jetzt durch! Und damit das auch klappt, werden wir dein Bett erst gar nicht aufbauen.‹

Mio ließ sich ihren abgelaufenen Tag wie einen Film noch einmal durch den Kopf gehen.

›War doch gar nicht schwer! Zumindest hat er mich nicht hinausgeschmissen. Ich glaube, er wird das auch nicht tun! Susanne hatte recht, er mag mich!‹, überlegte sie und schlief zufrieden ein.

18

Als Mattes um sieben wach wurde, konnte er es nicht fassen, er hatte Mio immer noch im Arm. Es gefiel ihm. Sie schlief fest.

Um halb acht stand er vorsichtig auf und ging duschen. Das Frühstück mit Kaffee und Tee bereitete er gerade vor, als Mio in ihrem Tweety-Schlafanzug in der Küche stand und ihn anlächelte. Mattes ging auf sie zu, nahm sie in den Arm und küsste sie.

Das Telefon klingelte. Der Hobbykriminalist schaute auf die Uhr: ›Neun, Telefonkonferenz, pünktlich, perfekt‹, überlegte er.

Die Begrüßung fiel kurz aus. Petra und Gabi informierten, dass sie die Wohnung von Pohlmann durchsucht hatten. »Dort wurde gestern eingebrochen und alles durchgewühlt. Die Täter suchten bestimmt das Falschgeld.«

»Und, seid ihr der Meinung, dass sie es fanden?«, fragte Pit.

»Unwahrscheinlich! Pohlmann war nicht dumm. Wenn er etwas für sich abgezweigt hatte, dann würde er es nicht in seiner Wohnung verstecken«, bemerkte Petra.

»Logisch!«

Gabi berichtete: »Der Spind von Pohlmann im Karate-klub wurde von mir geöffnet, keine Auffälligkeiten und natürlich auch kein Geld.«

»Pit, wir rekonstruieren noch, was Pohlmann in den vergangenen zwei Wochen beim Zoll machte.«

»Petra, Dirk Pohlmann war am 11. Oktober in der Reederei Navis. Kann dir diese Information weiterhelfen, um einen Anhaltspunkt zu deinen Untersuchungen zu finden?«

»Ja, ich werde mir die Zollunterlagen und Begleitpapiere heraussuchen und mir alles ganz genau anschauen. Ich habe bereits nach Dokumenten der Reederei Navis gesucht, aber keine gefunden.«

»Wie passen die Verbindungen von Albert Holtzer zu Langmann und zu Pohlmann? Was ist eure Meinung?«, fragte Pit.

»Eigentlich gar nicht, absolut nicht. – Man könnte was konstruieren: Der Großhändler ›Otto Kleinig‹ ist die Handelsgesellschaft im Chinageschäft, Holtzer ist die Verbindung hierher – Bernhard Langmann, Reederei, zuständig für den Transport, und Pohlmann wurden geschmiert, um die Ware am Zoll vorbei zu bekommen«, antwortete Gabi.

»Dass Pohlmann irgendwie beteiligt ist, kann ich nicht ausschließen. Ich glaube, das ist sogar wahrscheinlich«, meinte Petra.

»Ich bin mir sicher, dass Pohlmann das Falschgeld gefunden hat und sich was vom großen Kuchen abschneiden wollte«, erwähnte Mattes.

»Ja, die Variante ist offensichtlich. Ich werde weiter nach den Zollpapieren der Reederei Navis suchen und sie unter die Lupe nehmen. Ich weiß nicht, wo Pohlmann die abgelegt hat«, warf Petra ein.

»Gabi, die Großhandlung, in der Albert Holtzer gearbeitet hatte, wurde von der Polizei untersucht?«

»Ja, Pit. Den Laden haben wir umgegraben. Aber ohne Erfolg.«

»Verstehe!«

Pause – Pit überlegte.

»Ich möchte noch einmal von vorne anfangen und mir den Fundort der Leiche des ersten Mordes anschauen. Dann würde ich gerne die Großhandlung besuchen und auch den Karateklub. Mir fehlen die Zusammenhänge zwischen Holtzer, Langmann und Pohlmann«, kam von Mattes.

»Ich kann dich begleiten, wann wollen wir uns treffen?«, fragte Gabi.

»Wann wurde Albert Holtzer ermordet?«

»Am Sonnabend, den 7. Oktober, zwischen sieben und acht Uhr.«

»Dann treffen wir uns morgen früh um viertel vor sieben am Fundort der Leiche.«

»Schiet, ist das nicht ein bisschen zu früh für einen Sonnabend?«

»Ne! Zur gleichen Zeit, am gleichen Ort die gleichen Menschen, wie Jogger oder Menschen, die Hunde ausführen und so weiter.«

»Die Spur Pohlmann kann ich womöglich liefern, wenn ich mit meinen Untersuchungen durch bin«, äußerte sich Petra.

»Pit, zum Fundort der Leiche komme ich mit. Bei der Großhandlung war ich lange genug. Diesen Besuch und auch den im Karateklub möchte ich für mich ausklammern. Damit will ich keine zusätzliche Zeit verschwenden.«

»Verstehe! – Dann treffen wir uns morgen früh am Fundort der Leiche im Winterhuder Stadtpark?«

»Ja, einverstanden! Pit, ich hole dich in Eppendorf ab.«
Sie verabschiedeten sich noch und Mattes legte auf.

Da Pit das Telefon auf laut hatte, wollte Mio aus dem Raum verschwinden. Er hielt sie zurück und forderte sie auf mitzuhören. Es gefiel ihr, dass er sie am Geschehen teilnehmen ließ.

»Meine Lektorin darf mithören, was wir zu bereden haben. So kannst du realitätsnah mein Skript beurteilen und bearbeiten«, flüsterte er ihr zu.

»Verstanden!«, grinste sie ihn an, gab ihm einen flüchtigen Kuss und goss Tee und Kaffee zum Frühstück ein.

FREITAG, 20.10.2017, 10:00 UHR, EPPENDORF, BÜCHEREI:
Mio und Mattes gingen zusammen in die Bücherei.

Mio zog ihn in ihre fast leere Wohnung, schloss die Tür und nahm Pit in den Arm.

»Das habe ich mir immer gewünscht! Ich ziehe dich in meinen Wohnraum und nehme dich in den Arm.«

Pit genoss die Umarmung, erwiderte sie und gab ihr einen Schmatz. Er freute sich über die Ruhe und die Situation, Mio im Arm zu haben. Das Radio war aus.

FREITAG, 20.10.2017, 12:30 UHR, ALTONA, KARATEKLUB:
Die Fahrt nach Altona war einfach. Von der S-Bahn-Station bis zum Karateklub waren es nur fünf Minuten zu Fuß.

Mattes hatte sich im Vorwege telefonisch angemeldet. Ihm wurde ein Ansprechpartner genannt.

Eigentlich hatte er mit einem problemlosen, kurzen Besuch gerechnet. Er wollte sich einen Eindruck verschaffen, wie Pohlmann tickte, was er privat so trieb und welche Freunde und Bekannte er hatte.

Pit betrat den Klub und wurde von einer netten Frau an der Rezeption begrüßt. Er fragte nach dem Ansprechpartner und wurde gleich zu ihm gebracht. Der kräftig und stabile Trainer stellte sich als Josef und Cheftrainer vor. Pit als Schriftsteller. Er und Josef tranken im Aufenthaltsraum isotonische Getränke, die Mattes fürchterlich fand, und sprachen über Dirk Pohlmann.

»Dirk war ein feiner Kerl, er hatte zwar sportlich nicht viel drauf, war aber ein klasse Kumpel.«

»Das heißt, er war beliebt hier im Klub?«

»Ja, bei unseren Veranstaltungen war er immer mit dabei, stand gerne im Mittelpunkt und hat uns auch finanziell unterstützt.
Gestern war so eine Tussi von der Kripo hier und hat den Spind von Dirk aufgebrochen. Natürlich fand sie nichts. Mehr als sein schweißdurchtränktes Sportzeug und eine Kiste Bier war nicht im Spind.«

Mattes wollte sich das mal ansehen. Sie schlenderten durch die Sporthalle in Richtung Umkleideraum. Ein sportlicher Jugendlicher kam auf Pit und Josef zu.

»Verschwinden Sie hier. Ich will Sie nicht sehen. Sie haben hier absolut nichts zu suchen«, schrie er den Schriftsteller an. Josef zog sich abwartend in eine Ecke zurück und grinste.

»Kennen wir uns?«, fragte Mattes.

Der Jugendliche setzte zum Angriff an. Mattes wich einen Schritt zurück, um vom Fuß des Angreifers nicht getroffen zu werden. Der drehte sich und wollte mit seinem rechten Fuß einen Treffer platzieren. Damit hatte der Hobbykriminalist gerechnet und setzte den Angreifer mit einem Judogriff fest. Mit einer Hand hielt er den Jugendlichen auf dem Boden.

»Josef, ich bin nicht hierhergekommen, um Ihre Schützlinge zu trainieren, und ich bin auch nicht Ihr Versuchskaninchen.«

Josef entschuldigte sich für das schlechte Benehmen seines Schülers.

Mattes wurde sehr skeptisch. Er überlegte, ob der Angriff jetzt ein Versehen oder ob er geplant gewesen war. Er nahm sich vor, dem Knaben auf den Zahn zu fühlen.

»Sie sind schnell. Sie haben eine schnelle Reaktion. Ich habe noch nie gesehen, dass einer mit einem Judogriff einen Kickboxer, außer Gefecht setzt. Alle Achtung.«

»Danke für die Blumen. – Hatte Dirk einen Freund oder eine Freundin?«, fragte Mattes, um wieder zum Thema zu kommen.

»Freundin, nein – Liebschaft, ja. Er und Moni gingen hin und wieder in die Wohnung von Herbert, während der hier unten saß. Nach einer Stunde waren sie wieder hier. Und Freunde …

Nein, einen Freund hatte Dirk nicht. Er hing allerdings hin und wieder mit zwei Klubkameraden hier ab. Einen haben Sie gerade flachgelegt. Der andere ist Herbert. Der wohnt hier oben im Haus. Kommt unregelmäßig runter, trinkt hier was und verschwindet wieder.«

»Hat Herbert auch einen Nachnamen?«

»Herbert Lind, er ist etwas rundlich oder unsportlich gebaut.«

»Das heißt, Herbert Lind ist hier nicht sportlich aktiv?«

»Richtig. Gehen wir weiter zur Umkleide.«

Der Umkleideraum war fensterlos. Dementsprechend roch es hier muffig und nach Schweiß. Josef zeigte auf den Spind von Pohlmann. Sein Name stand am Stahlschrank. Das aufgeknackte Schloss lag im mittleren Fach. Mattes wollte schon gehen, als er den Schrank von Herbert Lind sah. Hier war ein neues Schloss vor der Schranktür.

»Warum braucht Herbert Lind einen Spind?«, fragte Mattes.

»Vielleicht hat er auch eine Kiste Bier gebunkert«, antwortete Josef. »Aber Sie können ihn ja fragen, er sitzt im Foyer und schäkert mit Moni«, ergänzte er noch.

Mattes nickte. Er erinnerte sich an den Jugendlichen im Eingangsbereich. Josef verabschiedete sich von ihm und wollte gehen.

»Kennen Sie einen Alfred Holtzer?«, fragte Mattes. Ihm kam gerade ein Gedanke: ›Ob es zwischen den beiden eine Verbindung gab?‹

»Alfred Holtzer, ja, der war mal hier. Oder besser der war zweimal hier zum Training.

Das erste Mal erwischte ich ihn mit einer zwanzig Jahre älteren Frau unter der Dusche. Er war zugedröhnt. Ich weiß nich', was er nahm.

Und das zweite Mal grapschte er einer Kundin an die Glocken. Die schrie und machte einen Aufstand. Da musste ich ihn rausschmeißen.«

»Verstehe!«, kam von Mattes, was aber Josef nicht mehr mitbekam, denn er drehte sich um und verschwand in der Sporthalle.

Der Schriftsteller untersuchte noch den Schrank von Pohlmann. Im obersten Fach, kaum einsehbar, stand ein Kaffeebecher, der wohl schon ein Jahr kein Spülwasser mehr gesehen hatte. Mattes nahm den Becher heraus. ›*Männer haben auch Gefühle! Hunger und Durst zum Beispiel!*‹ stand auf dem Becher. Im Becher lag ein Schlüssel. Der passte zum Stahlschrank von Herbert Lind.

›Habe ich mir doch gedacht! Hier ist also das Versteck‹, überlegte Pit und öffnete die Verschlussvorrichtung. Im Schrank stand ein Geschirrkarton. Sonst war nichts im Spind.

›Das reicht! Den Schatz kann Gabi oder Petra heben‹, überlegte Mattes, schloss den Schrank wieder und versteckte den Schlüssel im Becher.

Auf dem Weg zum Foyer kam der angriffslustige Jugendliche auf Pit zu und entschuldigte sich.

»Sorry! Ich dachte, Sie sind ein Bulle, der Dirk schlechtmachen will. Josef erklärte mir, Sie wollen eine Story über Dirk schreiben.«

»Ja, er wird in meinem neuen Buch vorkommen«, erwähnte Mattes und befragte den stürmischen Knaben zum Fall. Leider kamen keine brauchbaren Informationen von ihm.

»Können Sie es einrichten, dass ich auch in Ihrem Buch vorkomme?«, fragte er, wurde drei Zentimeter größer und lächelte Mattes bittend an.

»Seien Sie sich gewiss, Sie werden vorkommen!«, versprach Mattes und ging.

Im Foyer traf Pit auf den unsportlichen Herbert. Der Hobbykriminalist interviewte ihn in Bezug auf seinen Spind. Er wusste nicht einmal, dass er einen hatte.

Auch das Gespräch mit Moni brachte nichts Neues. Lediglich: Sie hatte mit Pohlmann am Mittwoch, den 18. Oktober, mittags noch Sex in Herberts Wohnung.

FREITAG, 20.10.2017, 17:30 UHR, EPPENDORF, RECHTSMEDIZIN IM UKE:

Auf dem Weg zum UKE rief Pit Gabi und Petra an. Beiden erzählte er von seinem Abenteuer im Karateklub. Auch vom Fund im Herbert Linds Spind berichtete er. Die Frauen wollten sich vorm Klub treffen und den Schatz heben und bergen.

Mattes stieg beim UKE aus und marschierte zum Institut für Rechtsmedizin. Von unterwegs hatte er sich bei Doktor Ortwin Schietzler angemeldet.

Ortwin begrüßte ihn am Eingang: »Hey Pit, komm´ rein. Wo mein Büro ist, weißt du ja!«

»Wie war deine Urlaubsreise?«, fragte Pit.

»Na ja – vier Tage bei Schietwetter mit fünf Leuten in einer sechzig Quadratmeter großen Wohnung. Wir waren gestern froh, wieder in Hamburg zu sein. – Aber du bist nicht hergekommen, um meine Erlebnisse im Urlaub abzufragen?«

»Nein, es geht um Dirk Pohlmann.«

»Okay, was willst du wissen?«

»Alles, was ihr herausgefunden habt.«

»Na ja – ich war gestern um neun Uhr am Fundort in Altona. Gefunden wurde er um acht von einem Mann, der zur Arbeit unterwegs war.

Pohlmann wurde dort abgelegt. Getötet wurde er an einem anderen Ort, und zwar am Mittwoch zwischen neunzehn und einundzwanzig Uhr.«

»Verstanden!«

»Er muss Streit gehabt haben und sein Gegner war so sauer auf ihn, dass er ihn perforierte. Das ist das Ergebnis in einem Satz.«

»Verstehe!«

»Ne, das verstehste nicht. Deshalb ist unser Bericht auch zehn Seiten lang.« Ortwin klang verärgert.

»Stress?«

»Der Staatsanwaltschaft war unsere Expertise nicht ausführlich genug. Wir mussten nacharbeiten. Füllwörter und komplette Sätze, keine Übersichtstabellen, an denen man kurz und schnell Resultate ablesen kann. Verbale Beschreibungen der Sachverhalte werden gewünscht. Und das nur, damit man den Text aus unserem Gutachten besser herauskopieren kann.«

»Nun mach es nicht so spannend, Ortwin.«

»Na gut! Tee oder Kaffee? Ach ja! Du trinkst Tee, stimmt's?«

»Ja, wie immer«, antwortete der Hobbykriminalist.

Der Mediziner marschierte aus seinem Büro und kam mit zwei Bechern zurück.

»Dirk Pohlmann war ein äußerst gesunder und durchtrainierter Mann. Der Achtundzwanzigjährige hatte keine Krankheiten und nahm nicht einmal Drogen. Er hätte durchaus noch sechzig Jahre leben können, wenn er nicht mit jemandem diesen Konflikt ausgetragen hätte.«

»Du hast vorhin schon angedeutet, dass Pohlmann Streit hatte. Wie kommst du darauf?«

»Das zeigt das rekonstruierte Bild, das wir vom Tod des Opfers anfertigen konnten.«

»Verstehe!«

»Ja – Dirk Pohlmann ist aus nächster Nähe, maximal einem Meter Entfernung, von drei Projektilen getroffen worden. Kein Schuss war direkt tödlich. Gestorben ist er an einem hypovolämischen Schock oder Volumenmangelschock oder einfach Blutverlust«, erklärte der Mediziner und schlürfte von seinem heißen Kaffee.

»Willst du damit sagen, dass der Schütze aus lauter Panik um sich geschossen hat, ohne zu zielen?«

»Heiß! Der Kaffee! – Ich weiß nicht, wie du das siehst? Aber aus einem Meter Entfernung ist die Chance doch recht groß, zu treffen!«, äußerte sich der Rechtsmediziner grinsender Weise.

»Und Panik – soweit möchte ich gar nicht gehen. Der Täter war mit dem Umgang der Waffe nicht geübt oder er bekam einen Wutausbruch und schoss um sich oder er fühlte sich bedroht oder er bekam ganz einfach Stress. Auch Kombinationen oder alles zusammen wäre möglich. Die Schüsse gab er jedenfalls ungezielt ab.
Dabei unterstelle ich, dass eine Person, mit einer vorsätzlichen Tötungsabsicht, auch aus einem Meter entfernt ihr Vorhaben umsetzen kann.«

»Verstehe!«, kam von Pit und er grübelte über das nach, was er eben gehört hatte.

»Was kannst du vom Täter sagen?«

»Das ist nicht viel. Er ist Rechtshänder und zwischen einen Meter fünfundsechzig und einen Meter fünfundsiebzig groß. Du weißt ja, Schussabstand, Einschusswinkel, Schusskanal und so weiter. Dass er mit einer Pistole nicht geübt war, hatten wir schon.«

»Noch was?«

»Mehr steht in dem neuen zehnseitigen Bericht auch nicht drin!«

Nach einer Weile Small Talk bedankte sich Pit, trank seinen Tee aus und verabschiedete sich. Auf dem Rückweg zur Eppendorfer Landstraße freute er sich auf Mio, wollte aber vorher noch bei Harald vorbei.

FREITAG, 20.10.2017, 20:00 UHR, EPPENDORF, MATTES' WOHNUNG:

Es dauerte beim Rechtsanwalt aber länger, als Pit es ursprünglich veranschlagt hatte.

Zuhause registrierte Mattes, dass es in der Bibliothek ruhig war. Er ging die Stufen zu seiner Wohnung hinauf. Mio begrüßte ihn: »Ich habe dein Skript gelesen. Jetzt verstehe ich auch, was du durchgemacht hast.«

»Ja? Okay – komm und gib mir einen Kuss, und dann werde ich dir was erzählen …«

Weiter kam er nicht mehr. Er bekam schon bei seinen letzten Worten einen aufgedrückt.

»Und was willst du mir preisgeben?«

»Ruf mal bei Susanne an, wir haben was zu feiern. Ich war bei Harald. Er hatte Neuigkeiten.«

»Wow – was? Klappt das Vorhaben?«

»Unser ›Bücher&Lese-Café‹-Projekt wurde von der Immobiliengesellschaft genehmigt. Harald war heute Mittag dort und hat alles für uns klären können.«

Mio sprang hoch und schrie »Yaaah! Geschafft!«
Sie rannte ins Treppenhaus, die Treppen zu Susanne hinauf und pochte an die Wohnungstür.
Mattes schritt zum Kühlschrank und holte eine Flasche Sekt heraus. Im Wohnzimmer stellte er die Flasche und Sektgläser auf den Tisch.
Mio und Susanne kamen angerannt und fielen Pit um den Hals. Die Konditorin goss den Sekt ein, während Pit die Geschichte noch einmal erzählen durfte.

Petra rief gegen einundzwanzig Uhr an und berichtete, dass sie im Stahlschrank einen Geschirrkarton mit neunhundertneunzigtausend Euro Falschgeld fanden.
»Das hat etwas länger gedauert, wir mussten eine Menge Bürokratie überwinden. Zuerst hatten wir die Zuständigkeit zwischen Polizei und Zoll zu klären. Dann kam dazu, dass die Spurensicherung nicht davon zu überzeugen war, dass es sich um Falschgeld handelte.
Danke, Pit!«
»Wofür?«
»Dass du uns unterstützt!«
»Da nich' für!«

Die drei feierten noch bis dreiundzwanzig Uhr. Dann verschwand Susanne, und Mio und Pit gingen ins Bett. Zum Schlafen kamen sie allerdings noch lange nicht.

19

Gabi wartete pünktlich um halb sechs Uhr im Auto auf Pit.

Der stand um fünf Uhr leise auf. Er wollte Mio nicht wecken. Sein Frühstück fiel sparsam aus. Er schrieb noch einen Zettel für sie und verließ die Wohnung.

»Schon lange gewartet?«, fragte er Gabi, als er auf dem Beifahrersitz Platz nahm.

»Drei Minuten!«

Sie hatte Petty dabei. Der Hund begrüßte Pit.

»Bist du auf den Hund gekommen?«, fragte Pit.

»Ja! Petty, es ist der Hund von meinem Freund. Er arbeitet gerade an einem Projekt und kann das Tier nicht mitnehmen.«

»Verstehe! Grauer Zwergpudel – Felix Gerber! Verstehe!«, kam von Pit, mehr zu sich selbst.

›Das Projekt ist ungefähr einen Meter siebzig groß und hat braune lange Haare‹, hallte der Satz von Gertrud Malberg in Pits Kopf nach, und er musste grinsen.

Sie erreichten Winterhude zehn Minuten später, stiegen aus und Gabi führte den Hobbykriminalisten zum Tatort und Fundort der Leiche.

»Was willst du hier sehen, das ist vierzehn Tage her. Da sind alle Spuren verschwunden.«

Mattes überlegte und setzte sich auf eine Bank, vielleicht vier Meter vom Fundort der Leiche entfernt. »Willst du nicht nach Hinweisen suchen?«, begann sie etwas entrüstet.

»Wir hätten bestimmt noch zwei, drei oder vier Stunden länger schlafen können. – Es ist ein Unding am Sonnabend um viertel vor sieben Uhr hier herumzugeistern.«

Eine Weile kam von Pit nichts, er grübelte äußerlich betrachtet. Innerlich arbeiteten seine Gehirnzellen auf Hochtouren. Er nahm alles auf, was um ihn herum passierte.

»Vielleicht hast du recht und wir finden nichts«, begann er und schaute nach dem Jogger, der in weiter Ferne den Rasen überquerte.

»Warum müssen wir ausgerechnet am Sonnabend so früh hier sein?«

»Ganz einfach, Gabi: Zur gleichen Zeit, am gleichen Ort die gleichen Menschen, das könnten Jogger sein, wie der dort drüben, oder Leute, die ihren Hund ausführen.«

Petty sprang auf Mattes Schoß und bettelte um eine Streicheleinheit, um eine lange Streicheleinheit.

»An welchem Projekt arbeitet dein Felix Gerber?«

»Das hat irgendwas mit der Autobahn A7 zu tun. Er ist hauptsächlich nachts unterwegs.«

Pit musste im Auto grinsen, als sie erzählte, dass ihr Freund an einem Projekt arbeitet. Das hatte er schon einmal gehört.

›Und jetzt sitze ich neben einem Projekt. Felix Gerber ist ja reichlich aktiv. Aber so stellt er keine Dummheiten an.‹

»Was grinst du so schelmisch? Lachst du über mich?«

»Nein, nicht über dich, nur über die Projekte von deinem Freund«, sagte Pit und streichelte noch einmal Petty ausgiebig.

»Erzähle mir was über Albert Holtzer«, forderte er sie auf, auch um das Thema zu wechseln.

»Ich glaube, ich habe dir alles erzählt, zumindest weiß ich nichts Neueres. Wo liegt dein Problem?«

»Mir fehlt noch die Verbindung von Albert Holtzer zu den anderen beiden Tötungsdelikten. Wie hängt das alles zusammen? –

Das müssen wir herausbekommen, damit wir die Mordserie verstehen können. – Und dann ist da noch der Auftragskiller. Wer beauftragte ihn? Wie wurde die Verbindung zu ihm hergestellt? Er steht bestimmt nicht im Telefonbuch.«

»Was soll ich tun?«

»Gute, sorgfältige, konzentrierte und ausführliche Polizeiarbeit.«

»Und konkret?«

»Bitte durchleuchtet diesen Herrn Holtzer.

- Was hatte er in der Firma gemacht?
- Welche Verbindungen hatte er?
- Mit wem hat er zusammengearbeitet?
- Was hat er verdient?
- Welche Kontobewegungen?
- Wo übernachtete er außerhalb seiner Wohnung?
- Mit welchen Frauen hatte er ein Verhältnis?«

»Okay, und was soll ich in Sachen Doktor Abraham Extinctor unternehmen?«

»Mal sehen, seinetwegen sind wir hier. Mal sehen, was passiert.«

»Ich ärgere mich jetzt schon, so früh aufgestanden zu sein!«

»Beschreibe mir den Tathergang, wie er sich abgespielt hatte.«

»Wir haben nur eine Zeugin. Sie heißt Berta Schiller und sah, dass das Opfer am Boden lag und ein Mann sich darüber beugte. Sie ging auf die beiden zu und bot ihre Hilfe an. Der Mann stand auf und versprach, Hilfe zu organisieren. Er verschwand. Die Zeugin untersuchte den am Boden liegenden Holtzer. Als sie ihn ein wenig umdrehte, sah sie das Loch in seinem Kopf. Sie rief mit ihrem Mobiltelefon die Rettung und die Polizei an.«

»Gibt es noch mehr Zeugen?«

»Nein. Wir starteten sogar eine Suchaktion im Abendblatt und im NDR.«

»Hier wurde ein Mann mit einer neun Millimeter Pistole erschossen. Das knallt doch enorm. Und das will keiner gehört haben?«

»Albert Holtzer wurde aus einem Meter Entfernung erschossen. Das Projektil traf ihn genau zwischen den Augen. Der Rechtsmediziner erklärte, dass Holtzer sofort tot war. Bis auf die beiden Fünfzig-Euro-Scheine fand die Spurensicherung keinen Anhaltspunkt, den wir verwerten konnten. Ich habe die Berichte mitgebracht. Das war die Tat eines Profikillers.«

Nach einer Gedankenpause sprachen sie über Bernhard Langmann. Wobei Pit kein Interesse mehr an Langmann hatte. Was sie nicht verstand.

Es vergingen endlose zehn Minuten mit Small Talk, bis Pit eine weibliche Person wahrnahm, die mit ihrem Hund in den Park kam. Er nahm Petty von seinem Schoß und reichte sie an Gabi weiter.

»Jetzt wird es spannend«, flüsterte Pit und beobachtete die Gestalt.

»Das ist ja Frau Schiller, die Zeugin«, kam überrascht von Gabi.

Er ging auf sie zu und sprach sie an.

»Sie sind Frau Schiller? Sie haben sich verdient gemacht, indem Sie der Polizei geholfen haben, einen Verbrecher zu beschreiben?«, fragte Pit.

»Ja, das bin ich, Berta Schiller«, bestätigte sie stolz.

Pit unterhielt sich eine Weile über Belangloses mit ihr. Dabei schmierte er ihr reichlich Honig um den Mund. Er ließ sich ihre Geschichte ausführlich erzählen.

Gabi saß währenddessen auf der Bank. Hin und wieder schaute Frau Schiller skeptisch zu ihr hinüber.

»Der Mann war nervös!«, sagte sie beiläufig.

»Wieso?«, fragte Mattes. »Wieso? Wie kommen Sie darauf?«

»Na ja, der machte immer so«, erklärte sie und strich sich mit zwei Fingern ihrer rechten Hand über die Stirn. Damit schob sie ihre Haare zur Seite. »Und dabei konnte man bei dem Kerl eine waagerechte Narbe am Haaransatz sehen.«

Mattes bedankte sich nach reichlich Small Talk bei Frau Schiller und setzte sich zu Gabi auf die Bank zurück.

»Und, neue Erkenntnisse?«

»Ja, Doktor Abraham Extinctor hat eine Narbe am Haaransatz und eine Marotte, die so aussieht«, antwortete Pit und stellte die Handbewegung von Frau Schiller nach.

»Glaubst du, dass Felix mich betrügt?«

»Gabi, was ich glaube, ist nicht relevant. Es ist wichtig, was du annimmst oder ob du ihm vertraust. Wenn du dir unsicher bist, untersuche es, du bist Polizistin.«

»Ich weiß, du magst ihn nicht. Und was er gemacht hatte, war auch nicht okay. Aber er ist der perfekte Liebhaber. – Danke für deine aufrichtige Antwort.«

Petty wollte wieder auf Mattes Schoß. Er ließ es zu und streichelte den Hund.

Gabi brachte Pit zurück nach Eppendorf.

SONNABEND, 21.10.2017, 9:00 UHR, EPPENDORF, MATTES' WOHNUNG:

Als er die Wohnungstür öffnete, roch es nach Eiern mit Speck. Mio kam auf ihn zu und umarmte ihn.

Beim Frühstück musste Pit erzählen, was er im Stadtpark erlebt hatte. Nach dem Essen erledigten sie den Abwasch. Sie spülte, er trocknete ab und stelle das Geschirr in den Schrank.

SONNABEND, 21.10.2017, 10:00 UHR, EPPENDORF, BÜCHEREI:

Susanne wartete bereits auf die beiden. Pit schloss im Keller den großen Lagerraum auf. Die drei brachten Mios Möbel, die sie in ihrer neuen Wohnung nicht haben wollte, in die Lagerstätte. Susanne staunte nicht schlecht, als sie die vielen schönen alten Tische, Stühle, Sessel und Couches sah.

»Die werden wir noch brauchen, wenn wir das ›Bücher&Lese-Café‹ einrichten«, erklärte Pit. Mio und Susanne waren sprachlos. Susanne sprintete los und musste überall einmal Probe sitzen. Anschließend machten sie in Mios früheren Räumlichkeiten sauber.

Die nicht mehr gebrauchten Bücherregale bauten sie in Mios neuem Büro auf.

SONNTAG, 22.10.2017, 10:00 UHR, EPPENDORF, BÜCHEREI:

Auch am Sonntag räumten Mio, Pit und Susanne in der Bücherei um.

»Jetzt sieht es schon fast wie in einem ›Bücher&Lese-Café‹ aus«, stellte Mio fest. Am späten Nachmittag lud Pit die beiden Frauen zum Essen in ein Restaurant in unmittelbarer Nähe ein.

20

Mio und Pit wachten gegen sieben Uhr auf und kuschelten
noch im Bett.

»Pit, ich habe nie gedacht, dass Sex so viel Spaß macht.
In der Vergangenheit war das nicht so.«

Pit wollte was dazu sagen, sie legte ihren Zeigefinger
auf seine Lippen und gab ihm anschließend einen Kuss.

Pit ging unter die Dusche, Mio folgte ihm.

Schon vor acht Uhr rief Frau Malberg an. Sie hatte einen
Brief von Langmann bekommen.

»Der Umschlag wurde am 12. Oktober in Rotterdam
abgestempelt. Er kam am Freitagnachmittag hier an. Ich
hatte Freitag keine Zeit, die Eingangspost zu bearbeiten«,
erklärte sie, nachdem sie eine Gedankenpause eingelegt
hatte.

»Herr Mattes, kann ich die Post öffnen?«

Mattes bat sie, das Schriftstück geschlossen zu lassen,
und beschloss, bei der Reederei vorbeizufahren.

*MONTAG, 23.10.2017, 10:00 UHR, EPPENDORF,
›BÜCHER&LESE-CAFÉ‹:*

Nach dem gemeinsamen Frühstück mit Mio und Susanne
versuchte Pit, die Kommissarin anzurufen. Er erreichte
nur die Box, auf der er eine Nachricht hinterließ.

Die Nachrichten vom NDR berichteten vom gewaltsamen Tod eines Zollbeamten und dass die Untersuchungen der Polizei noch nicht abgeschlossen waren.

Mio und Susanne malten einen Lageplan, wie sie den Innenraum gestalten wollten. Dabei sollten die Bücherregale, die noch in der Raummitte standen, an den Rand oder als Raumteiler umgesetzt werden. Nachdem sie auch Tische, Bänke und Stühle eingezeichnet hatten, kamen die beiden an Pits Tisch und zeigten stolz ihr Umsetzungskonzept.

Pit sah sich das genau an und fragte nach der einen und anderen Sache.

»Mio, und wo willst du deine Schmöker registrieren und ausleihen?«

»Ja, ach ja, das fehlt ja noch! Da stellen wir mein altes Stehpult, das wir am Sonnabend in den Keller gebracht haben, hier an den Eingang gegenüber der Kuchentheke. Dort passen mein Computer und meine Zettelbox rauf. Außerdem habe ich von dort den Zugang und Ausgang im Überblick.«

MONTAG, 23.10.2017, 11:30 UHR, STEINWERDER HAFEN, REEDEREI NAVIS:

Gabi und Mattes trafen fast gleichzeitig bei der Reederei ein. Mattes merkte sofort, dass sie schlecht drauf war. Die Begrüßung fiel oberflächlich aus. In ihrem Auto bellte der Hund.

Frau Malberg saß an ihrem Schreibtisch. Sie telefonierte mit jemandem auf Französisch.

Mattes setzte sich gleich in den Besuchersessel und studierte Frau Malberg.

Sie registrierte, dass sie gekommen waren, und suchte nach etwas in ihrer Schublade. Gabi stellte sich provozierend vor ihren Schreibtisch. Frau Malberg fand den Brief, den Gabi ihr aus der Hand nehmen wollte. Die Telefonierende zog aber schnell den Arm zurück und schaute Mattes fragend an. Pit amüsierte sich.

›Ob sie wusste, dass die Kommissarin ihre Nachfolgerin bei Felix Gerber ist? – Wahrscheinlich nicht. Aber ganz gut, dass Gabi den Hund im Auto gelassen hat. Das Theater möchte ich nicht mitbekommen‹, überlegte Pit und grinste in sich hinein.

Er nickte Frau Malberg zu und sie übergab die Post an Gabi. Die öffnete den Brief, der an Herrn Langmann adressiert war.

Gabi las vor und gab anschließend das Schriftstück an Mattes weiter.

Hamburg 11. Oktober 2017

Liebe Frau Malberg!

Wenn Sie diesen Brief lesen, ist mir etwas zugestoßen.

Heute am 11. Oktober 2017 wurde Ware aus China für den Großhändler ›Otto Kleinig‹ abgeholt.

Es waren vierhundert Kartons Geschirr und vierundzwanzig Geschirrkartons, die etwa zehn Kilo leichter waren und die nicht auf den Frachtpapieren standen.

Es kam zu Irritationen, da die Abholer fünfundzwanzig dieser Kartons erwarteten. Als sie noch einmal ins Lager gingen, um nach dem fehlenden Karton zu suchen, machte ich heimlich einen auf. Er war voll mit Geldscheinen. Ich wurde leider dabei überrascht und bekam drei Schläge in den Magen.

Der Rädelsführer drohte mir, ich sollte den fehlenden Karton rausgeben.

Mein erster Gedanke war die Polizei anzurufen. Aber der Empfänger der Ware ist mein Schulkamerad Otto Kleinig.

Dann fiel mir ein, dass am Morgen der junge Mann vom Zoll da war und die Ware kontrolliert hatte. Vielleicht hatte er auch schon was von dem Geld entdeckt? Und wahrscheinlich nahm er einen Karton mit.

Ich werde sicherheitshalber noch einen Tag abwarten und auf Otto warten.

Diesen Brief schicke ich in einem Kuvert an meine Ex-Frau, mit der Bitte, ihn am Freitag einzustecken. Sie kennt den Inhalt nicht.

Frau Malberg, nehmen Sie diesen Brief und geben Sie ihn der Polizei.

Studieren Sie weiter und behalten Sie mich in Erinnerung.

Mit lieben Grüßen

Ihr Bernhard

»Ich komm noch dahinter, welche Rolle Sie in diesem Spiel haben!«, drohte Gabi und schaute Frau Malberg durchdringend an.

»Willst du das Schreiben nach Fingerabdrücken untersuchen lassen?«, fragte Mattes, um das Thema zu wechseln.

»Nein!«

Mattes tappte zum Kopierer, der am anderen Ende des Raums stand, und machte eine Kopie vom Schriftstück. Das Original gab er Frau Malberg und das Duplikat gab er Gabi.

Sie schaute Pit entrüstet an: »Was soll das?«

»Das Schreiben ist an Frau Malberg gerichtet. Du darfst ihr den Brief nicht vorenthalten.«

Gabi wusste, dass er recht hatte. Sie drehte sich um und marschierte aus dem Zimmer.

Als Mattes die Reederei verließ, stand Gabis Auto noch vor der Hofeinfahrt. Sie und Petty waren aber nicht zu sehen. Er nahm den Bus.

MONTAG, 23.10.2017, 14:30 UHR, IM AUTO AUF DEM WEG ZUM GROßHÄNDLER OTTO KLEINIG:

Gabi holte Pit in Eppendorf ab. Er stieg zu ihr in ihren Dienstwagen. Es roch nach Hund im Fahrzeug.

»Pit, was hältst du von unserer Aktion? Ich glaube, wir vergeuden nur Zeit mit dem Großhandel. Für mich ist die Malberg die Schlüsselfigur in diesem Fall.«

»Mm – eine Schlüsselperson – vielleicht hast du recht. Ich bin aber davon überzeugt, dass sie nicht in den Sachverhalt verstrickt ist. Dafür ist sie viel zu korrekt.«

»Ha! Du bist etwas blauäugig. Oder läuft da zwischen euch was? Wir haben übrigens deine Fingerabdrücke überall in ihrer Wohnung gefunden.«

»Das verstehe ich. Jetzt werden deine auch dort zu finden sein, vorausgesetzt du hattest keine Handschuhe an.«

»Was, du hast ihre Wohnung durchsucht?«

»Sagen wir mal, ich hatte mich eingeladen und dort umgesehen.«

»Was weißt du noch von ihr?«

»Sie hatte einen Liebhaber, der sie betrog. Sie setzte ihn am Donnerstag vor die Tür.«

»Kann es sein, dass der Liebhaber was mit unserem Fall zu tun hat?«

»Vielleicht, glaube ich allerdings nicht. Er ist zwar ein Ganove, aber die Nummer wäre zu groß für ihn.«

»Du kennst ihn?«, fragte sie erschrocken.

»Ja, du auch! Du wirst selbst dahinterkommen!«

Sie erreichten das Handelshaus Otto Kleinig in Groß Flottbek.

MONTAG, 23.10.2017, 15:00 UHR, GROß FLOTTBEK, GROßHAN-DEL:

»Der Großhandel wird nicht erfreut sein, uns hier zu sehen«, begann Gabi. »Der gesamte Laden wurde von uns durchkämmt. Allerdings ohne Befund.«

Die Begrüßung am Empfang war dementsprechend mehr als verhalten. Gabi verlangte nach Frau Brose, der Geschäftsführerin.

Die strenge und abweisende Empfangsdame brachte uns ins Vorzimmer von Frau Senta Brose.

»Warten Sie einen Augenblick, Frau Brose wird gleich für Sie Zeit haben«, begann die Sekretärin. »Nehmen Sie einen Moment Platz. Darf ich Ihnen einen Kaffee oder Tee bringen?«

»Nein – danke – nein! Wir haben es eilig!«, antwortete Gabi.

Mattes schaute etwas enttäuscht. Einen schwarzen Tee hätte er gerne getrunken.

Das Gespräch mit Frau Brose war erwartungsgemäß frostig. Gabi konfrontierte sie mit dem Brief von Langmann. Der Vorwurf prallte bei ihr ab. Die Kommissarin verlor

die Geduld. Das Gespräch wurde abrupt durch die Prokuristin beendet.

Auf dem Weg zum Auto erkannte Mattes, dass Gabi
vor Wut kochte. Als er sie beruhigen wollte, schrie sie ihn
an.

Mattes drehte sich um und stolzierte zurück ins Sekretariat.

»Ihre Kollegin ist aber nicht gut drauf?«

»Stimmt.«

»Kann ich was für Sie tun, Herr Mattes?«

»Ja, Sie boten vorhin freundlicherweise einen Tee an.
Jetzt könnte ich eine Tasse gebrauchen«, antwortete Mattes und setzte sich an den Besuchertisch.

»Natürlich«, sagte sie, stand auf und verschwand. Der
Hobbykriminalist nahm einen Prospekt vom Tisch und
blätterte darin.

*Der Kaufmann Otto Kleinig gründete 1972 in Hamburg-
Groß Flottbek die offene Handelsgesellschaft ›Otto Kleinig & Sohn‹. Dabei handelte es sich um eine Großhandlung für Porzellanartikel. Hauptsächlich importierte die
Firma Geschirr aus Japan, China, Korea und Indien.
2012 verunglückte sein Sohn bei einer Geschäftsreise in
Korea. Otto Kleinig setzte Senta Brose als Geschäftsführerin und Prokuristin ein und verabschiedete sich in den Ruhestand.*

Frau Brose kam ins Sekretariat und legte eine Unter-
schriftsmappe auf den Tisch.

»Sie sind ja immer noch da!«, stellte sie fest.

»Ja, ich habe da noch eine kleine Frage. Sie hatten doch mit Albert Holtzer eine Liebschaft? Dann können Sie mir doch bestimmt auch sagen, für wen er das Falschgeld gewaschen hat?«, fragte Pit mit einem strengen und bestimmenden Ton.

Ruhe! Es war auf einmal ganz ruhig im Raum. Man hätte eine Nadel fallen hören können. Pit sah, wie es bei Frau Brose arbeitete. Er konnte fast jeden Gedanken in ihrer Bewegung und in ihren Augen lesen.

»Danke! Ich habe verstanden«, sagte Mattes mit ganz normalem Ton und setzte sich zurück an den Tisch. Senta Brose rannte aus dem Raum.

Mattes bekam seinen Tee am Tisch serviert und beobachtete das Treiben im Sekretariat.

›Die Lösung liegt meist ganz nah. Für einen Außenstehenden, der die Ablaufprozesse nicht kennt, kann das ein Vorteil sein‹, überlegte er.

Das Telefon im Sekretariat klingelte. Die ältere Dame im blauen Kleid nahm das Gespräch entgegen. Sie schaute erschrocken, bevor sie auflegte. Sie griff anschließend gleich wieder zum Telefon und berichtete, dass der Speditions-LKW aus Brüssel einen Unfall hatte.

Bei Mattes konnte man das ›Klicken‹ fast schon hören.

»Sie holen Ihre Ware nicht selber ab?«, fragte er.

»Nein, dazu bemühen wir Spediteure. Wir haben vor ungefähr zwei Jahren unsere LKWs verkauft und wickeln alle Transporte mit einem Spediteur ab. Nur für kleine Auslieferungen innerhalb von Hamburg haben wir einen Lieferwagen.«

Die Dame im blauen Kleid erklärte Mattes, dass sie mit der Spedition ›Lustburg & Wegler‹ einen Kooperationsvertrag abgeschlossen haben.

Mattes gab der Frau in Blau seinen leeren Becher, bedankte sich noch einmal und verließ den Raum.

Auf dem Büroflur stand Frau Brose. Sie wartete schon auf ihn und fasste den Hobbykriminalisten am Arm und bat ihn, einen Augenblick zu bleiben.

Er nickte und sie führte ihn in einen abgelegenen Besprechungsraum.

»Herr Mattes – ja – ich hatte mit Holtzer ein Verhältnis. Das passierte auf einem Betriebsfest. Ich hatte zu viel getrunken, und er lag auf einmal in meinem Bett. Seitdem erpresste er mich. Er wollte immer wieder Sex und Geld. Beides bekam er von mir.«

»Seit wann ging das?«

»Das lief fast eineinhalb Jahre. Er kam ein oder zweimal die Woche. Der Sex, den er von mir wollte, war erniedrigend.«

»Wie viel Geld haben Sie ihm gegeben?«

»Das belief sich zusammen auf dreiundvierzigtausend Euro«, flüsterte sie.

»Warum gingen Sie nicht zur Polizei?«

»›Ich habe lange mit dem Gedanken gespielt. Aber ich hätte sicher meinen Job verloren.«

»Dann waren Sie das perfekte Opfer.«

»Herr Mattes, ich weiß, dass Sie mich jetzt zu Ihrem Hauptverdächtigen machen werden. Ich versichere Ihnen, dass ich ihn nicht umgebracht habe.«

Er musste einen Augenblick über das Gehörte nachdenken: ›Vielleicht versteckt sich hinter dieser Sache mehr, als ich gedacht habe.

Aber diese Frau hätte keinen Killer beauftragt, Holtzer zu töten. Sie hätte das selber erledigt. Schon alleine deshalb, um nicht in ein neues Abhängigkeitsverhältnis zu gelangen.‹

»Sie hätten einen Grund gehabt, ihn umzubringen. Warum erzählen Sie mir das jetzt?«, fragte Pit.

»Seit über einem Jahr schleppe ich das mit mir herum. Ich muss mit jemandem darüber reden. Sie sind ein ruhiger, mir sympathischer Mann. – Und Ihrer Kollegin traue ich nicht.«

»Verstehe.«

Sie stand auf und lief um den Tisch. Mattes stand auch auf und nahm sie in den Arm. Ihr standen die Tränen in den Augen. Sie erzählte Pit ihre Geschichte. Er ließ sie reden und reden und hörte zu.

Der Schriftsteller erkannte, dass sie das loswerden wollte. Hin und wieder kam von ihm sein typisches ›verstehe‹.

»Herr Mattes, Sie können von mir alles haben, was Sie wollen. Aber behalten Sie bitte die Erpressung für sich.«

Sie löste sich von ihm und setzte sich wieder auf ihren Stuhl. Er setzte sich ebenfalls.

»Wovor haben Sie Angst, Frau Brose?«

»Ja, Sie haben recht. Es gibt ein Geheimnis.«

»Wollen Sie es mir verraten?«

Frau Brose streckte ihre Arme und Hände in Richtung Mattes aus. Er nahm ihre Hände und hielt sie fest.

»Herr Mattes, ich bin Otto Kleinigs Tochter. Allerdings weiß er nichts davon. Er hatte vor vierzig Jahren ein Verhältnis mit meiner Mutter. Er durfte sie nicht heiraten, nicht standesgemäß und so weiter.

Zehn Jahre später heiratete er seine Frau, die im Frühjahr starb. Weil meine Mutter schwanger war, wurde sie verheiratet. Mit Werner Brose, einem unangenehmen Mann. Meine Mutter hatte es nicht leicht. So bekam ich den Namen Brose.

Seit fünf Jahren leite ich diese Firma, und ich glaube, Otto Kleinig ist mit mir als Geschäftsführerin zufrieden.«

»Wann wollen Sie es ihm erzählen?«

»Das hatte ich schon vor einiger Zeit vor. Allerdings kam dann die Erpressung dazwischen. Ich möchte meinen Vater nicht enttäuschen, und deshalb habe ich es noch nicht fertiggebracht. Jetzt stehen wir beide mit einem Mordfall im Rampenlicht. – Ich versichere Ihnen, Herr Mattes, dass weder Otto noch ich was mit den Ermordungen dieser Leute zu tun haben.«

»Ich kann Ihre Beweggründe nachvollziehen. Aber ich darf Ihnen nicht versprechen, Ihre Geschichte aus den Ermittlungen herauszuhalten«, erklärte Mattes und drückte ihre Hände.

»Das ist verständlich. Sie sind ehrlich, Herr Mattes, ich vertraue Ihnen.«

Sie ließ die Hände los und zog ihre Arme zurück.

»Sie sollten ihm das sagen. Gemeinsam ist man stärker. Bei Problemen rufen Sie bitte an. – Und übrigens, ich glaube Ihnen!«

Mattes stand auf und verabschiedete sich von Frau Brose. Er ließ seine Visitenkarte auf dem Tisch liegen.

Auf dem Rückweg probierte er, Gabi telefonisch zu erreichen. Er sprach ihr auf die Mobilbox und bat um Rückruf. Die Erpressung und ihre Geschichte erwähnte er nicht.

21

Mehrfach versuchte Pit, Gabi zu erreichen. Alles ohne Erfolg. Um neun Uhr rief eine Kollegin der Kommissarin zurück und berichtete, dass Frau Sommer seit acht Uhr im Verhörzimmer war.

»Gestern Abend wurden Frau Malberg, Herr Kleinig und Frau Brose verhaftet. Im Auto von Frau Malberg wurden ein Geschirrkarton und im Aschenbecher ein falscher Fünfzig-Euro-Schein gefunden.

Herr Kleinig hatte einen falschen Fünfziger im Portemonnaie, und in der Garage von Frau Brose fand die Polizei einen leeren Geschirrkarton.«

Mattes bedankte sich für die Information und schrie, nachdem er den Hörer auflegte laut »Schiet«.

Mio kam angerannt und beruhigte Pit.

»So kenn ich dich gar nicht. Ich hätte es nicht für möglich gehalten, dass du laut fluchen kannst.«

Pit lächelte Mio an: »Entschuldige! Ich werde mich bessern.«

Sie nahm ihn an die Hand und er erzählte die Geschichte, die er zuvor erfahren hatte.

»Mit was für einer Frau bist du da befreundet«, grinste sie ihn an.

»›Das sind keine Macken, das sind Special Effects!‹ Habe ich vorige Wochen auf einer Postkarte in ihrem Büro gelesen«, kam von Pit, der Mio in den Arm nahm und ihr einen Kuss gab.

»Pit, fahr dahin und red mit ihr und nimm an den Verhören teil, auch dann, wenn es nichts bringt!«

»Du hast recht, danke!«

DIENSTAG, 24.10.2017, 10:00 UHR, ALSTERDORF, POLIZEI-STERN:

Mattes fuhr mit dem HVV bis zum U-Bahnhof Alsterdorf. Der Weg bis zum Polizeipräsidium am Bruno-Georges-Platz war nur ein kurzer Fußmarsch. Es dauerte zwanzig Minuten, bis er durch die Sicherheitsschleuse in Gabis Büro ankam, und das, obwohl er den Polizeiausweis vorzeigte. Sie hatte einen hochroten Kopf. Ihre Laune war in Topform.

Mattes erreichte, dass er mit Frau Malberg im Verhörraum ein Gespräch unter vier Augen führen durfte. Er war sich darüber im Klaren, dass die Kommissarin zuhören würde.

Ein Gespräch mit Gertrud Malberg war anfänglich überhaupt nicht möglich. Die meiste Zeit heulte sie. Wie der Karton und das Falschgeld in ihren Bus kamen, konnte sie sich nicht vorstellen. Nach einer dreiviertel Stunde verließ Mattes sie. Er versprach ihr, dafür zu sorgen, dass sie freikommt.

Die anschließende Befragung durch Gabi war erwartungsgemäß nicht von Erfolg gekrönt. Pit nahm sich die Zeit und studierte das Verhalten von Frau Malberg und Gabi.

›Eine verdammt interessante Konstellation. Und total gegensätzliche Verhaltensmuster.

Gabi, in ihrer Rolle als Polizistin, lässt die starke, sichere Frau heraus. Sie ist laut, bestimmend und unterstellte Sachverhalte.

Frau Malberg dagegen spielt ihre Rolle perfekt. Sie machte auf dummes Blondchen, wenn sie angegriffen wird oder überlegen muss, drückt sie erfolgreich auf die Tränendrüsen.

Perfekt geschauspielert – alle beide – alle Achtung.

Aber die Drohungen, die Gabi ausspricht, sind haltlos und ärgerlich‹, stellte er fest.

Nach einer Weile platzte ihm der Kragen: »Es ist gut jetzt. So kommen wir nicht weiter. Frau Sommer, ich möchte Sie unter vier Augen sprechen.«

Pit verließ den Raum. Gabi folgte ihm.

»Was fällt dir ein, dich in mein Verhör einzumischen. Die war gleich so weit …«, schrie Gabi Pit an. Er ließ sie ausschreien, bis ihr die Luft ausging, aber das dauerte eine Weile.

»Das, was du in der letzten Stunde erreicht hast, passt auf eine Briefmarke. Du spielst deine Rolle und Frau Malberg spielt ihre Rolle. Und sie ist sehr gut. Außerdem glaube ich nicht daran, dass sie mit der Sache etwas zu tun hat.

Komm Gabi, lass uns einen Tee oder meinetwegen auch einen Kaffee trinken. Und dann schauen wir weiter.«

Gabi war bockig. Sie ging in ihr Büro und schmiss hinter sich die Tür zu. Mattes blieb auf dem Flur stehen, schüttelte den Kopf und schlurfte drei Räume weiter in die Teeküche.

›Natürlich – ja, natürlich liegt er mit den Rollen richtig! Und das ärgert mich.

Aber muss der Kerl immer recht haben und alles durchschauen?‹, ärgerte sich Gabi.

›Verdammt noch mal, wie krieg ich diese Frau dazu, die Wahrheit zu sagen? Ich muss sie weichkochen und schmoren lassen!‹

Wie ein kleines Kind stampfte sie mit dem Fuß auf, nahm den Kaffeebecher und schmiss ihn auf den Boden. Sie setzte sich auf ihren Besucherstuhl und kam langsam runter.

Die Scherben des Bechers waren schnell in den Papierkorb befördert. »Schiet, mein Lieblingsbecher!«, sagte sie zu sich.

›Jetzt muss ich wieder hinter ihm herlaufen und ihn umgarnen. Und das nur, weil ich mich mal wieder blöd angestellt habe!‹

Als sie ihr Büro verließ, war Pit nicht mehr zu sehen. Wie gerne hätte sie ihn in den Arm genommen und sich fallen gelassen. ›Das habe ich mir mal wieder selber versaut.‹

Pit goss Kaffee in einen hässlichen, rosafarbenen Becher und stellte ihn mit dem Zuckertopf und dem Tetrapack mit Milch auf den Küchentisch in der Teeküche. Sein Tee war inzwischen fertig. Er hatte sich gerade an den Tisch gesetzt, als Gabi in der Tür erschien.

»Setz dich und trink erst einmal einen Kaffee«, forderte Pit sie auf. Gabi nahm neben ihm Platz. Sie schnaubte. Er nahm ihre Hand und drückte sie leicht.

»Danke!«, schluchzte sie nach einem Augenblick. »Danke, dass du nicht verschwunden bist. Entschuldige bitte.«

Sie berichtete, dass sie auch von Frau Brose und Herrn Kleinig nichts herausbekommen hatte.

»Es hat sich nur herausgestellt, dass Frau Brose die uneheliche Tochter von Herrn Kleinig ist. Er hatte das gestern erst erfahren.«

»Du bist auf der falschen Spur. Ich weiß, dass dein Bauchgefühl das auch so sieht. Lass dich nicht verrückt machen.«

Mattes informierte sie über seine Erkenntnisse zur Spedition Lustburg & Wegler.

Die Kommissarin schrieb sich das auf, wollte aber nicht mit Pit dort hinfahren. Ihr Mobiltelefon klingelte, es war Felix Gerber, sie nahm das Gespräch entgegen, während sie aufstand und die Teeküche verließ.

Mattes räumte die leeren Becher ab und stellte die Milch zurück in den Kühlschrank.

Auf dem Flur traf er Frau Brose und Herrn Kleinig. Er hielt sie schützend in seinem Arm. Sie machte einen zufriedenen Eindruck, und sie zwinkerte Mattes zu. Pit begrüßte sie und wechselte ein paar Worte mit den beiden. Dann schritt er in Gabis Büro.

Gabis Priorität lag in einer augenscheinlich naheliegenden Lösung. Sie sah die Hauptakteurin und Hauptverdächtige in Frau Malberg.

»Ich werde es aus ihr herausquetschen!«, rief sie Pit entgegen.

Pit verließ enttäuscht das Polizeipräsidium. Er setzte sich in die U-Bahn und wollte nach Groß Flottbek. Seine Gedanken waren bei Frau Malberg.

Mattes rief bei Harald an, als er auf den Bus warten musste. Doktor Rechtler freute sich über die neue Herausforderung und die Begegnung mit Frau Malberg.

Petra rief ihn an, als er im Bus saß. Sie war sofort bereit, ihn zu einem Besuch in der Spedition zu begleiten.

DIENSTAG, 24.10.2017, 15:00 UHR, GROß FLOTTBEK, SPEDITION:

Die Spedition Lustburg & Wegler war nur ein paar Häuser von dem Großhandel entfernt. Sie trafen sich vor dem Einfahrtstor.

Petra und Mattes gingen ins Büro und wurden von einer korpulenten Frau um die fünfunddreißig in schwarzer Hose und Pullover freundlich begrüßt. Petra zeigte ihren Ausweis ›Zollfahndung‹ vor und sie bekam sofort einen Termin bei Lutz Lustburg.

Lutz Lustburg war der Firmeninhaber. Der zirka sechzig Jahre alte Mann hatte ein freundliches, lustiges Gesicht. Er war einfach gestrickt und kannte jedes Dorf in Deutschland, das mehr als tausend Einwohner hat.

Petra und Mattes hatten einen Praktiker vor sich, der auch anpacken konnte und es auch tat.

Mattes erklärte in kurzen Sätzen, was ihr Anliegen war.

»Ja, bestimmt haben unsere Leute von Navis das Geschirr für Otto Kleinig abgeholt. Die haben bei uns einen

Abrufvertrag und werden bevorzugt behandelt. Das sind in der Regel Fahrten mit schwerer Fracht. Sie können sich nicht vorstellen, was eine Ladung Porzellan wiegen kann. Da kommen schnell zwölf bis fünfzehn Tonnen zusammen.«

Mattes überlegte: ›Vierhundert Kartons mit je achtundzwanzig Kilogramm sind elf Komma zwei Tonnen. Und fünfundzwanzig Kartons Geld mit je neunzehn Kilogramm sind noch mal vierhundertfünfundsiebzig Kilo Gewicht. Das sind fast eine halbe Tonne Mehrgewicht. Bestimmt ist das Dirk Pohlmann aufgefallen. Das ist die Verbindung zum Zoll. Pohlmann hatte die Gewichtsdiskrepanz aus den Frachtpapieren und dem Gesamtgewicht des Containers entdeckt. Er hatte das näher untersucht und wollte daraus profitieren. Das wurde ihm zum Verhängnis. – Das bedeutet, wenn unsere Annahmen stimmen, dass sich in der Fracht ungefähr fünfundzwanzig Millionen Euro befanden.‹

»Pit! Träumst du?«, fragte Petra und schubste ihn an.

»Nein – nein. Ich habe die Verbindung zu Pohlmann gefunden. Ich erkläre es dir später.«

»Herr Lustburg bot uns gerade an, dass wir mit den drei Mitarbeitern, die immer bei Navis abholen, sprechen können«, erklärte Petra.

Mattes musste noch umschalten, er war mit seinen Überlegungen beim Gewicht der Fracht.

»Ja – ja, die Idee ist gut. Können wir die drei Herren heute noch antreffen?«

»Moment mal!«, sagte er.

»Frau Melis Yıldız Mümine, sind Ulrich Foerstner, Dietfried Hutmacher und Martin Wagner im Haus?«, rief er durch den Raum.

Die Frau in Schwarz kam in das Büro und verneinte.

»Tut mir leid, dann müssen Sie wohl morgen Vormittag wiederkommen. Kann ich noch was für Sie tun?«

»Im Moment nicht, Herr Lustburg, vielen Dank für Ihre Unterstützung.«

Petra und Pit verließen die Spedition. Sie stiegen in Petras grauen VW-Passat.

Während der Fahrt schrieb Pit Gabi eine SMS: ›*Meine Rechnung: Es geht um 25 Mio. Euro Falschgeld. Pit.*‹

»Was hältst du von Lustburg?«, fragte Petra.

»Ich kann mir nicht vorstellen, dass er jemals in seinem Leben mehr als fünfzigtausend Euro in der Hand hatte, dabei ist es egal, ob es sich um echtes Geld oder Falschgeld handelte.«

»Aber es war deine Idee, hierher zu fahren und die Spedition unter die Lupe zu nehmen«, argumentierte sie.

»Richtig. Warten wir mal unser Gespräch morgen mit den drei Transporteuren ab. Vielleicht kommt von dieser Seite etwas, das zur Lösung beitragen kann.«

»Nimmst du mich mit?«

»Natürlich – treffen wir uns um elf Uhr vor Ort?«

»Einverstanden!«

Pit erklärte ihr seine Überlegungen bezüglich des Gewichtes der Ladung und ihres Ex-Kollegen Pohlmann.

Sie parkte das Auto auf dem Seitenstreifen, nahm ein Stück Papier und schrieb Pits Rechnung auf, um seine Berechnung nachvollziehen zu können.

»Stimmt! Das könnte so gewesen sein. Auf Gewichte und Abweichungen habe ich bei der Durchsicht der Dokumente nicht geachtet.«

Petra startete erneut das Auto.

»Pit, denkst du auch an die alten Zeiten, damals, als wir Kriminalfälle gemeinsam lösten und ein Paar waren?«

»Ja, acht Jahre her. Ich denke gerne daran zurück, einzig und allein das Ende überschattet alles.«

»Ja, das war mein größter Fehler, den ich je gemacht habe. – Bekomme ich eine zweite Chance?«

»Nein, Petra.«

»Verstehe!«, kam von Petra und dabei verwendete sie bewusst seinen Terminus ›Verstehe‹.

Petra brachte Pit bis zum Hauptbahnhof. Pit fuhr nach Hause.

DIENSTAG, 24.10.2017, 17:00 UHR, EPPENDORF,
›BÜCHER&LESE-CAFÉ‹:

Das Radio spielte ›In Zaire‹ von ›Johnny Wakelin‹. Mio begrüßte Pit mit einem Kuss.

»Susanne hat heute Morgen mit ihrem Lehrmeister telefoniert. Er ist Obermeister der Bäckerinnung der Freien und Hansestadt Hamburg. Er konnte sich an Susanne gut erinnern. Und er will morgen hier vorbeischauen, um sich das hier anzuschauen und um uns ein paar Tipps zu geben.«

»Sehr gute Idee, der kann euch bestimmt auch Adressen aushändigen, wo es Bäcker- und Konditoreibedarf zu kaufen gibt.«

»Ja, Susanne und ich haben unseren Einrichtungsplan noch einmal verändert. Sie ist gerade zum Einkaufen gegangen«, erklärte Mio.

»Braucht ihr meine Hilfe?«

»Nein, im Moment räumen wir nur alles um. Ich war den ganzen Tag damit beschäftigt Bücher zu sortieren und in Kartons zu packen. Susanne möchte den Raum mit hellen, kräftigen Farben verschönern. Die Idee gefällt mir. Die Wände sehen schon etwas grau und staubig aus. Morgen früh könntest du mir helfen, ein paar Kartons in den Keller und nach oben zu bringen, damit sie uns hier nicht im Wege stehen. – Und dann benötigen wir deine Hilfe, wenn es darum geht, die Bücherstellagen abzubauen und an den neuen Plätzen wieder aufzubauen.«

»Und was hast du jetzt vor?«

»Ich räume noch die beiden Regale aus und sortiere die Druckwerke in Kisten. Dabei kann ich dich nicht brauchen. Setz dich am besten dort an deinen Tisch und arbeite. Ich bring dir gleich einen heißen friesischen Tee.«

Das ließ sich Mattes nicht zweimal sagen und verschwand an seinen Lieblingsplatz.

Gegen achtzehn Uhr rief Harald Rechtler an und teilte mit, dass Frau Malberg wieder frei sei und er von ihr Grüße ausrichten soll. Da Pit das Mobiltelefon auf laut gestellt hatte, konnte Mio mithören.

»Kann die nicht selber anrufen?«, war ihre Reaktion. Pit fasste sie an ihre Schulter. Sie drehte sich zu ihm und er nahm sie in den Arm. Sie küssten sich.

So gegen zwanzig Uhr verließen sie die Bücherei, und
Mio und Pit gingen in ihre Wohnung.

Susanne wollte noch die Küche oder zukünftige Back-
und Konditorstube vermessen und das in den Einrichtungsplan übernehmen.

Pit setzte sich an seinen Schreibtisch, um zu arbeiten. Mio
verschwand in ihrem Büro. Sie hatte noch vor ein oder
zwei Kapitel aus Pits Manuskript zu lesen.

Später rief Mio nach Pit. Sie saß im Wohnzimmer und
hatte zwei Weingläser und eine Flasche Rotwein auf den
Tisch gestellt.

»Würdest du uns bitte ein Glas Rotwein einschenken?«,
fragte sie und gab Pit die Weinflasche und einen Korkenzieher.

Pit verstand sofort, was sie wollte, und spielte gerne
mit.

Er öffnete die Flasche und goss ein. Sie prosteten sich
zu und schauten sich eine Weile an. Später stand er auf
und stellte sich hinter ihren Stuhl. Er berührte ihre Schultern. Sie lehnte sich nach hinten. Er beugte sich vor und
eine Hand verschwand in ihrem Ausschnitt. Sie stöhnte
auf und legte ihren Kopf in den Nacken. Pit küsste sie. Sie
genoss eine leidenschaftliche Nacht.

22

Mio und Pit waren kurz vor acht Uhr in der Bücherei. Das Radio spielte ›Mamma Mia‹ von ›Abba‹. Susanne war schon dort. Sie war aufgeregt.

Ihr Lehrmeister, Walter Eberhardt, kam um zehn Minuten nach acht. Im Schlepptau hatte er seinen Sohn Thomas.

Nach der Begrüßung schauten sich Herr Eberhardt und sein direkter Nachfahre die zukünftige Backstube an. Susanne begleitete sie.

Die anschließende Besprechung mit Herrn Eberhardt war äußerst erfreulich. Er konnte dem ›Bücher&Lese-Café‹ Einrichtungsgegenstände zur Verfügung stellen. Eine Filiale musste er schließen, weil ihm die Räumlichkeiten gekündigt wurden. Die Gerätschaften, ein Gärschrank, eine Teigknetmaschine, eine Kühltheke, zwei Bäckereibacköfen und zwei Bäckereitische, wollte er an das Café zu einem guten Preis verkaufen.

Bei der Verabschiedung behielt Susanne die Hand von Thomas auffällig lang in ihrer Hand und schaute ihm eindringlich in die Augen.

»Da hat es gefunkt!«, flüsterte Mio.

»Wir sollten uns über Werbemaßnahme zur Eröffnung des Cafés Gedanken machen!«, schlug Mio vor.

»Wie soll denn unsere Werbung aussehen?«, fragte Susanne.

»Wir brauchen doch nur Kunden anzusprechen, die in unserem Stadtteil wohnen«, kam von Mio.

Pit hatte die Idee, einen Handzettel zu entwerfen. Den dann zu vervielfältigen, in der Nachbarschaft zu verteilen und im Supermarkt, beim Friseur und so weiter auszulegen.

Der Vorschlag kam bei den Frauen gut an und sie verschwanden gleich an Mios PC, um einen ersten Entwurf zu fertigen. Im Radio spielten sie ›Happy (from Despicable Me 2)‹ von ›Pharrell Williams‹.

Gabi holte Pit in Eppendorf ab.

»Danke Pit, dass du mir gestern auf die Mobilbox gesprochen hast. Ich hatte mich wohl in meinen Theorien verstrickt und verfranzt. War kein guter Tag.«

»Verstehe! – Angenommen!«

»Was angenommen?«

»Deine Entschuldigung!«

»Ach so, ja.«

Sie erreichten die Spedition um elf Uhr. Petra wartete bereits in ihrem Passat auf die beiden. Die Begrüßung fiel kurz aus. Petra hakte sich bei Pit ein. Gabi tat überrascht.

»Die drei MA sind nicht zur Arbeit gekommen«, rief die Frau in Schwarz ihnen schon von Weitem entgegen.

»Dann werden wir sie besuchen, händigen Sie mir bitte ihre Anschriften aus«, kam von Gabi mit einem strengen Ton.

Gabi ließ sich die Adressen der drei Mitarbeiter von Frau Mümine geben. Sie schickte Polizisten, aus den örtlichen Polizeikommissariaten, zu den jeweiligen Wohnungen der drei Speditionsfahrer.

Eine halbe Stunde später kam das erste Ergebnis: Ulrich Foerstner hatte am Morgen seine Sachen gepackt und sei in den Urlaub gefahren. Seinen Wohnungsschlüssel gab er einem Nachbarn. Gabi beantragte gleich eine Wohnungsdurchsuchung und einen Haftbefehl.

Nach weiteren fünfzehn Minuten kam die Information, dass Foerstner und Wagner sich um sieben Uhr bei Hutmacher trafen und gemeinsam mit dem Fahrzeug von Wagner davonfuhren. Gabi ließ die drei Männer zur Fahndung ausschreiben. Sie beantragte Hausdurchsuchungen und entschloss sich, die Spedition auch gleich zu durchsuchen.

Als die Polizeibeamten ankamen und mit der Durchsuchung der Geschäfts- und Betriebsräume begannen, verabschiedete sich Mattes. Er fuhr mit dem HVV zurück Richtung Eppendorf.

MITTWOCH, 25.10.2017, 12:30 UHR, EPPENDORF,
›BÜCHER&LESE-CAFÉ‹:

Mattes kam gerade rechtzeitig, um sich an einer Pizzabestellung zu beteiligen. Susanne und Mio zeigten Pit ihre ersten drei Entwürfe für den Werbehandzettel zur Eröffnung.

»Sonntag, 29. Oktober 2017, um 10:00 Uhr. – Solltet ihr nicht die Adresse mit dazuschreiben?«, fragte Pit.

»Oh ha – natürlich! Susanne, die haben wir überall vergessen«, vermeldete Mio.

»Ist doch auch klar! Wir wissen natürlich, wo unser Café ist!«, entgegnete sie.

»Den Ort werden wir gleich noch einsetzen! – Sicherheitshalber.«

MITTWOCH, 25.10.2017, 15:30 UHR, GROß FLOTTBEK, SPEDITION:

Um fünfzehn Uhr dreißig war Mattes wieder in der Spedition Lustburg & Wegler.

Das Klima wirkte auf ihn angespannt. Gabi tobte durch die Räumlichkeiten. Sie hatte keinen Erfolg bei den Durchsuchungen.

»Was stellst du dir vor? Glaubst du, die verstecken hier irgendwo fünfundzwanzig Millionen Euro? Ich würde so etwas nicht machen«, konterte Pit.

»Wo würdest du die Kohle denn verstecken?«

»Da machte ich mir erst ernsthafte Gedanken, wenn ich so viel Geld verstecken müsste. Auf jeden Fall nicht an einem Platz, der total offensichtlich ist.«

»Es wäre nur zielführend, wenn du auch etwas Nützliches zum Thema beitragen könntest.«

Petra sah Pit erschrocken an. Mattes drehte sich um und ging.

»Gabi, da bist du etwas über das Ziel hinausgeschossen!«

»Ja, ich wusste es, als ich es aussprach.«

»Pit ist ein Kopfmensch, in seiner Birne spielt sich mehr ab, als in unseren beiden zusammen. Und nebenbei kriegt er alles mit, auch das, was er nicht mitbekommen soll.«

»Ihr wart mal zusammen?«

»Ja, ist 'ne Weile her. Ich glaube, er hat es überwunden, ich noch nicht.«

»Was ist passiert?«

»Er wollte sich verloben! Ich dumme Kuh wollte aber was erleben, war mit dem tollen Leben, das wir führten, nicht zufrieden. Ich wollte raus.
Und das bekam ich dann auch. Er gab mir eine Woche Zeit, bei ihm auszuziehen. Er besuchte solange einen Schriftstellerkollegen, der in Dänemark Urlaub machte.«

»Und dann?«

»Die ersten paar Tage fühlte ich mich klasse, ich war frei. Ich fand eine kleine Wohnung in Nienstedten und zog dahin. Dann ging ich los. Ich lernte viele Männer kennen, aber ich verglich sie alle mit Pit. Keiner bestand.«

»Was war mit Pit?«

»Er hatte Ringe gekauft und wollte mir einen Heiratsantrag machen. Das habe ich von seinem Freund erfahren, dem Rechtsanwalt. Pit hatte eine schlechte Phase. Er schrieb über ein Jahr nicht.«

»Und jetzt?«

»Ich weiß es nicht. Er rief mich an, ob ich ihm bei einer Lösung helfen kann? Ich glaube, er hat eine Freundin. Ich habe mir vorgenommen, demnächst zu einer seiner Lesung oder Buchvorstellungen zu gehen.«

»Du bist immer noch in ihn verliebt?«

»Ja, ich glaube, ja. Und das wird mir immer mehr bewusster«, flüsterte Petra und drehte sich um, damit Gabi ihre Tränen nicht sah.

Mattes verließ das Büro. Er wollte da raus.

»Langsam habe ich die Schnauze voll von dieser …«, rief er, als er fortging.

Als er an der Ausfahrt ankam, drehte er um: ›Es kann doch nicht sein, dass ich mich durch solche dummen Bemerkungen verärgern lasse. Das ist nicht professionell. Ich bin kurz vorm Ziel, das spüre ich. Mir fehlen nur noch ein paar Puzzleteile.‹

Er marschierte direkt in die Betriebsräume, ging in den Aufenthaltsraum und setzte sich zu den Belegschaftskollegen. Die tranken gerade ihr Feierabendbier oder Brause. Die Unterhaltung war derb, aber informativ.

Mattes verließ die Spedition eine Stunde später. Die Autos von Petra und Gabi standen nicht mehr am Straßenrand.

MITTWOCH, 25.10.2017, 17:00 UHR, ALTENWERDER, SCHROTT-PLATZ:

Da Mattes keine Lust hatte, eine halbe Stunde auf den Bus zu warten, bestellte er sich ein Taxi und ließ sich zu einem Schrottplatz in Altenwerder bringen.

MITTWOCH, 25.10.2017, 19:00 UHR, EPPENDORF, ›BÜCHER&LESE-CAFÉ‹:

Das Radio spielte ›I Will Always Love You‹ von ›Whitney Houston‹, als Pit im zukünftigen Café einen Kuss von Mio bekam.

»Du siehst erschöpft aus. Pit, hattest du Ärger mit der Kommissarin? – Sie war vor einer Stunde hier und wollte sich bei dir entschuldigen. Ich hatte das Gefühl, es fiel ihr nicht gerade leicht. – Und dann erlitt sie einen Schock, als ich die Wohnungstür öffnete.«

Pit grinste: »Ja, Gabi ist etwas unausgeglichen. Ich versuchte, sie anzurufen. Habe aber nur die Mobilbox erreicht. – Aber hier sieht es ja toll aus. Die gelben Wände bringen viel Freundlichkeit in den Raum.«

»Ja, du hast recht. Susanne hat den ganzen Nachmittag mit Farbe hantiert. Rate mal, wer außerdem hier war und geholfen hat?«

»Keine Ahnung«, antwortete Pit.

»Thomas!«

»Welcher Thomas?«

»Thomas Eberhardt, der Sohn vom Oberbäcker«, grinste Mio.

»Wow! Bahnt sich da was an?«

»Thomas kam mit zwei Bäckergesellen um vierzehn Uhr in einem LKW. Sie brachten Geräte für die Backstube. Komm mal mit und schau dir die Küchengeräte an. Die zwei Backöfen bringen sie morgen, die bekamen sie nicht mehr ins Fahrzeug. Nachdem sie abgeladen hatten, schickte Thomas die beiden Gesellen mit dem Auto nach Hause und blieb. Er unterstützte Susanne beim Malen.«

»Verstehe!«

»Vor zehn Minuten sind sie fertig geworden. Sie marschierten nach oben zum Duschen.«

Sie räumten auf und Pit half Mio beim Saubermachen, be-
vor sie in ihre Wohnung gingen. Er holte zwei Flaschen
Bier und Gläser aus dem Kühlschrank. Sie setzten sich ins
Wohnzimmer.

»Das war ein anstrengender Tag«, stöhnte Mio.

Pit schenkte Bier ein und reichte ihr das Glas. Sie prosteten sich zu und tranken einen kräftigen Schluck. Pit
rutschte zu ihr aufs Sofa und sie kuschelte sich gleich an
seine Schulter. Eine dreiviertel Stunde später trug Pit Mio
ins Bett, sie war eingeschlafen.

23

Susanne und Thomas standen an der Straße und begrüßten Herrn Eberhardt, der mit einem Gesellen die Backöfen brachte. Mio öffnete die Eingangstür zum ›Bücher&Lese-Café‹. Mattes half beim Transport der Geräte ins Gebäude.

Walter Eberhardt sprach Mattes an: »Wenn mein Sohn nervt oder er bloß herumsteht, schmeißen Sie ihn raus.«

»Er hat gestern hier kräftig mit angefasst.«

»Was, er hat angefasst? Freiwillig? Das kenn ich nicht.«

»Ich glaube, da hat es gefunkt!«, kam von Mattes und er schaute Richtung Susanne.

»Oh! Kommt er zur Vernunft? Das ist ja mal eine erfreuliche Nachricht. – Das muss ich gleich mal meiner Frau erzählen«, sagte er und griff nach seinem Mobiltelefon.

Im Radio spielten sie ›Ring of Ice‹ von ›Jennifer Rush‹.

DONNERSTAG, 26.10.2017, 9:00 UHR, EPPENDORF, MATTES'
WOHNUNG:

Gabi hatte zu einer Telefonkonferenz eingeladen. Pit stellte das Freisprechtelefon auf den Küchentisch, damit Mio mithören konnte. Pünktlich um neun klingelte der Fernsprecher. Gabi und Petra waren bereits miteinander verbunden.

»Hallo Pit. Entschuldige für gestern. Ich war ein bisschen durch den Wind. Wenig Schlaf. Und übrigens habe ich Felix mitsamt seinem Hund rausgeschmissen. Danke für die Nachricht, die du auf meiner Sprachbox hinterlassen hast.«

Gabi berichtete: »Die drei gesuchten Mitarbeiter der Firma Lustburg & Wegler sind mit dem Kraftfahrzeug von Martin Wagner über Polen, Litauen, Lettland Richtung Finnland gefahren. Dort haben unsere Kollegen ihre Spur verloren.
Aus der Personalakte haben wir aktuelle Fotos. Der Lagerist aus der Reederei Navis bestätigte uns, dass diese drei Männer am 11. Oktober im Reedereilager ankamen und einen Container mit Geschirr umgeladen hatten.
Mein Chef bestand gestern Abend noch darauf, dass wir Lutz Lustburg wegen Fluchtgefahr festsetzen. Ich habe mit ihm heute Morgen gesprochen, aber keine brauchbaren Resultate bekommen. Seine Privatwohnung haben wir gestern Abend durchsucht. Auch ohne Ergebnis.«

»Ich bin der Sache mit dem Geschirr einmal nachgegangen. Pit hatte wie immer recht. Die Produkte waren in einem Zwanzig-Fuß-Container untergebracht. So ein Container wiegt leer zwei Komma vier Tonnen. Eine Palette wiegt zweiundzwanzig Kilogramm. Pohlmann war die Gewichtsdifferenz zwischen dem Nettogesamtgewicht und der Ladung vierhundert Kartons mit je achtundzwanzig Kilogramm aufgefallen. Er errechnete eine Differenz von fast einer halben Tonne und wurde neugierig. Da er die Reederei Navis kannte, fuhr er in seiner Mittagspause dorthin, meldete sich im Büro an, ging mit Langmann zum Container und untersuchte die Kisten. Dabei ist ihm ins Auge gefallen, dass es Kartons mit achtundzwanzig Kilogramm und welche mit achtzehn oder neunzehn Kilogramm gab. Ich vermute, dass er sich das genauer anschaute und das Falschgeld fand. Er verabschiedete sich von Langmann und ging. Muss dann aber wieder zurückgekommen sein, denn der Lagerist hatte gesehen, wie er eine Kiste mitnahm. Damit hatte er eine Millionen Falschgeld entwendet. Karton und Falschgeld fanden wir, ich meinte, fand Pit, in dem Sportspind von Herbert Lind«, berichtete Petra.

»Pit, du warst gestern auf einem Schrottplatz, so wie ich dich verstanden habe. Was gibt es von dort zu berichten?«, fragte Gabi.

»Ja! Ich war gestern Nachmittag etwas länger in der Spedition. Dort hatte ich mit den Mitarbeitern ein Bier getrunken.
Die Firma Lustburg & Wegler wurde vor zwanzig Jahren von den beiden Herren gegründet. Lutz Lustburg habt ihr kennengelernt. Sein Kompagnon Günther Wegler stieg, nachdem sein Vater starb, vor zwei Jahren aus dem Geschäft aus. Auch ein Ausstiegsgrund war, dass er seinem Bruder, Clive Silver, dem Schrottplatzbesitzer, aus einer sich abzeichnenden Insolvenz helfen wollte. Der Schrottplatz ist in Altenwerder, also auf der anderen Seite der Elbe.
Ich war gestern Nachmittag dort und habe mich erst einmal da umgeschaut. Der Platz sah in meinen Augen recht ungeordnet aus. Aufgefallen waren mir dreiundzwanzig Schrottblöcke. Das sind große Quader, die aus gepresstem Schrott bestehen.

Als ich dort ankam, wurden die Blöcke gerade von einem etwas durchgeknallten Typen rot lackiert. Dieser Bursche, ein Russe, sein Name ist Aleksei Varlam, ist Künstler.

Die Skulptur, erklärte er mir, sollte ursprünglich aus vierundzwanzig Blöcken bestehen. Die Schrottplatzleitung wollte ihm aber nur noch dreiundzwanzig Schrottballen zur Verfügung stellen. Deshalb musste er sein Kunstwerk umgestalten.

Er zeigte mir Pappschachteln, die auf einen Karton geklebt wurden. Diese Pappskulptur war durchaus interessant, da sie aus einem Geschirrkarton gefertigt worden war.

Herrn Silver habe ich nicht angetroffen, er ist in Südafrika. Dort soll übrigens diese Schrottquaderskulptur aufgestellt werden.

Herrn Wegler habe ich auf dem Grundstück nicht vorgefunden. Allerdings fuhr ein roter BMW 525 vom Hof. Am Steuer saß Frau Melis Yıldız Mümine. Ja, das ist die Frau aus dem Büro der Spedition Lustburg. Der Vorarbeiter bestätigte mir, dass das Auto Wegler gehört.«

»Da müssen wir hin!«, rief Gabi.

»Wann?«, wollte Petra wissen.

»Sofort! Den Laden nehmen wir auseinander, ich bin schon weg!«, kam von Gabi, und sie legte auf. Damit war technisch bedingt die Telefonkonferenz auch beendet.

»Was war das denn?«, fragte Mio.

»Das ist eben Gabi, live und in Farbe.«

»Und was machst du jetzt?«

»Ich trinke mit dir gemütlich einen Tee, dann gehen wir in die Bücherei und schauen mal, ob der Elektriker mit den Anschlüssen der Geräte klarkommt. – Irgendwann werden sie mich vermissen, anrufen und mich informieren, was am Schrottplatz passierte.«

»Und das findest du richtig?«

»Nicht unbedingt. Aber wenn ich das anders hätte haben wollen, dann hätte ich Polizist werden müssen und nicht Schriftsteller.«

Mio ging auf Pit zu und gab ihm einen Kuss: »Du bist mir als Schriftsteller viel lieber.

Außerdem kann ich jetzt als Lektorin arbeiten. Und das – das ist immer das, was ich machen wollte. –

Pit, wer ist denn dieser Felix?«

»Felix Gerber, er war der Liebhaber von Gabi und vorher oder auch gleichzeitig war er der Verehrer von Frau Malberg. Er soll ein exzellenter Bettgenosse sein.«

»Woher weißt du das alles?«

»Von Petty.«

»Wer in drei Teufels Namen ist denn schon wieder Petty?«

»Petty ist eine Zwergpudeldame. Sie gehört zu Felix Gerber und wandert von einer zur nächsten Liebschaft. Er kann mit Hunden nicht umgehen. Da, wo Petty ist, ist Felix Gerber nicht weit.«

»Hast du was gegen Hunde?«

»Nein, bestimmt nicht. Jedoch braucht ein Hund eine feste Bezugsperson und sollte nicht wie ein Wanderpokal herumgereicht werden.«

Das Telefon klingelte. Mio drückte den Annahmeknopf und meldete sich.

»Hallo, hier ist Petra. Ist Herr Mattes zu sprechen?«

»Hallo Petra. Ich bin's, Mio, Pit kocht zurzeit Tee. Er kann mithören.«

»Hallo Pit«, kam es vorsichtig aus dem Apparat.

»Moin Petra, was kann ich für dich tun?«

»Das war mal wieder eine typische Gabi-Aktion. Sie rennt einfach los, ohne andere abzuholen. – Abholen ist das Stichwort. Ich würde dich gerne abholen, um mit dir zum Schrottplatz zu fahren.«

»Gut! Wann soll es losgehen?«

»Ist es okay, wenn ich um elf bei dir bin?«

»Passt! – Danke, Petra.«

Petra legte auf.

»Na bitte, sie denkt an dich! – Sag mal, ist das die Petra aus deinen ersten Krimis?«

»Ja, das ist sie.«

»Denkst du oft an sie zurück?«

»Komm Mio, lass uns den Tee trinken und dann in die Bücherei gehen!«, wechselte Pit das Thema.

Mio war damit zufrieden, denn sie wusste, dass er sie liebte, und die Frage würde er im Skript beantworten.

›Und ich werde seine Antwort wieder rausnehmen!‹, überlegte sie. Sie nahm den Becher von Pit entgegen und fühlte sich wohl und behaglich.

DONNERSTAG, 26.10.2017, 10:00 UHR, EPPENDORF,
›BÜCHER&LESE-CAFÉ‹:

Mio und Pit schritten die Treppe zur Bücherei hinunter. Susanne und Thomas hielten sich im Raum auf. Der Elektriker von der Immobilienfirma war bereits fertig und verabschiedete sich gerade.

Pit, Mio, Susanne und Thomas holten aus dem Keller Stühle, Sessel, Tische und zwei Sofas, die Pit dort unten gelagert hatte, hoch und stellten sie in das Café.

Pit schaute sich die gelieferten Flyer an und steckte sich einige ein.

»Ich habe hier in der direkten Umgebung einige Blätter bei den Einzelhändlern verteilt«, berichtete Susanne.

»Und ich bin die Eppendorfer Landstraße einmal runter- und wieder hochgegangen und habe die Handzettel in jeden Briefkasten gesteckt«, ergänzte Mio.

»Pit deine Idee mit dem Flyer ist top, gerade die Leute in der unmittelbaren Nähe sind Kunden für das Café«, vollendete Thomas.

Petra erschien um zehn vor elf Uhr. Mio begrüßte sie herzlich. Mattes hatte den Eindruck, dass sie sich gut verstehen. Er stieg bei ihr ins Auto und sie fuhren Richtung Altenwerder.

»Pit, darf ich dich was fragen?«

»Ja, aber ob du eine Antwort bekommst, hängt von der Frage ab.«

»Pit, ist Mio deine Freundin?«

»Ja, das ist sie. Ich habe mich in sie verliebt und sie liebt mich.«

»Ich freue mich für dich wirklich! Können wir Freunde bleiben oder werden?«

Mattes machte eine Pause, um seiner Antwort mehr Gewicht zu geben: »Ja, können wir.«

Die Fahrt nach Altenwerder war beschwerlich. Sie standen eine gute halbe Stunde auf der A7 im Stau. Als sie am Schrottplatz ankamen, sahen sie Gabis Dienstwagen und eine Reihe Fahrzeuge vom Mobilen Einsatzkommando.

Petra und Pit meldeten sich beim Einsatzleiter an. Pit zeigte Petra die riesige Schrottpresse.

Eine Schrottpresse ist eine hydraulische Vorrichtung, mit der Metallschrott komprimiert wird. Der Vorteil besteht in der drastischen Volumenreduktion, die für einen Transport enorme Vorzüge bietet. Nicht nur loser Metallschrott, auch ausrangierte PKWs, die im Vorwege von Kunststoffen und Edelmetallen befreit wurden, werden mittels dieser Presse zu kompakteren Quadern gepresst.

Dreiundzwanzig dieser Quader standen auf dem Schrottplatz. Alle waren sie mit roter Farbe lackiert worden. Gabi kam auf Petra und Pit zu und begrüßte sie.

Der Mann an der Schrottpresse erklärte: »Die Stahlquader sind für Afrika bestimmt. Der Transport ist über die Reederei Navis organisiert. Die Spedition Lustburg & Wegler kommt morgen früh und holt sie ab.«

Ein Beamter von der KTA, Kriminaltechnischen Abteilung, entdeckte zwei Stahlkugeln. Die Kugeln bestanden aus jeweils zwei Halbkugeln und waren aus massivem Stahl.

Der Leiter der Spurensicherung verdeutlichte, dass die Kugeln ein Volumen von ungefähr fünfundzwanzig Liter haben. Auf die Frage von Gabi, ob Geld in diesen Kugeln unbeschadet die Schrottpresse überstehen würde, zuckte der Beamte die Schulter: »Das müsste man ausprobieren.«

Um es vorwegzunehmen, der Test ging positiv aus. Die Kugel, die in ein Schrottauto gepackt wurde und anschließend mit dem Fahrzeug der Schrottpresse übergeben wurde, hielt stand.

Der Mann an der Presse schüttelte nur den Kopf, als die Leute von der KTA den Eisenblock mit einer Flex bearbeiteten. Das dauerte auch mehr als eine Stunde, bis sie die Kugel wieder befreien konnten.

Kurzerhand wurden die dreiundzwanzig roten Metallschrottquader beschlagnahmt und zur Kriminaltechnik nach Alsterdorf abtransportiert. Gabi war sich sicher, dass man das Falschgeld in den Stahlbällen versteckte und diese dann in den Eisenquadern untergebracht hatte.

Mattes glaubte nicht daran. »Viel zu offensichtlich! Das würde ich nie machen, wäre mir überhaupt nicht sicher genug. Das ist ein Ablenkungsmanöver«, waren seine Argumente.

»Warum sollte eine fast insolvente Firma riesige Metallquader nach Afrika verschiffen. Das kostet doch ein Vermögen. – Dieses Mal wirst du die Wette verlieren!«, protzte sie.

Pit schlug in die Wette ungern ein. Er war sich sicher, dass das Falschgeld sich nicht in den Kugeln befindet.

»Apropos Wette, da ist noch was offen!«, sagte Pit.

»Ich weiß! Was soll ich tun?«

»Am Sonntag um zehn Uhr wird das ›Bücher&Lese-Café‹ in der Eppendorfer Landstraße, unten in der Bücherei eröffnet. Ich würde gerne mit dir aus meinem letzten Buch was vorlesen. In verteilten Rollen – verstehst du?«, kam von Pit, und er gab Gabi und Petra einen Flyer.

»Ja, okay, ich werde da sein.«

»Darf ich auch kommen?«, fragte Petra.

»Natürlich darfst du kommen, aber nur dann, wenn du mindestens zwei Stücke Kuchen isst.
Da kommt der Vorarbeiter, kommt mit, ich habe noch ein paar Fragen an ihn. Gabi gib mir die Fotos von den drei Mitarbeitern aus der Spedition, die sich verflüchtigt haben.«

Gabi suchte die Fotos heraus und gab sie Pit.

»Hallo, Herr Tito! Wir kennen uns von gestern. Rechts von mir ist Petra Burgstaller, sie ist beim Zoll beschäftigt und links ist Gabriele Sommer. Sie ist bei der Kripo. Schauen Sie sich bitte diese drei Personen an. Kennen Sie die?«, fragte Pit.

»Ja, die Burschen Foerstner, Hutmacher und Wagner sind hier auf dem Schrottplatz bekannt. Die drei arbeiten für Wegler. Sie leihen sich hin und wieder einen LKW bei einer Spedition und transportieren Waren, die hier zwischengelagert werden.
Vor ein paar Tagen zum Beispiel brachten sie Geschirr aus China mit. Die Kartons wurden hier deponiert.

Wegler verkauft den Kram auf Flohmärkten oder an Ein-Euro-Shops«, berichtete der Vorarbeiter vom Schrottplatz. »Was schauen Sie mich so an?
Ich weiß nicht, ob das legal ist oder nicht. Da mische ich mich nicht ein.
Da vorne die erste Lagerhalle ist einfach tabu für mich. Und ich tu so, als wenn sie nicht da ist. Ich will doch meinen Job behalten«, erläuterte er sein Verhalten.

Pit war zufrieden. Sein Puzzle komplettierte sich immer weiter. Gabi ergänzte, dass das Lager von der Polizei durchsucht wurde.

»Ohne, dass wir was fanden«, war die Antwort auf den fragenden Blick von Pit.

Petra setzte den Hobbykriminalisten in Finkenwerder am Anleger ab. Er fuhr mit der HADAG-Fähre bis Landungsbrücken und von dort mit der U3 bis Kellinghusenstraße. Den Rest marschierte er zu Fuß.

24

FREITAG, 27.10.2017, 8:00 UHR, EPPENDORF, MATTES' WOHNUNG:

Das Telefon klingelte. Pit stöhnte. Mio rutschte aus dem Bett und nahm den Hörer ab.

»Hallo, Frau Sommer. Was kann ich für Sie tun?«

»Kann ich Pit sprechen?«

»Tut mir leid, der schläft noch. Es wurde gestern spät, äh, heute früh. Kann ich etwas ausrichten?«, erklärte Mio.

»Ich wüsste gerne, ob wir uns irgendwo treffen könnten?«

»Kommen Sie um zehn ins Café. Sie wissen doch, wo das ist. Bis dahin wird er aufgestanden sein.«

»Das passt, ich werde Petra auch Bescheid geben.«

Nach dem Gespräch schlüpfte Mio wieder zu Pit unter die Decke.

»Was ist?«, fragte Pit.

»Die Kommissarin hat angerufen, ihr trefft euch um zehn hier im Café.«

»Wie spät ist es denn jetzt?«

»Kurz nach acht.«

»Dann haben wir noch Zeit für uns!«, stellte er fest und umfasste Mio und sie kuschelten.

Um neun Uhr rief Georg Schlaber Pit auf seinem Mobiltelefon an.

Professor Doktor Schlaber ist ein Paläontologe. Er gräbt Knochen von Sauriern aus. Die meiste Zeit hält er sich in Südamerika auf. Vor acht Jahren unterstützte er Petra und Pit in einem Schmuggelfall. Es ging damals um indianisches Kulturgut. Seitdem treffen sie sich, wenn Georg Schlaber mal wieder in Hamburg ist.

Georg und Pit vereinbarten ein Treffen am Montag in der Universität im Philosophenturm.

FREITAG, 27.10.2017, 9:45 UHR, EPPENDORF, ›BÜCHER&LESE-CAFÉ‹:

Susanne und Thomas waren seit sechs Uhr im Café, oder besser in der neuen Backstube. Susanne fertigte Kuchen und Thomas testete die beiden Backöfen, indem er dort unterschiedliche Brötchen backte.

Petra und Gabi kamen um kurz nach zehn Uhr. Im Radio spielten sie ›Summer Dreamin'‹ von ›Kate Yanai‹.

Die drei setzten sich an Pits Stammtisch. Mio sorgte für Kaffee und Tee. Susanne brachte selbst gebackene Kekse.

»Heute Morgen habe ich offiziell erfahren, dass in Rom, in Paris und in Brüssel Falschgeld aufgetaucht ist. Wie in Hamburg sind in den Städten Tötungsdelikte in direktem Zusammenhang mit den Blüten aufgetreten. Und wer hätte es gedacht: Goldene Visitenkarten wurden auch dort sichergestellt.«

»Interessant. Damit rechnete ich überhaupt nicht. Dann ist es sinnvoll, wenn ich meine Kollegen in den entsprechenden Ländern kontaktiere! Was habt ihr Neues zu unseren Sachverhalten?«, fragte Petra.

»Halt, Moment mal!«, begann Pit.

»Wenn auch dort unser Auftragsmörder aktiv war, dann gibt es eine zentrale Koordination der regionalen Falschgeldhändler. Damit bekommt unser Fall einen ganz anderen Stellenwert. – Ist der Text auf den Visitenkarten in der jeweiligen Landessprache verfasst oder ist er auf Deutsch geschrieben?«

»Soviel ich weiß, handelt es sich um eine deutschsprachige Geschäftskarte. Sie soll identisch mit unserem Modell sein«, antwortete Gabi.

»Vielleicht. Wir sollten uns aber auf unseren Fall konzentrieren«, warf Petra ein.

»Petra, im Grunde hast du recht. Aber in dieser Angelegenheit reden wir von international organisiertem Verbrechen. Ich gehe jetzt davon aus, dass der Auftragskiller aus Deutschland kommt. Dass aber der Auftraggeber zu den Tötungsdelikten sich nicht unbedingt hier im Lande aufhält. Um erfolgreich die Falschgeldbande auszuschalten müssen wir international agieren.«

»Okay, Pit! Das kann ich nachvollziehen. Ich werde meine Kollegen in den Nachbarländern informieren und in unsere Ermittlungen einbeziehen. Was ich hier in Hamburg erledigen kann, möchte ich aber auch perfekt abarbeiten. Pit! Du kennst mich.«

»Ja, Petra. Du bist bloß ungeduldig. Keiner von uns will die Ermittlungsarbeit vernachlässigen. Wir haben alle dasselbe Ziel«, versuchte Pit die Emotionen wieder runterzufahren.

Petra sprang auf und lief zu Pit, der sich auch erhob. Sie nahm ihn in den Arm und flüsterte ihm ein leises »Entschuldigung!« ins Ohr.

Mio stand in der Tür zur Backstube und beobachtete das. Nachdem die Zollbeamtin an ihren Platz zurückkehrte, schritt Mio zu Pit, fasste ihn an seiner Schulter, beugte sich vor und wisperte in sein Ohr: »Gut gemacht!«

Pit freute sich über ihre Bemerkung und streichelte ihren Handrücken. Sowohl Gabi als auch Petra schauten verlegen weg. Mio verschwand wieder in die Backstube zu Thomas und Susanne.

»Gabi, was kannst du uns von der KTA berichten?«, fragte der Hobbykriminalist nach einem Augenblick.

»Zuerst die enttäuschende Nachricht. Unsere Techniker haben alle dreiundzwanzig Schrottblöcke auseinandergenommen und untersucht. Wie ich vermutete, befand sich in jedem Eisenblock eine Stahlkugel. In sämtlichen Kugeln wurden Zettel entdeckt, auf denen jeweils ›NIETE‹ stand.
Pit hatte mal wieder recht!
Herzlichen Glückwunsch!
Ich stehe abermals in deiner Schuld. Langsam muss ich buchführen«, referierte die Kommissarin und schaute Pit beeindruckt an.

»Kommen wir zu Wegler: Die Spurensicherung inspizierte gestern Weglers Wohnung in Eilbek und die von Mümine in St. Georg.«

Sie machte eine Pause, um einen Schluck Kaffee zu trinken. Bevor sie fortsetzte, blickte sie fragend in die Runde: »In der Waschmaschine von Wegler fand die Spurensicherung ein Taschentuch mit Blutspuren. Während

der Fahrt hierher bekam ich die Information, dass es sich um Pohlmanns Blut handelt.
Das untermauert Pits Vermutung, dass Dirk Pohlmann am 19. Oktober in diesen Räumen erschossen wurde.
Leider konnte die Spurensicherung nicht bestätigen, dass Pohlmann in Weglers Wohnung war.«

Sie schaute wieder in die Runde, um zu sehen, ob jemand eine Nachfrage hatte.

»Wegler und Mümine hatten oder haben miteinander ein Verhältnis. Es wurden eindeutige Spuren in beiden Wohnungen gefunden und beschlagnahmt.
Mittlerweile besitzen wir die Fingerabdrücke von Frau Mümine.
Ihre ›Fingerprints‹ sind übrigens auch die Abdrücke, die im Fahrzeug von Frau Malberg sichergestellt wurden, die wir nicht identifizieren konnten.
Damit können wir mit Bestimmtheit sagen, dass das Falschgeld und der Geschirrkarton von Frau Mümine in dem Bus von Gertrud Malberg deponiert wurden«, setzte sie ihren Bericht fort. Sie schob sich ein Plätzchen in den Mund und blätterte in ihrem roten Notizbuch.

»Ach ja – die SpuSi fand in beiden Wohnungen leider keine Hinweise auf den Aufenthaltsort des Falschgeldes.
Für Wegler und Frau Mümine gibt es Haftbefehle. Und da wir sie weder bei ihren eingetragenen Adressen noch an ihren Arbeitsstätten antrafen, wurden sie zur Fahndung ausgeschrieben«, erklärte Gabi. Sie machte eine Pause und blätterte weiter in ihren Aufzeichnungen.

Petra nutzte die Unterbrechung und goss Tee und Kaffee nach.

»Danke Petra! – Da habe ich womöglich was zum ersten Mord. Pit hatte mal wieder den richtigen Riecher. Herr Albert Holtzer arbeitete beim Großhändler, der das Geschirr gekauft hatte. Da Holtzer nicht genug verdiente, verkaufte er Informationen an Wegler. Wir fanden bei der Hausdurchsuchung in Eilbek eine entsprechende Abrechnung in Weglers Jackettasche.

Und was wir jetzt auch mit großer Sicherheit wissen, ist, dass Holtzer Falschgeld unter die Leute brachte. In regelmäßigen Abständen zahlte er jeweils zehntausend Euro auf sein Postscheckkonto ein. Drei Tage später verschickte er neuntausend Euro auf ein Girokonto in die Niederlande. Nur einen Tag später wurde auf dem Konto von Wegler ein identischer Betrag gutgeschrieben. Unsere Finanzexperten rekonstruieren diesen Geldtransfer noch für eine zukünftige Beweisführung.

Ich glaube, das war's nun von meiner Seite. Hat jemand eine Frage dazu?«, erkundigte sie sich, während sie ihr Notizbuch schloss und verstaute.

»Was sind die nächsten Schritte?«, wollte Petra wissen.

Mattes saß im Sessel und war in sich versunken.

»Pit, träumst du?«, wendete sie sich an ihn.

»Ne, Pit hatte eine schwere Nacht«, lästerte Gabi.

»Nein, ich denke nach. Denn ich bin mir sicher:

- Das Falschgeld ist in Hamburg.
- Wegler ist da, wo das Falschgeld ist.
- Das blutige Taschentuch in der Waschmaschine bedeutet nicht, dass Pohlmann in dieser Wohnung erschossen wurde. Taschentücher kann man wie Leichen transportieren.
- Sein Bruder, Clive Silver, ist schon mit einer Million in Afrika untergetaucht.
- Habt ihr sein Quartier durchleuchtet?

- Weiß jemand, warum der Bruder Silver heißt und nicht Wegler?
- Er wird Frau Mümine mit einer zweiten Million nach Afrika schicken.
- Und er wird auch in ein paar Tagen mit einem Koffer voller Geld genau dorthin abreisen.

Verdammt – ich bin mir sicher, dass ich die Lösung kenne. Ich komme im Moment bloß nicht darauf.«

»Wie wäre es, wenn ihr jetzt die frischen Rundstücke von Thomas testet?«, fragte Mio, die gerade mit Susanne und Thomas aus der Bäckerei mit einem Korb Brötchen kam.

Susanne und Mio hatten auf einem Nebentisch ein reichhaltiges Frühstück aufgebaut.

Etwas Besonderes waren die ofenwarmen Rundstücke von Thomas. Mio, Susanne und Thomas setzten sich dazu. Die Diskussionen am Tisch drehten sich um die unterschiedlichen Brötchensorten, die Thomas gebacken hatte, und dass er die Rezepte von seinem Daddy übernahm und verfeinerte.

Plötzlich legte Pit sein Messer weg: »Ich hab's. Wegler versteckt sich im Haus seines Vaters.«

»Was!«, rief Petra.

»Wie kommst du darauf?«, fragte Gabi.

»Als ich mit den Mitarbeitern ein Feierabendbier trank, erzählte mir ein älterer Arbeiter, dass Günther Wegler vor zwei Jahren, nachdem sein Vater starb, aus dem Geschäft ausstieg. Ich möchte dafür wetten: Wegler hält sich an der Adresse seiner Eltern auf.«

Gabi hatte ruckzuck ihr Mobiltelefon in der Hand. Sie sprach mit ihrem Kollegen im Polizeipräsidium. Nach ihrem Gespräch sagte sie:»Pit, wenn du das schon wieder …«

Weiter kam sie nicht, denn ihr Telefon klingelte. Ihr Kollege gab ihr die Anschrift von Weglers Vaters durch. Gabi bedankte sich und gab die Anweisung dort hinzufahren und auf sie zu warten.

»Die Wohnung ist am Saseler Markt«, rief sie, während sie in ihrer Handtasche den Autoschlüssel suchte.

»Okay! Fahren wir hin«, rief Petra. Sie stand bereits. Weder Petra noch Gabi aßen ihre Brötchen auf, noch tranken sie ihren Kaffee aus. Auch Pit erhob sich von seinem Platz und gab Mio einen Abschiedskuss, obwohl er die plötzliche Hetzerei nicht nachvollziehen konnte.

»Pit, du nicht, du bleibst am besten hier! Ist viel zu gefährlich für dich.«

Ein Ruck durchfuhr ihn. Er war enttäuscht und ärgerte sich, dass er seine Idee nicht alleine ausgekundschaftet hatte.

Mio schaute ihn mitleidig an, nahm seine Hand und drückte sie leicht. Petra und Gabi verabschiedeten sich übereilt und verschwanden.

Mio drehte sich zu Pit. Sie nahm ihn in den Arm. Natürlich hatte sie seine Reaktion gesehen und konnte ihn verstehen.

»Fahr dorthin und beobachte, was da vor sich geht. Aber bitte geh kein Risiko ein.«

Pit aß zuerst sein Rundstück auf und trank den Tee aus. Dann gab er ihr einen Kuss, griff nach seinem Smartphone und rief laut »Tschüss« in den Raum und verschwand.

Im Radio spielten sie den ›Waltz No. 6 from Jazz Suite No. 2‹ von ›Alexandre Desplat‹.

Obwohl sie Mattes nicht dabeihaben wollten, schlug er den Weg zum Saseler Markt ein.

Von der Bushaltestelle waren es nur drei Minuten Fußmarsch. Vor dem Haus sah er Gabis Auto im Halteverbot stehen. Zwei Fahrzeuge davor stand ein grauer Opel. Der hatte das gleiche Kfz-Kennzeichen wie Gabis, lediglich eine Nummer weiter. Petras Dienstwagen sah er bereits, als er den Bus verließ.

›Sie sind zumindest zu dritt hier‹, stellte Mattes fest.

Er latschte drei Eingänge weiter. Vor dem Haus stand eine Sitzbank. Von dort konnte man den Hauseingangsbereich beobachten. Er ließ sich hier nieder und wartete.

Nach vierzig Minuten wurde er unruhig. Er rief Gabi an. Ihr Mobiltelefon war ausgeschaltet. Nervös schaute er auf seine Uhr und setzte sich eine Frist von einer viertel Stunde.

›Spätestens dann bleibt mir nichts anderes übrig, als aktiv zu werden. Irgendetwas stimmt hier nicht. Ich fühle es direkt. Drüben hätte längst was passieren müssen‹, waren seine Gedanken und Überlegungen.

Nach zehn Minuten, Pit war inzwischen aufgestanden und Richtung Eingang geschlendert, hielt ein DHL-Wagen vor der Tür und der Paketbote stieg aus. Mattes rannte das letzte Stück zum Hauseingang. Der Paketmann klingelte. Mattes hörte das Summen des Türöffners. Der Bote drückte die Tür auf: »Paket für Sie, Frau Schmidt!«, rief er in den Hausflur.

Der Hobbykriminalist erreichte die Haustür, bevor sie zufiel. Er war im Haus.

Zuerst huschte er zur ersten Wohnungstür im Erdgeschoss. ›G. Masterblatt‹ stand auf dem Messingschild an der Tür. Mattes schlich weiter. Beim dritten Zugang hatte er Erfolg. ›M. u. W. Wegler‹ war an der Klingel befestigt. Mattes lauschte. Er konnte keine Geräusche in der Wohnung wahrnehmen.

Der Postmann kam geräuschvoll die Treppe hinunter. Mattes verschwand schnell im Kellereingang. Erst als er hörte, dass die Haustür ins Schloss fiel, glitt er wieder aus seinem Versteck. Er lauschte noch einmal an der Wohnungstür. Alles war ruhig. Mattes pulte sein Mobiltelefon aus seiner Gesäßtasche und wählte die Mobilfunknummer von Günther Wegler. Er hörte das Telefon in der Wohnung klingeln. Da, dort war ein Geräusch in der Wohnung. Mattes legte auf und klingelte an der Wohnungstür.

»Wer ist da?«, kam die Frage aus dem Inneren.

»Hier ist der Hausmeister, ich bringe Ihnen die Mietrückzahlung«, rief Mattes.

›Rückzahlung ist ein Schlüsselwort, das fast immer funktioniert. Es öffnet viele Türen‹, rechnete sich Mattes aus.

»Einen Moment, ich komme gleich!«, kam von der anderen Seite der Tür.

»Kein Stress, ich bin bei der Arbeit!«

Mattes nahm wahr, dass drinnen etwas verschoben wurde, dann wurde eine Tür kraftvoll geschlossen und jemand kam auf die Wohnungstür zu.

Gelangweilt lehnte sich der frisch ernannte Hausmeister an den Türrahmen und konzentrierte sich auf den Mann, der gleich die Tür öffnen würde.

»Hallo Herr Wegler, mein Name ist Pit Mattes. Ich bin hier Ihr neuer Hausmeister. Das haben Sie bestimmt unten im Aushang gelesen. Ich darf Ihnen gleich eine Freude machen und Geld aushändigen. Sie müssten lediglich den Empfang quittieren.«

Mattes beugte sich nach unten in Richtung seiner Umhängetasche, die er auf dem Boden abgestellt hatte. Das tat er aber nicht, um ein Unterschriftsblatt aus seiner Tasche herauszuholen, sondern um Schwung zu bekommen, denn der Kerl, der ihm gegenüberstand, war zwanzig Zentimeter größer und dreißig Kilo schwerer als er.

Der Hobbykriminalist und Judokämpfer schnellte hoch. Der Kinnhaken traf auf den Punkt. Wegler kippte nach hinten, verlor das Gleichgewicht und die Besinnung. Pit fing ihn auf und rieb sich seine Hand.

»Guter Schlag!«, lobte er sich und griff nach seiner Tasche. Er betrat die Wohnung und musste Wegler noch etwas in den Flur ziehen, um die Wohnungstür zu schließen.

»Dann schauen wir uns hier erst einmal um«, sagte Pit.

»Hallo, ist hier jemand?«, rief er in den Hausflur. Er bekam keine Antwort. Mattes schritt gerade durch ins Wohnzimmer. Hier war keiner zu sehen. Er kehrte um in den Flur und öffnete die Badezimmertür. Auch hier war nichts von Petra, Gabi und ihrem Kriminalkollegen zu sehen. Der nächste Eingang ging ins Schlafzimmer.

Hinter der Tür lagen Gabi und ein Stückchen weiter ihr Kollege und hinten im Raum Petra. Es roch nach scharfer Chemie im Raum. Pit öffnete das Fenster ganz weit.

Alle drei waren sie mit reichlich Panzertape gefesselt und geknebelt. Pit untersuchte sie. Gabis Kollege und Petra waren ohne Bewusstsein. Gabi stöhnte und bewegte sich. Sie wachte auf, als Pit mit seiner Hand ihr Gesicht tätschelte.

Mattes drehte sie auf den Rücken und nahm ihr die Handschellen ab, die sie immer an ihrem Gürtel aufbewahrte. Die Eisenteile verpasste er dem Herrn, der noch auf dem Flur träumte.

Nachdem er zuerst Gabi, dann die anderen beiden vom Panzertape befreit hatte, kamen Petra und auch der Kripobeamte zu sich.

Der Hobbykriminalist lief in die Küche und füllte drei Gläser mit Leitungswasser. Dabei entdeckte er in den Fliesenritzen vor dem Spülbecken dunkle Spuren, Blutspuren.

»Das erklärt einiges!«, sagte Mattes zu sich, ergriff die Trinkgläser und reichte sie Petra und den beiden Kriminalpolizisten.

»Was ist passiert?«, wollte er wissen und setzte sich in einen Sessel und beobachtete, wie die drei sich langsam aufrappelten.

»Wegler hat uns einfach überrumpelt. Mit einem Betäubungsmittel aus einer Sprühflasche hat er uns flachgelegt«, antwortete der Kollege von Gabi.

»Das Zeug war intensiv. Ich verlor sofort meine Orientierung und dann das Bewusstsein. Mir dröhnt noch der Kopf!«

»Ja, ich habe es gerochen!«, bestätigte Mattes.

»Pit, danke, dass du dich nicht an unsere Anweisungen gehalten hast!«, fügte Gabi hinzu.

»Wir wollten ihn gerade verhaften. Da drehte er sich um und besprühte uns mit dem Zeug dort«, erklärte Petra und zeigte auf eine Sprühflasche. »Er wollte uns aus dem Weg räumen und auf dem Schrottplatz in der Presse verschwinden lassen«, ergänzte Petra.

Gabi stand auf. Sie bewegte sich noch etwas wackelig. Sie schlich ins Wohnzimmer und kam nach zwei Minuten wieder. Sie hatte ihre Waffe und ihr Telefon in der Hand. Die Polizistin startete ihr Telefon und informierte ihre Dienststelle.

»So, ihr drei, den Rest werdet ihr alleine schaffen, ich habe in einer Stunde noch einen Termin und muss jetzt los«, log Mattes. »Gabi, wann soll ich im Präsidium zur Befragung von Wegler sein?«

»Eigentlich ist alles klar. Wir brauchen dich nicht dabei. Mach dir einen schönen Abend«, antwortete sie.

»Wenn ihr das meint!«, entgegnete er enttäuscht und verabschiedete sich.

Als er auf dem Weg zur Bushaltestelle war, holte Petra ihn ein.

»Pit, du hast uns mal wieder aus der Scheiße geholt. Das war so wie in alten Tagen. Das hat mir gefallen. Danke Pit! Können wir weiterhin Fälle zusammen lösen?«

Eine Weile kam von Pit nichts, dann: »Ich glaube ja! Aber nur Zusammenarbeit, nicht mehr!«

»Einverstanden.«

Bevor Petra in ihr Auto stieg, gab sie Pit einen Kuss auf die Wange. Er stieg in den Bus und sah, wie etliche Polizeiautos vorbeirauschten.

Pit traf Mio im neuen ›Bücher&Lese-Café‹ an. Sie sortierte Bücher in die neu aufgestellten Regale. Er bekam nur einen flüchtigen Kuss. Sein Telefon klingelte.

Gabi rief an und berichtete, dass Frau Melis Yıldız Mümine auf dem Helmut-Schmidt-Flughafen verhaftet wurde. Sie wollte am Vormittag von Hamburg nach Paris fliegen und von dort weiter nach Südafrika. Sie hatte im aufgegebenen Gepäck eine Million Euro.

Pit half Bücher einzusortieren. Er nutzte die Gelegenheit, um in das eine oder andere Exemplar hineinzuschauen, und prompt wurde er getadelt.

Im Radio hörte Pit, dass der FC St. Pauli es nicht geschafft hatte, am Millerntor drei Punkte einzufahren. Das Spiel gegen den FC Erzgebirge endete 1:1. Pit schüttelte den Kopf.

Gabi und Petra riefen kurz nach achtzehn Uhr dreißig wieder an: »Günther Wegler hat ein Geständnis abgelegt. Pit du hattest wieder den richtigen Riecher. – Wegler war ein Mittelsmann, der in Deutschland die Verteilung des Falschgeldes organisierte. Seinen Boss will er uns nicht, ich meine, noch nicht, verraten. Auch über die Verbindung zum Auftragskiller wollte er nichts aussagen. Und dass, obwohl die Staatsanwaltschaft ihm einiges angeboten hat.«

»Verstehe! – Ja!«, kam vom Schriftsteller, und er machte eine Pause zum Überlegen.

»Ja – das verstehe ich. Ich vermute, ihr unterschätzt ihn. Er hat euch blauen Dunst vorgemacht. Der Knabe hat selber viel Dreck am Stecken und muss so oder so für lange Zeit in den Knast«, ergänzte er.

»Wieso?«, fragten Gabi und Petra fast gleichzeitig.

»Er ist der Mörder von Dirk Pohlmann.«

»Was? – Wieso? Nicht Doktor Abraham Extinctor?«, fragte Petra entrüstet.

»Nein, der Doktor übernahm die Leiche und brachte sie zur Louise-Schroeder-Straße. Dort legte er sie ab und hinterließ seine Visitenkarte.

Der eigentliche Drahtzieher im Hamburger Blütenfall ist oder war Günther Wegler. Er war der Kopf der örtlichen Organisation und übernahm eigenverantwortlich den Transport des Falschgeldes aus China und die Verteilung der Blüten vor Ort. Mittlerweile wurde ihm das Pflaster zu heiß, und er wollte sich absetzen.

Die drei Speditionsfahrer Ulrich Foerstner, Dietfried Hutmacher und Martin Wagner arbeiteten für Wegler. Frau Melis Yıldız Mümine gehörte mutmaßlich auch noch dazu. Das muss ihre Befragung ergeben.

Jedenfalls versteckten sie das Falschgeld auf dem Schrottplatz von Weglers Bruder, Clive Silver. Dort sollte das Geld in stabile Stahlbehälter gepackt und dann mit Schrottautos zusammen in der großen Schrottpresse zu Eisenblöcken verarbeitet werden. Dass der russische Künstler die Eisenblöcke rot anmalte, war nur zur Tarnung und eigentlich ein super Nebeneffekt.

Sie wollten fünfundzwanzig Schrottblöcke nach Afrika verschiffen. Den Auftrag sah ich in der Spedition.

Da kam aber etwas dazwischen. Ein Karton fehlte. Den hatte Pohlmann entwendet und im Karateklub für sich requiriert.

Die drei Speditionsfahrer durchsuchten die Reederei nach dem fehlenden Geschirrkarton. Dabei erfuhren sie vom Vorarbeiter, vom Zollfahnder Pohlmann.

Was sie aber nicht wussten, dass Pohlmann wiederum sie beobachtete. Er war gierig geworden. Die Spur zu Wegler war dann ein Kinderspiel für ihn.

Er verfolgte Wegler bis zu seiner Saseler Wohnung. Was dort vorgefallen ist, kann uns nur Wegler selber erläutern. Jedenfalls wurde Pohlmann in dieser Wohnung erschossen.

Die Blutspuren in der Küche vor der Spüle kommen mit Sicherheit von Pohlmann.

Gabi, das wird die Spurensicherung dir bestätigen.

Das blutige Taschentuch aus Weglers Waschmaschine, das in der Eilbeker Wohnung gefunden wurde, unterstützt nur, dass er die Tötung durchführte«, kam von Mattes.

Mio schmiegte sich stolz an Pit und reichte ihm einen Becher mit Tee. Er nickte ihr dankend zu und lächelte sie an. Sie gab ihm einen flüchtigen Kuss auf die Wange. Dadurch entstand eine Pause.

Gabi ergriff das Wort: »Die Blutspur wurde von unseren Spezialisten untersucht, sichergestellt und an die forensische Abteilung gegeben. Ich rechne damit, dass wir in einer oder zwei Stunden ein Ergebnis bekommen.«

Wieder eine Pause: »Entschuldige Pit. Willst du fortfahren?«, fragte Gabi.

Pit nahm grübelnd einen Schluck Tee und setzte seine Erklärung fort: »Pohlmann tauchte bei Wegler in Sasel auf und erpresste ihn. Er musste Wegler äußerst provoziert haben, denn er wurde von ihm aus nächster Nähe erschossen. Dreimal drückte Wegler ab, ohne direkt zu zielen. Es war eine Affekthandlung, keine geplante Tötung. Dafür spricht, dass Pohlmann durch Blutverlust starb, nicht an den Verletzungen der Projektile.

Pohlmann wurde dort in der Küche getötet. Ich glaube nicht, dass Wegler Kontakt mit dem Auftragsmörder hatte. Das lief bestimmt über eine uns noch nicht bekannte zentrale Person im In- oder Ausland.

Wegler wusste, dass Pohlmann zur Zollfahndung gehört. Er wusste aber nicht, wie tief seine Dienststelle eingebunden war.

Der Plan mit den Geld-Eisenkugel-Schrottblöcken für Afrika war ihnen nicht mehr sicher genug und wurde nicht weiterverfolgt. Sie setzten dem noch eins drauf und legten einen Zettel mit ›NIETE‹ in jede Kugel.

Wegler versteckte und bunkerte die Blüten irgendwo in der Wohnung oder in der unmittelbaren Umgebung. Er selber wollte sich mit einem Teil des Geldes wahrscheinlich auch nach Südafrika absetzen.

Die Wohnung von Dirk Pohlmann wurde auf den Kopf gestellt. Erst von den Gangstern, dann von der Polizei. Beide Parteien bekamen keine Anhaltspunkte.

Kommen wir zum Geld«, referierte Mattes und nahm einen Schluck aus dem Teebecher.

Gabi nutzte die Pause: »Im Schlafzimmer fand die Spurensicherung eine versteckte Reisetasche mit einer Million Euro und einem Flugticket über Paris nach Kapstadt. Zurzeit wird untersucht, ob es sich um Falschgeld handelt.

In den Kellerräumen, die für die Wohnung vorgesehen waren, wurde eine Doppelwand entdeckt. Dahinter wurden mehrere Plastikbehälter, gefüllt mit Fünfzig-Euro-Scheinen, gefunden. Der Fund wird noch ausgewertet. Die

Kollegen zählten zwanzig Millionen sechshundertdreißig-
tausend Euro«, schob Gabi dazwischen.

»Das erklärt den Verbleib des Falschgeldes. Etwas über
vier Millionen Euro von der Summe fehlen. Wir können
davon ausgehen, dass Weglers Bruder eine Million mit
nach Südafrika genommen hatte. Frau Melis Yıldız Mümine wollte mit einer nach Afrika folgen und Pohlmann
entwendete im Vorwege schon eine Million Euro. Einen
Anteil haben die drei geflohenen Speditionsfahrer bekommen. Mit der Million aus der Reisetasche von Wegler sind
die fünfundzwanzig Millionen komplett. Das passt auch
zum Gewicht, das wir mathematisch ermittelt haben«,
schloss Pit seinen Bericht ab.

Pit gab den leeren Becher an Mio weiter, die ihn nachfüll-
te. Sie lächelte ihn an, als sie das Trinkgefäß zurückgab.

›Mattes hat mal wieder den Nagel auf den Kopf getroffen.
Warum bin ich nur nicht darauf gekommen?‹, ärgerte sich
Gabi.

»Pit, deine Ausführungen werfen ein vollkommen anderes Bild auf Wegler.

Alles, was du sagst, ist plausibel und fügt sich in den
Sachverhalt ein. Es wird allerdings nicht leicht sein, die
Nachweise oder Beweise dafür zu bringen. Zumal wir die
Waffe, mit der Pohlmann erschossen wurde, nicht fan-
den«, führte Petra aus.

»Okay, Pit. Wir wollen gleich noch einmal Günther
Wegler befragen und werden deine Aspekte mit einfließen
lassen. Pit, dürfen wir dich weiterhin anrufen?«

»Natürlich!«

›Wir hätten Mattes ins Präsidium mitnehmen sollen. Beim nächsten Mal muss er mit‹, grollte Gabi.

Die beiden Frauen verabschiedeten sich.

»Gut gemacht! Ich bin richtig stolz auf dich, Pit. Du hast die beiden Frauen ganz schön angezählt, aber ohne ihnen einen Vorwurf zu machen oder sie zu kränken. Das war spitze!«, äußerte sich Mio und streichelte ihm über die Wange.

Um zwanzig Uhr dreißig klingelte erneut das Festnetztelefon. Mio nahm ab und stellte gleich auf laut. Pit setzte sich zu Mio. Gabi und Petra riefen an.

»Zwei Sachen wollen wir mit dir abklären oder dich informieren.

Die Forensik bestätigte deinen Verdacht. Das Blut in der Küche bei Wegler stammt von Pohlmann. Wir konfrontierten ihn damit und er packte aus.

Alles das, was du uns vor zwei Stunden unterbreitet hattest, ist korrekt. Er hat es zugegeben und seine Aussage unterschrieben. Perfekt – wir können den Fall abschließen.

Kommen wir zum zweiten Punkt: Mein Chef ist von deinen Leistungen beeindruckt. Er will morgen um zehn eine Pressekonferenz abhalten. Er möchte, dass du mit dabei bist. Allerdings wissen wir noch nicht, wo das stattfinden soll. Im Polizeipräsidium werden am Wochenende die Räume technisch überarbeitet und instand gesetzt. Wir suchen eine Lokation. Pit, sobald eine gefunden wurde, bekommst du von mir eine SMS«, berichtete Gabi.

»Einverstanden, ich mache mit. Und die Konferenz können wir hier im ›Bücher&Lese-Café‹ durchführen«, kam von Pit, denn Mio hatte ihm ein entsprechendes Zeichen gegeben.

Mio grinste, nachdem der Hobbykriminalist aufgelegt hatte. Er konnte erkennen, wie sie von ihrem Mobiltelefon Susanne eine SMS schickte.

»Pit, kannst du mir den gesamten Fall erläutern und mir erklären, um was es überhaupt geht? Oder soll ich auf dein Manuskript warten?«, fragte Mio.

»Ich werde dir das erörtern. Komm wir setzen uns ins Wohnzimmer. Auf der Couch ist es bequemer.«

»Ja, aber nur, wenn du mich ins Bett bringst, falls ich wieder einschlafe.« Pit musste lachen.

»Fangen wir von vorne an:

Eine chinesische Druckerei fertigt mit großem Aufwand fast perfekte Fünfzig-Euro-Scheine. Die sind so perfekt, dass nur speziell ausgebildete Finanzleute sie von echten unterscheiden können. Der europäische Finanzausschuss … Die Spedition kam und holte das Geschirr ab. Auch dieses Mal war Langmann dabei. Die Anzahl der Kartons mit Geschirr passte. Aber es fehlte ein Geldkarton. Die Männer von der Spedition setzten Langmann unter Druck. Dabei musste er ein paar Schläge einstecken. Ob er weiter bedroht wurde, können wir nicht mehr rekonstruieren. Langmann untersuchte den Fall und musste die Zusammenhänge erkannt haben. Das war sein Todesurteil.«

»Aber warum ist dann der Reederei-Knabe, wie hieß er doch mal, Langmann, ja Langmann, nicht zur Polizei gegangen?«, fragte Mio interessiert.

»Das lässt sich aus einem Brief erklären, den er an seine Sekretärin schrieb. Langmann war davon ausgegangen, dass sein früherer Schulkamerad Otto Kleinig in den Geldtransport verstrickt war. Er wollte ihn nicht gleich ans Messer liefern, sondern mit ihm darüber reden. Langmann erwartete ihn in seiner Wohnung. Es kam aber sein Killer«, erklärte der Hobbykriminalist.

»Du bist genial! Erzähle weiter!«, forderte sie ihn auf.

»Ja – den Gangstern fehlte ein Karton Geld. Das waren immerhin eine Million Euro. Also ein Betrag, den man schon zurückhaben möchte.

Wir wissen, dass sie nach ihrem Geschirrtransport noch einmal bei der Reederei vorbeischauten. Der Lagerist berichtete uns, dass denen ein Paket abhandengekommen war. Er erzählte den Speditionsleuten, dass ein Zöllner da gewesen war und eine Packung mitgenommen hatte. Damit schließt sich der Kreis zum dritten Mord. Die drei Erfüllungsgehilfen der Spedition wurden nach Finnland in den Urlaub geschickt und tauchten unter. Dementsprechend sind sie aus unserer Reichweite. – Der erste und der zweite Mord wurden von dem sogenannten ›Doktor Abraham Extinctor‹, dem Typen mit der goldenen Visitenkarte, durchgeführt.
Es sieht so aus, als wenn er für Organisationen unterwegs war oder besser noch ist. Denn die goldenen Visitenkarten sind in Rom, Paris, Lyon, Brüssel, Amsterdam und natürlich hier in Hamburg aufgetaucht. – Eine Razzia in der Spedition und eine in der Reederei waren erfolglos. Das Falschgeld war und blieb verschwunden. Lediglich in der Brieftasche von Otto Kleinig fanden sie einen falschen

Fünfziger und im Bulli von Frau Malberg fand die Polizei eine Blüte. Damit hatte Frau Sommer Verdächtige. Gabi schickte die beiden auch gleich in die Untersuchungshaft. Den Rest hast du vorhin in der Telefonkonferenz mit Gabi und Petra mitbekommen.«

»Und wie geht es jetzt weiter?«

»Die Finanzbehörden aus Frankreich, Belgien, Italien und Deutschland rechnen mit einem steigenden Aufkommen von falschen Fünfzig-Euro-Scheinen. Wahrscheinlich sind bereits einhundertachtzig Millionen Euro Falschgeld im Umlauf. Die regionalen Behörden müssen den Falschgeldfluss aus China stoppen und die örtlichen Handelsketten zerschlagen. Auf politischem Weg sollte man mit den Chinesen sprechen, um die Herstellung der Blüten zu unterbinden. – Und dann ist da noch der Auftragsmörder. Da seine Visitenkarte auf Deutsch geschrieben ist, vermute ich, dass er von hier ist. Dafür spricht auch, dass er für die Beseitigung der Pohlmann-Leiche eingesetzt wurde. Der Kopf, der die gesamten Aktionen steuert, wird irgendwo in Europa sitzen und eigene Informanten haben. Ich gehe davon aus, dass er Kontakt zu Wegler und zum Doktor Abraham Extinctor hatte.«

»Oder es ist eine ›Sie‹, dein unbekannter Chef.«

»Ja, da hast du recht. Darüber müsste ich mal nachdenken!«

»Pit – das war spannend. Und ich bin nicht eingeschlafen …«

»Soll ich dich ins Bett bringen?«, fragte Pit.

»Mm, ja – das wäre schon was!«

Pit stand auf, zog Mio vom Sofa und nahm sie auf seinen Arm. Der Weg ins Schlafzimmer war nicht weit. Mio lachte.

25

Mio und Pit gingen nach ihrem Frühstück eine Etage tiefer ins ›Bücher&Lese-Café‹.

»Moin Susanne, moin Thomas. Ich habe den Eindruck, ihr wohnt inzwischen schon hier unten«, sagte Pit.

»Na, ganz so schlimm ist das nicht. Bäcker und Konditoren sind Frühaufsteher. Außerdem gehen wir früh ins Bett«, erwähnte Susanne und grinste Thomas an.

Der Schriftsteller und der Bäcker holten aus dem Keller Tische und Klappstühle für die Pressekonferenz.

Als alles aufgestellt war, kamen Mio und Susanne auf Pit zu. »Wir haben was mit dir zu bereden«, kam von Susanne.

»Susanne und ich haben vorhin beschlossen, dass du, der Wortgewandteste, morgen die Begrüßungsrede halten sollst«, bemerkte Mio.

»Ach so! Und …«

»Ich hätte jetzt ein ›verstehe!‹ von dir erwartet. – Mm – auf jeden Fall bekommst du von mir einen dicken Kuss, wenn du das machst!«, schmeichelte Mio.

»Von mir auch«, schloss sich Susanne an.

»Einverstanden!«

Im Radio wurde ein Sturm mit Orkanböen und eine Sturmflut angekündigt.

»Pit, hast du dir die Textstellen im Buch angeschaut, die ich für dich ausgesucht habe? Und bist du dir sicher, dass dein Volksvertreter überhaupt morgen kommt?«

»Warum nicht, die Wahlen sind vorbei, und er hat es mir versprochen.«

»Versprechen und Politiker, das sind doch zwei unterschiedliche Welten.«

»Keine Angst, ich bin davon überzeugt, dass er mit fünfzehn Minuten Verspätung hier auftauchen wird. – Und deine Markierungen im Buch schaute ich mir an. Noch was, Gabi wird kommen und ihre Dialoge lesen. Ich habe ihre Texte markiert und ihr das Buch in die Hand gedrückt.«

»Und du bist dir sicher, dass sie kommt?«

»Ja, sehr sicher sogar!«, antwortete er und lächelte Mio an.

»Pit, Susanne, da fällt mir gerade noch was ein: Heute Morgen hat Hein Knutzen zu den Lesungen am 11. und 12. November zugesagt. Er wird aus seinem Buch ›Hein Knutzen und das Hexenhaus in Niendorf‹ vorlesen und von seinen neuen Projekten berichten. Er ist auch bereit, eine Autogrammstunde anzuhängen. Wenn er es schafft, kommt er morgen zur Eröffnung vorbei.«

Um neun Uhr dreißig wurde es zum ersten Mal richtig voll im neuen ›Bücher&Lese-Café‹.

Gabi stellte ihren Chef, Jürgen Biestmann, vor, der ganz lässig gekleidet war und einen entspannten Eindruck bei Pit hinterließ. Auch der Pressesprecher der Polizei war mit von der Partie. Seine leuchtenden und neugierigen Augen faszinierten Mattes.

Petras Vorgesetzter, Dieter Gleis, war dagegen angespannt. Schon bei der Begrüßung bemerkte Mattes, dass der sechzigjährige Beamte sich nicht wohlfühlte.

»So, Frau Sommer, Frau Burgstaller und Herr Mattes, dann erläutern Sie uns den Sachverhalt in der Mordserie. Am besten ganz von vorne.
Ich muss in einer halben Stunde der Presse was Schlüssiges präsentieren. Ich mache mir nebenbei ein paar Notizen. Wer will anfangen?«, forderte Herr Biestmann auf.

Gabi, Petra und Pit stellten innerhalb von zwanzig Minuten dar, was in den letzten vierzehn Tagen alles passiert war und wie die Ermittlung ablief. Pit stellte die jeweiligen Ermittlungsergebnisse in den Vordergrund. Am Schluss erwähnte Pit die gute Zusammenarbeit zwischen Zoll und Kriminalpolizei. Herr Gleis sah überrascht auf.

»Danke, eine ausgezeichnete Leistung. Mir gefällt auch die Kooperation zwischen Zoll und Polizei. – Wir sollten jetzt noch einen Kaffee trinken und dann alles auf uns zukommen lassen«, sagte Biestmann und schaute bittend zu Mio und Susanne hinüber. Pit musste grinsen.

Während alle sich einen Kaffee holten, ging Mattes zur Teekanne, die auf einem Stövchen stand, und füllte sich einen Becher Tee ein.

Pit merkte, dass auf einmal Herr Gleis neben ihm stand.

»Möchten Sie auch einen Tee?«, fragten Mattes.

»Nein danke, vielleicht später. – Herr Mattes, ich habe erfahren, dass Sie als Berater für die Polizei arbeiten. Ich weiß von Frau Burgstaller, dass Sie faktisch den Fall gelöst haben. Frau Burgstaller hält große Stücke auf Sie. Ich möchte Sie fragen, ob Sie sich vorstellen könnten, auch die Zollfahndung zu beraten?«

»Herr Gleis, ich kann mir durchaus vorstellen auch für den Zoll zu arbeiten. Sie müssen aber wissen, ich bin Schriftsteller und meine Erlebnisse bringe ich zu Papier.«

»Das ist mir bekannt. Ich kenne Ihre Bücher. Besser gesagt, meine Frau ist ein großer Fan von Ihnen und hat alle Ihre Bücher gelesen. Im letzten Urlaub las ich den ›Eisbaron‹. Alle Achtung, große Klasse. Ich werde in meinem Ruhestand mehr von Ihnen lesen.«

»Danke Herr Gleis, kommen Sie gerne auf mich zu, wenn Sie einen interessanten Fall haben.«

Wie auf Kommando füllte sich der Raum. Pünktlich um zehn Uhr fünfzehn standen der Verantwortliche für die Öffentlichkeitsarbeit der Polizei und Kriminalrat Biestmann auf und begrüßten die zwanzig Medienvertreter und Vertreterinnen. Mattes erschrak, als die ersten Blitzlichter ihrer Kameras aufleuchteten.

Der Pressesprecher der Polizei übernahm die Moderation. Sehr souverän erläuterte Biestmann den Sachverhalt der drei Morde und die entsprechenden Ermittlungsergebnisse.

Im Anschluss hatten die Journalisten noch Zeit, Fragen zu stellen. Kurz vor Ende der Pressekonferenz fragte ein Journalist vom Hamburger Abendblatt, warum diese Veranstaltung in diesem Café stattfand. Der Moderator wies auf den Besprechungsraum-Engpass im Polizeistern hin.

»In diesem Zusammenhang möchte ich mich bei Mio Takahashi und Susanne Offner bedanken, die uns diese Räumlichkeiten und das herrliche Ambiente zur Verfügung gestellt haben«, bedankte er sich.

Bei der Verabschiedung von Herrn Gleis konnte Mattes ihm doch noch ein Lächeln auf die Lippen zaubern, da er ihm eine Autogrammkarte mit einer Widmung für seine Frau mitgab.

Mattes hatte einen Stapel Flyer zur ›Bücher&Lese-Café‹-Eröffnung auf den Tisch am Ausgang gelegt. Als die Gäste weg waren, waren die Handzettel auch weg.

26

Mio war aufgeregt und lief ständig hin und her. Pit fing sie ein, hielt sie in seinem Arm und gab ihr einen Kuss.

»Das war eine stürmische Nacht. Ich habe nicht gut geschlafen, der Wind heulte und dann hörte man, wie die Feuerwehr oder Polizei zu ihren Einsätzen fuhr. Im Radio berichteten sie eben, dass das Sturmtief ›Herwart‹ den nördlichen Teil Deutschlands fest im Griff hat«, erzählte Mio.

»Ja, das habe ich mitbekommen. Dafür durftest du aber eine Stunde länger schlafen. Diese Zeitumstellungen sind grotesk«, entgegnete Pit.

»Da gebe ich dir recht. Ich brauche immer mindestens eine Woche, bis ich mich daran gewöhnt habe.«

Alle Vorbereitungen waren abgeschlossen. Susanne und Thomas waren schon früh da und stellten Stühle auf. Die kleine Bühne hatte Mattes gestern Abend aus drei Holzpaletten und zwei Sperrholzplatten darauf aufgebaut.

In der Nachrichtensendung berichteten sie von einem Erfolg der Hamburger Polizei, die in Zusammenarbeit mit dem Zoll einen Geldfälscherring zerschlagen hat und dass eine größere Menge Falschgeld beschlagnahmt wurde.

Die ersten Gäste rückten um viertel vor zehn an. Mio und Pit begrüßten die Besucher am Eingang mit einem Getränk.

Petra kam in einem bunten Kleid. Mio umarmte sie bei der Begrüßung. Kurz danach tauchten Gertrud Malberg und Doktor Rechtler, Arm in Arm, auf. Sie brachten ein großes lackiertes Holzschild mit. Darauf war ›Bücher&Lese-Café‹ geschnitzt worden.

»Springer auf B6 und Schach!«, sagte Harald zu Pit und griente ihn an.

»Verstehe!«, antwortete Pit. Erst als sie an ihm vorbei waren, grinste er auch: ›Gelungen, er ist in die Falle getappt. In sechs Zügen ist er Matt!‹

Ein sympathischer Mann kam auf Pit zu und stellte sich als Hein Knutzen, Schriftsteller und Druide, vor. In seiner Begleitung war Anna Santos. Diese charmante Frau war von einer nicht zu beschreibenden Aura umgeben. Mattes nahm sich vor, ein Hein-Knutzen-Buch zu lesen. Zumal er welche im vorderen Bücherregal gesehen hatte.

Zwei Frauen und ein Herr stellten sich als Journalisten vor, die über die Veranstaltung berichten wollten.

Werner und Bettina Rede brachten zur Eröffnung einen herbstlichen Blumenstrauß mit.

Es waren wesentlich mehr Leute gekommen, als alle erwartet hatten. Die Anzahl der Stühle reichten nicht aus. So mussten einige stehen.

Natürlich kam der Politiker eine viertel Stunde später.

»Moin Niels! Schön, dass du es geschafft hast«, begrüßte Pit den Volksvertreter.

»Pit, wie geht es dir?«, fragte Niels.

»Jetzt, wo du da bist, geht es mir gut.«

»Sag mal, Pit, wer ist diese attraktive Dame dahinten, die, mit der du gerade gesprochen hast?«

»Du meist Gabi. Sie heißt Gabriele Sommer und ist Beamtin bei der Hamburger Kripo. Soll ich euch bekannt machen? – Dann komm.«

»Gabi, ich möchte dir Niels vorstellen. Niels, das ist Gabi. Sie ist die Kommissarin und eine Hauptfigur in meinen Kriminalfällen. Das wirst du aber gleich noch erfahren.«

Mio zog an Pits Jacke. Er verstand.

»Tut mir leid, ich werde dort drüben gebraucht …«

»Pit, ist das dein Politiker, der nachher aus seinem Buch lesen soll?«

»Ja, das ist Niels«, antwortete Pit.

»Na ja! Da bin ich aber gespannt!«

»Mach dir keine Sorgen, das passt schon!«

»Dann geh du mal los und übernimm die Begrüßung!«

»Moin zusammen! – Meine Damen und Herren! Herzlich willkommen zu unserer kleinen Einweihungsfeier im ›Bücher&Lese-Café‹. Ich habe die ehrenvolle Aufgabe bekommen die Begrüßung zu inszenieren und die heutige Veranstaltung zu moderieren.
Zuerst werde ich Ihnen die Hauptakteure vorstellen. Für den kulinarischen Teil sind Susanne Offner und Thomas Eberhardt verantwortlich. Die literarische Leitung hat meine geschätzte Mio Takahashi. – Wie ist es zu diesem ›Bücher&Lese-Café‹ gekommen?«

Mattes berichtete, allerdings sehr gekürzt, über die Entstehungsgeschichte des Cafés.

»So, nachdem Sie jetzt alle den Grund dieser Veranstaltung erfahren und einen Aperitif genossen haben, werden Gabriele Sommer und ich aus dem Buch ›Pit Mattes und der Winter-Mord‹ in verteilten Rollen vorlesen«, kam von ihm und er hielt den angesprochenen Krimi hoch.

»Wie immer, daran wird hier auch weiterhin festgehalten, können Sie im Anschluss dieses Taschenbuch käuflich erwerben. Wobei Sie heute die einmalige Chance haben nicht nur mein Autogramm zu bekommen, sondern auch die Unterschrift der Kommissarin zu ergattern. Anschließend werden Susanne und Thomas Sie mit Kaffee und Kuchen verwöhnen. – So gegen dreizehn Uhr kommen wir zu einem weiteren Höhepunkt. Wir haben heute einen politischen Gast in unseren Reihen, der aus seiner Biografie vorlesen wird. – Niels wink mal, damit alle dich sehen können. Niels Zwink, das ist der schmucke Herr da drüben, der sich mit der Kommissarin unterhält. – Kommen wir zum ersten Teil. Gabi, darf ich dich hierher auf unsere provisorische Bühne bitten?«

Gabi kam nach vorne und setzte sich in den Sessel, der für sie vorgesehen war. Pit blieb stehen. Die Passage, die Mio ausgesucht hatte, hatte er bereits etliche Male vorgelesen, er konnte sie auswendig. Anstandshalber behielt er das Buch in der Hand und schmiss hin und wieder einen Blick auf den Text.

... »Ihr Flieger startet um sechzehn Uhr dreißig, eine Stunde muss sie vorher da sein, und eine Stunde muss sie bis zum Flugplatz mit einem Taxi rechnen. Sie wird spätestens um vierzehn Uhr dreißig hier auftauchen«, erklärte Mattes und sein breites Grinsen nervte sie. Sie wusste aber, dass er auch dieses Mal recht haben wird.

»Das heißt, wir sitzen hier noch eine Stunde herum?«

»Maximal. Setzten Sie sich in den Sessel, ich muss noch über was nachdenken«, forderte Mattes sie auf und ließ sich auf dem Sofa nieder.

Nach einer halben Stunde hielt sie es nicht mehr aus: »Über was müssen Sie denn nachdenken? Ich dachte, der Fall ist für Sie geklärt.«

Es dauerte noch einmal fünf Minuten, bis Pit Mattes sich bequemte zu antworten: »Ja, der Fall ist geklärt. Sie brauchen nur noch die Täterin festsetzen und dann die Früchte unserer Arbeit ernten.«

»Und Ihr Problem?«

»Doktor Rechtler hat mich in einen Hinterhalt gelockt. Und ich bin darauf hereingefallen. Ich weiß, dass es einen Ausweg gibt. Ich habe noch nicht alle Möglichkeiten durchdacht.«

»Häh?«

»Entschuldigen Sie, wir spielen Schach. Heute bin ich am Zug. Bis zwanzig Uhr habe ich Zeit, ihm meinen Zug zu mailen.«

»Aa!«

Es trat wieder Ruhe im Raum ein. Mattes hatte sich gerade auf seinen Schachzug konzentriert, als ein Schlüssel in die Haustür gesteckt wurde. Frau Winter betrat den Flur. Die schlanke adrette Frau war bestimmt zehn Jahre jünger als ihr Mann. Sie ging gleich in das Wohnzimmer und war etwas überrascht, Gabi und Pit zu sehen. Die Kommissarin stellte uns vor und bat Frau Winter, sich zu setzen, um uns einige Fragen zu beantworten.

Mattes merkte, wie sich ihr Blutdruck nach oben be-wegte. Frau Sommer glaubte immer noch nicht an die Schuld von Frau Winter.

»Wo waren Sie am Sonnabend, den 3. Dezember, zwischen achtzehn und neunzehn Uhr?«, fragte sie.

»Das geht Sie nichts an!«

»Frau Winter, wir können uns auch auf dem Präsidium unterhalten.«

»Na und, ich habe Zeit. Meinen Mann haben Sie ja schon festgenommen, warum nicht auch mich.«

›Woher weiß sie das denn?‹, grübelte Pit.

Gabriele Sommer nickte und verhaftete offiziell Frau Winter. In dem Moment, als sie Frau Winter die Handschellen anlegen wollte, stand ein Mann mit einer automatischen Waffe in der Hand neben der Tür: »Heben Sie ganz langsam die Hände hoch. Und keine Mätzchen!«

Die Kommissarin war anfänglich in einer gewissen Schockstarre, während Mattes die Hände gleich nach oben richtete.

›Der Kerl sieht aus, wie aus einer Muckibude entlaufen. Wahrscheinlich mehr Muskeln als Hirn‹, ordnete Mattes ihn ein. ›Aber durchaus gefährlich, besonders mit einer Knarre in der Hand.‹

»Wird's bald, oder braucht die Lady eine extra Einladung? Und jetzt legen Sie Ihre Wumme auf den Tisch. Aber nur mit zwei Fingern das Eisen anfassen.«

Die Kommissarin gehorchte. Sie holte ihre Walther P99 aus ihrem Schulterhalfter und legte sie auf den Tisch.

»Und jetzt möchte ich eure Handys auf dem Tisch sehen.«

Dieses Mal musste Pit Mattes auch aktiv werden und sein Smartphone herausholen.

»Sehr schön! Jetzt kommen Sie hierher zur Treppe. – Elisa, komm bitte hierher und bring die Handschellen mit. – So, Frau Kommissarin, dann stecken Sie mal Ihren Arm hier durch das Treppengitter.«

Der Mann mit der Waffe, Mattes schätzte ihn auf vierzig Jahre, verband mit den Handschellen die Hände von Frau Sommer und Mattes. Sie waren durch das Treppengeländer aneinandergebunden.

Frau Winter lachte schelmisch: »Damit haben Sie nicht gerechnet, dass Hendrik hier auftaucht. Ich sehe gerade, Sie wussten gar nicht, dass es ihn gibt. Das ist ja geil!«

Sie glitt zu ihm hin und tätschelte seine muskulöse Brust. Er grinste sie an.

»Jetzt hängen sie fest, wie die Fliegen am Fliegenfänger. Aber keine Angst, morgen früh um acht Uhr kommt das Hausmädchen, hahaha. Sie haben nicht damit gerechnet, dass ich meinen Liebhaber mitbringe. Ach ja, ich vergaß, Sie wussten ja gar nichts von ihm.«

»Sie hatten gar nicht vor, Ihren Mann mit nach Rio zu nehmen«, warf Mattes ein.

»Woher denn, der Schlappschwanz ist so langweilig wie sein juristischer Kram. Da ist nichts zum Anfassen dran«, sagte sie und fasste ihrem Hendrik beherzt zwischen die Beine. Er sah sie schmachtend an.

»Ja, du bekommst noch vorher deine ...«

»Warum haben Sie Ihren Schwager mit dem Dolch erstochen?«

»Der Möchtegern litt unter einer permanenten Geldknappheit. Kurt hat ihm schon immer unter die Arme gegriffen, nur damit er nicht wieder hier einzieht.

Leider hat er Hendrik und mich knutschenderweise im Alex gesehen. So kam er am Sonnabend früh hier vorbei. Ich topfte gerade Blumen um und Kurt war beim Bäcker. Mein Schwager wollte zehntausend Euro von mir. Da nahm ich den Dolch, der auf dem Sideboard lag, und nagelte ihn im Sessel fest.

Als Kurt wiederkam, erzählte ich ihm, dass er zudringlich wurde. Es war seine Idee, zu sagen, dass ich mit beim Bäcker war. Und im Laden haben sie mich doch tatsächlich auch gesehen.«

Sie hatte immer noch ihre Hand an seiner Hose.

»So, genug gequatscht. Ich bestelle jetzt das Taxi für vierzehn Uhr dreißig und räume Kurts Sachen aus dem Koffer. Hendrik, wir haben dann noch eine halbe Stunde Zeit für ein paar Schweinereien«, sagte sie, griff noch mal in die Hose und stapfte die Treppe nach oben.

Hendrik grinste immer noch, ging zu Frau Sommer und griff ihr an den Hintern und an ihren Busen.

»Hendrik, kommst du, und bring den Koffer von Kurt mit nach oben.«

»Ja, ich komme«, rief er und holte den Koffer. Als er die Treppe hinaufging, flüsterte er: »Schade Schätzchen, dir hätte ich gerne einen verpasst.«

Erst als er oben ankam, zupfte die Kommissarin ihren BH wieder zurecht.

»Was wollten Sie mit dieser Fragerei erreichen?«

»Ein Geständnis und etwas Ablenkung«, flüsterte Mattes.

»Geständnis, Geständnis«, äffte sie ihn nach.

»Wozu? Das hilft uns nicht weiter hier.«

»Ich hatte auf meinem Smartphone die Diktierfunktion gestartet. Damit können wir sie überführen.«

»Das nutzt uns aber nichts, wir sitzen hier fest. Diktierfunktion, hat Ihr blödes Ding nicht einen Notruf?«

Von oben kamen Geräusche, die nichts mit Koffer aus- oder einpacken zu tun hatten.

Mattes grinste, denn er hatte noch ein Ass im Ärmel.

SONNTAG, 29.10.2017, 12:00 UHR, EPPENDORF, BÜCHEREI:

»So, an dieser Stelle hören wir auf zu lesen. Das machen wir nicht, weil wir erschöpft sind, sondern damit Sie einen Grund haben, das Buch zu kaufen. Ich verspreche Ihnen, es bleibt spannend.«

Mattes legte das Buch zur Seite und schaute ins Publikum.

Gabi und Pit beantworteten noch eine halbe Stunde Fragen aus dem Publikum. Anschließend stellte Susanne ihre Torten vor. Mio, Thomas und Pit hatten alle Hände voll zu tun, um die Gäste zu bedienen.

Gegen dreizehn Uhr holte Pit den Politiker auf die Bühne, der eine halbe Stunde aus seinem Buch einige Abschnitte vorlas.

»Jetzt kenn ich das Geheimnis, warum dein Politiker hierherkommt«, flüsterte Mio Pit ins Ohr.

»Na?«, fragte Pit.

»Das hast du geschrieben, das ist ganz dein Stil. Nur deine Sätze in den Krimis sind viel kürzer.«

»Das bleibt aber unter uns«, flüsterte Pit zurück und musste grinsen.

»Natürlich!«, sagte sie und gab ihm einen Kuss.

»Danke für den Beifall!«, kam von Niels.

»Ich wollte sichergehen, dass mich alle beim Lesen wiedererkennen. Diesen Satz habe ich allerdings von Olaf Scholz, unserem Bürgermeister, geklaut. Er sagte ihn, als er sein Buch ›Hoffnungsland – Eine neue deutsche Wirklichkeit‹ im März vorstellte. Aber der Satz gilt auch für mich«, erklärte Niels etwas selbstironisch.

Das Publikum klatschte noch einmal Beifall.

Damit war der offizielle Teil der Veranstaltung zu Ende. Die ersten Gäste verabschiedeten sich und gingen.

Der Letzte ging um achtzehn Uhr. Alle Kuchen- und Tortenplatten waren blank.

Mio, Susanne, Thomas und Pit räumten eine gute Stunde auf.

Pit setzte sich anschließend auf seinen Stammplatz. Mio brachte ihm seinen Becher mit Tee und einen Kaffee für sich.

»Klasse, das war ganz große Klasse. Pit, Mio, ich habe noch was für euch beide sichergestellt. Einen Augenblick, ich muss kurz mal in die Backstube verschwinden.«

Susanne lief in Mios alte Wohnung und kam mit zwei Tellern zurück.

»Ich habe für euch zwei Stückchen Torte sichergestellt. Pit, das ist mein neuer Nugatkuchen. Davon sind vier Torten verkauft worden.«

Mattes war kein großer Kuchen- oder Tortenesser. Aber Nugat, dafür schwärmte er. Als Susanne mit dem Kuchen kam, bekam er leuchtende Augen, und in Mios Augen bildete sich auch Flüssigkeit.

Kapitel 26

27

Als Pit vor die Tür schritt, bekam er einen Schreck. Es hatte sich über Nacht abgekühlt. Das Thermometer zeigt vier Grad. Dafür war aber der Himmel klar, und man konnte sehen, dass die Sonne aufgeht.

›Das wird ein schöner Tag heute‹, überlegte er. ›Zumindest das Wetter!‹

Thomas und Susanne waren bereits im ›Bücher&Lese-Café‹, als Mio und Pit dort eintrafen. Es roch nach frischen Brötchen, Franzbrötchen und vielen anderen Köstlichkeiten. Vor dem gemeinsamen Frühstück brachten Thomas und Pit noch die Stühle, die für die Lesung gebraucht wurden, in den Keller.

Mio machte das Radio an. Es spielte ›Just Give Me a Reason‹ von ›Pink, Nate Ruess‹.

Das Frühstück verspeisten sie alle an einem großen Tisch, der in der Mitte des Cafés stand. Natürlich wurde über den Eröffnungstag diskutiert.

Susanne erklärte, dass sie sich eine größere Wohnung suchen wollte. »Meine zwanzig Quadratmeter sind einfach zu eng für zwei.«

»Das wusste ich, dass das kommen wird. Und deshalb habe ich schon mit Frau Renate Maier gesprochen. Sie wohnt oben neben den Schmidts. Ihre Wohnung ist achtzig Quadratmeter groß. Um es vorwegzunehmen: Sie würde mit euch tauschen. Ihr dürft euch die Räumlichkeiten anschauen«, berichtete Pit.

»Frau Maier? Die sah ich noch nie! Ja! Unten an den Klingeln habe ich den Namen gelesen. Aber begegnet ist sie mir noch nie!«, kam verwundert von Susanne.

»Ich habe sie im Treppenhaus schon mal getroffen. Das war vor ungefähr einem Jahr, auch im Herbst. Sie erzählte mir, dass sie hauptsächlich bei ihrer Tochter in Bielefeld wohnt, um auf die Kinder aufzupassen. Aber ihre Wurzeln sind in Hamburg. Und darum will sie die Wohnung nicht aufgeben. Pit, du kennst sie besser«, erzählte Mio.

»Ja, Mio. Renate ist eine interessante Frau. Und außerdem ist sie meine Cousine. Ihr Mann ist vor etlichen Jahren gestorben. Ich telefoniere mit ihr ab und an. Und um ihre Wohnung und ihre Post kümmere ich mich auch. Thomas, Susanne, ihr solltet euch die Wohnung einmal anschauen. Wenn sie euch gefällt, kläre ich alles Weitere mit Renate.«

Kurz vor neun Uhr kamen dann die ersten Gäste und genossen das gemütliche Ambiente mit einem Kaffee oder Tee zum Brötchen.

Auch Mio hatte genug zu tun. Viele ihrer alten Kunden kamen, um sich wieder Bücher auszuleihen.

»Das wurde nun aber Zeit, dass Sie öffnen. Ohne Ihre Buchempfehlung und ohne Lesestoff weiß ich gar nicht, was ich machen soll. Das war ungewohnt zu Hause ohne Ihre Bücher, Frau Takahashi. Lassen Sie sich Zeit, ich setzte mich dort an den Tisch und trinke erst einmal einen

Kaffee und esse ein halbes Brötchen«, war die Reaktion einer älteren Kundin, die gerade ins Café kam.

Mattes' Mobiltelefon klingelte. Petra rief an: »Moin Pit, danke für die Einladung zur Eröffnung. Die Feier hat mir gefallen. Ich würde gerne zu den kommenden Veranstaltungen kommen. Würdest du mir Bescheid sagen, wenn eine stattfindet?«

»Ja, ich trage dich in die Newsletter-Liste ein, und natürlich bekommst du eine persönliche Einladung. – Du hattest übrigens gestern ein hübsches Kleid an.«

»Danke, Pit – mir hat unsere Zusammenarbeit gefallen. Ich hoffe, wir sehen uns mal wieder. Mach es gut, Pit!«

»Danke Petra. Tschüss!«

MONTAG, 30.10.2017, 10:00 UHR, ALSTERDORF, POLIZEISTERN:

»Nur weil Sie jetzt Erfolg hatten und den Falschgeldfall gelöst haben, ist das noch lange kein Grund, sich auf die faule Haut zu legen. Ich erwarte bis dreizehn Uhr einen ausführlichen Bericht. Und vergessen Sie nicht: Sie sind noch nicht fertig! Da draußen rennt ein Auftragskiller rum!«, schimpfte Kriminalrat Biestmann, als er Frau Sommer und ihren Kollegen in der Polizeikantine erwischte. »Sie sind bereits eineinhalb Stunden hier. So heiß ist der Kaffee nun auch wieder nicht!«

Als Gabi in ihrem Büro ankam, lag der Bericht der Polizeitechnik auf ihrem Schreibtisch. Sie brauchte zwanzig Minuten für die Abhandlung. Anschließend griff sie zum Telefon und rief Mattes an.

»Hallo Pit!«

»Moin Gabi! Was kann ich für dich tun?«

»Ich habe den Report von der SpuSi und der PT bekommen. Deine Auffassungen wurden bestätigt:

- Das Blut vor der Spüle stammt von Pohlmann.
- Auf einer Anzugjacke wurden Schmauchspuren gefunden. Damit ist bewiesen, dass Wegler geschossen hat.
- An der gleichen Jacke haben die Kollegen auch Blutspritzer von Pohlmann entdeckt.
- Das Geld in der Reisetasche und in den Plastikboxen, die im Keller sichergestellt wurden, ist in der Tat Falschgeld.
- Wir haben an den Blüten die DNA von Wegler gefunden.

Was sagst du dazu?«

»Gute Arbeit, Gabi! Lieb von dir, dass du anrufst und mich informierst.«

»Können wir uns bei Starbucks treffen, bei dir um die Ecke, um zwölf Uhr?«

»Nein, ich bin zum Mittag in der Uni verabredet.«

»Du Pit, was ist Niels für ein Mensch? Er rief heute Morgen an und lud mich zum Mittagessen ein.«

»Gabi, das ist schwer zu sagen. Ich glaube, das solltest du selbst herausfinden. Du bist eine kluge Polizistin.«

»Okay – dann werde ich zusagen!«

MONTAG, 30.10.2017, 12:00 UHR, ROTHERBAUM, MENSA PHILO-SOPHENTURM:

»Entschuldige Pit, dass ich dich nicht früher kontaktiert habe. Mein Vater ist in der vorigen Woche gestorben. Ich bin also kurzfristig nach Brüssel geflogen. Die Beerdigung war am Freitagnachmittag.«

»Mein herzliches Beileid, Georg.«

»Danke Pit. Papa war krank. Sein Tod war absehbar. Meine Schwester pflegte ihn. Ich hatte mich mehr oder weniger schon zu Pfingsten von ihm verabschiedet.«

»Verstehe.«

»Erst am Freitag hatte ich mich entschieden, über Hamburg nach Südamerika zurückzufliegen. So konnte ich heute Morgen mit dem Dekan noch ein ausführliches Budgetgespräch führen. Um vierzehn Uhr dreißig geht es dann wieder zurück. Ich nehme einen Flug Hamburg, Paris, Rio. Eine Studentin bringt mich gleich zum Flugplatz. Wir haben eine gute Stunde Zeit zum Quatschen. Ich würde allerdings gerne mit dir in die Kantine gehen und etwas essen.«

»Passt Georg, einverstanden.«

Pit und Georg schlenderten in die Uni-Kantine und wärmten Geschichten aus der Vergangenheit auf. Georg erwähnte, dass er wieder zu Weihnachten für vierzehn Tage nach Hamburg kommen würde. Pit bot ihm ein Zimmer in seiner Wohnung an, was Georg dankend annahm.

Nach dem Essen, sie saßen noch am Tisch, kam eine Frau auf sie zu. Pit schätzte sie auf knapp dreißig Jahre. Georg stellte sie als Carolin Glanz vor. Sie war die Studentin, die Georg zum Flugplatz bringen wollte. Pit verabschiedete sich und sah den beiden zu, wie sie die Kantine verließen.

Er setzte das gebrauchte Geschirr auf sein Tablett und brachte es zur Rückgabe.

Es war inzwischen vierzehn Uhr. Mattes trottete aus dem Kantinenbereich ins Foyer der Uni. Ihm fiel ein großer grauhaariger Mann auf, der mit einer Gruppe Jugendlicher dastand und diskutierte. Der Typ nahm zwei Finger seiner rechten Hand und strich sich damit über die Stirn. Es kam eine waagerechte Narbe zum Vorschein. Drei der Heranwachsenden kamen dem Schriftsteller entgegen. Sie wollten offensichtlich in die Kantine gehen.

»Hallo, könnt ihr mir sagen, wer der grauhaarige Herr dort ist?«, sprach Pit die beiden an.

»Ja, das ist Doktor Jack Lehnberg, unser Sportpädagoge«, war die Antwort im Vorbeigehen.

»Danke!«, sagte Pit, mehr zu sich selbst. Er überlegte nicht lange und rief bei Gabi an: »Ich bin in der Uni und habe eben Doktor Abraham Extinctor gesehen. – Ja, der Typ mit der goldenen Visitenkarte.«

»Wen hast du gesehen?«

»Den Serienmörder, den Auftragskiller!«, flüsterte Mattes.

»Im richtigen Leben heißt unser Gesuchter allerdings Doktor Jack Lehnberg und ist hier Sportpädagoge. Zumindest sieht er dem Kerl auf dem Phantombild, das du mir gezeigt hattest, ähnlich«, ergänzte er.

»Behalte ihn im Auge, ich komme, bleib am Telefon. Ich rufe dich gleich vom Handy aus an. Bis gleich!«

Gabi legte auf. Der Hobbykriminalist schlenderte zum Schwarzen Brett. Er beobachtete den Sportpädagogen aus seinem Augenwinkel. Am Anschlagbrett stand er vor den Wohnungsanzeigen. Pit hielt sein Smartphone so, dass er im Frontglas den Doktor beobachten konnte.

Gabi rief an. Mattes drehte sich um und nahm das Gespräch entgegen.

»Hallo Gabi, schön, mal was von dir zu hören.«

»Wo bist du jetzt?«

»Tut mir leid, ich bin immer noch in der Uni. Nein, kein Problem, ich stehe im Foyer am Schwarzen Brett und kann sprechen«, begann er in normallauter Stimme. »Der Sportdoktor hat eine hellblaue Jogginghose an und weiße Turnschuhe. Außerdem ist er mit einem quietschgelben T-Shirt und darüber mit einer blauen Sportjacke bekleidet. Auf dem Kopf trägt er eine karierte Schiebermütze«, flüsterte er in den Apparat.

»Okay, ich bin zu dir unterwegs. Zwei Einsatzwagen sind auch auf dem Weg zur Uni. Mein Kollege hat schon Straßensperren und so weiter arrangiert beziehungsweise veranlasst. Den Kerl kriegen wir!«

»Gabi, das hört sich gut an«, kam von Mattes, jetzt wieder mit normaler Stimmlage.

»Ah! Jetzt kommt Bewegung ins Spiel«, setzte er fort, als er bemerkte, dass sich Jack Lehnberg bei der Gruppe verabschiedete.

»Bleib am Telefon und berichte, wohin er geht.«

»Er trabt ins Treppenhaus. Natürlich, als Sportler nimmt man die Treppe und nicht den Fahrstuhl.

Bin im Treppenhaus und … Mist, er geht nach unten. Er marschiert in die Tiefgarage. Achtung, er will bestimmt wegfahren.«

»Pit, ich kann dich nicht mehr richtig verstehen, du hast Aussetzer!«, schrie Gabi ins Telefon. Pit hörte sie schreien. Sie übertönte gerade noch den Motorenlärm von ihrem Fahrzeug und ihre Polizeisirene.

»Bin jetzt in der Garage. Er ist dreihundert Meter von mir entfernt und bewegt sich geradeaus in den hinteren Teil. Ich schlage einen Bogen, damit es nicht so aussieht, als wenn ich ihn verfolge.«

»Kannst du ihn sehen?«

»Ja, er marschiert weiter in die zweite Parkhalle.«

»Die Verbindung wird schlechter …«

Als der Sportler nicht mehr zu erkennen war, lief Pit zur Einfahrt des anliegenden Parkraums. Es sah sofort Lehnberg, als er um die Ecke schlenderte. Der Abstand zu ihm war nur noch einhundert Meter.

»Ich seh ihn wieder. Bei einem blauen Wagen blinken die Warnleuchten.«

Im Mobiltelefon knackte und rauschte es. Dann riss die Verbindung ganz ab. Pit vermutete, dass sie seine letzten Worte nicht mitbekommen hatte.

Er steckte sein Telefon in die Gesäßtasche und beobachtete, wie sein Opfer auf einen SUV (Sport Utility Vehicle) zuschritt. Er vergrößerte den Abstand, aber nur so weit, dass er den Doktor noch beobachten konnte.

Lehnberg hielt an, öffnete den Kofferraum von seinem blauen Ford Kuga und stellte die Sporttasche hinein.

Mit quietschenden Reifen verließ das blaue Fahrzeug die Tiefgarage.

Pit rannte zur Ausfahrt. Der Ford war schon weg. Die Garagentür schloss sich gerade, als Pit das Tor durchquerte.

Die Polizei war weit und breit nicht zu sehen. Mattes holte sein Telefon hervor und wählte Gabis Nummer.

»Er ist aus der Garage gefahren. Blauer SUV, ein Ford Kuga, mit dem Kennzeichen: HH JL 6669«, rief er ins Telefon.

»Danke Pit, ich sitze hier fest – melde mich gleich wieder«, kam zurück. Sie legte auf.

Der Schriftsteller marschierte zu Fuß in Richtung Dammtor-Bahnhof. Er wollte heim nach Eppendorf.

Als er auf die Rothenbaumchaussee kam, hörte er Polizeisirenen. Dann auf Höhe Moorweidenstraße kam ihm ein Streifenwagen mit Blaulicht und Sirene entgegen. Ein Polizeiauto kam aus der Moorweidenstraße und bog in die Rothenbaumchaussee, in Richtung Philosophenturm, ab. Mattes schüttelte den Kopf. »Falsche Richtung«, sprach er zu sich.

Darauf tauchte der dritte Peterwagen auf. Auch er fuhr mit Blaulicht und Sirene den falschen Kurs. Mattes blieb weiter auf seiner Marschroute zum Bahnhof.

Als auf der linken Seite die Moorweide auftauchte, stand am Straßenrand ein blauer Kuga mit dem Kennzeichen ›HH JL 6669‹. Pit holte sein Smartphone aus seiner Tasche und drückte die Wahlwiederholung. Gabi schrie ihn an: »Jetzt nicht, halt dich da raus!« Und schon hatte sie aufgelegt. Er hatte nicht die geringste Chance, was zu sagen.

›Was will Mattes denn nun schon wieder, ich habe jetzt keine Zeit, ihn zu betütteln.

Wir brauchten nur vier Minuten seit der Alarmierung. So sehr weit kann er nicht sein. Edmund-Siemers-Allee ist gesperrt, der Mittelweg ist blockiert und auch die Alsterglacis ist von der Polizei abgesperrt worden.

Der Doktor kann nicht aus unserer Falle entweichen. Und drei Streifenwagen suchen den blauen SUV im abgeriegelten Gebiet. Der kann nicht weg!‹, überlegte die Kripobeamtin. ›Und jetzt ruft Mattes noch mal an, das nervt!‹, registrierte sie und drückte gleich auf den roten Hörer.

Mattes ärgerte sich. Versuchte aber trotzdem, die Kommissarin zu erreichen. Sie ging nicht ran oder drückte ihn einfach weg. Er schrieb ihr eine SMS und marschierte weiter.

Pit erreichte den Theodor-Heuss-Platz und überquerte die Hauptstraße zum Bahnhof.

Im Dammtor-Bahnhof standen zwei Streifenpolizisten und beobachteten das Treiben im Gedränge. Mattes sprach die beiden an und erklärte, was sich da draußen abspielte. Die Polizistin nahm ihr Sprechfunkgerät und debattierte mit ihrer Einsatzzentrale.

Der Polizist lief mit Mattes die Treppe zum Gleis eins hoch. Pit sah noch, wie Doktor Lehnberg in einen Waggon einstieg. Mattes verständigte sich mit dem Polizisten mit einer kurzen Handbewegung und erwischte gerade noch den Zutritt in denselben Zug, aber drei Wagen weiter.

MONTAG, 30.10.2017, 15:45 UHR, ALTONA, DIEBSTEICH-BAHNHOF:

Die S21 fuhr an und stoppte sechs oder sieben Minuten später am Bahnhof Diebsteich. Mattes nutzte die Zeit und schrieb Gabi eine SMS. An jeder Haltestelle stieg Pit aus, um einen besseren Überblick zu haben und um zu beobachten, ob Lehnberg die Bahn verlässt.

Sein Mobiltelefon vibrierte. Pit las die Antwort von Gabi: ›Er fährt bestimmt bis Elbgaustraße. Er wohnt in der Fangdieckstraße, das ist gegenüber der Elbgaupassage. Wir werden dort auf ihn warten.‹

Allerdings stieg Lehnberg in Diebsteich aus. Er marschierte zielstrebig durch den Diebsteichtunnel zum anliegenden Friedhof.

Mattes folgte ihm und zog auf dem Friedhof seine Jacke aus. Gleich am Eingang schnappte er sich eine Harke und eine Gießkanne und verfolgte Lehnberg.

Die SMS an Gabi diktierte er im Gehen in sein Smartphone. Mattes konnte die Aktion vom Sportdoktor noch nicht einordnen.

Der Schriftsteller war aufmerksam, denn er wollte nicht gesehen oder erkannt werden, aber er war auch neugierig geworden. Mit dem nötigen Abstand folgte er Abraham Extinctor.

Hin und wieder bog er ab und schlug eine andere Richtung ein. Plötzlich war er nicht mehr zu sehen. Pit bekam schon fast die Panik. Nur eine Minute später sah er ihn wieder. Schnellen Schrittes stapfte er weiter über den Friedhof. Er verließ das Gelände.

Mattes platzierte die Gießkanne und die Harke am Ausgang. Er musste sich erst einmal orientieren, denn er kannte diese Gegend nicht. Er war Holstenkamp Ecke Schnackenburgallee und Bornkampsweg.

Der Profikiller überquerte die Straße und ging in die Regerstraße. Lehnberg stellte sich an die Bushaltestelle. Ein Bus kam und er stieg ein. Am Bus stand ›Linie 288 Goethestraße‹.

Pit rief Gabi an und gab den aktuellen Standort durch.

»Okay, ich schicke jemanden in die Goethestraße und am besten gleich auch noch zum Altonaer Bahnhof. Der liegt auf dem Weg. Danke Pit. Ich melde mich.« Und schon war sie weg.

Mattes überlegte, was er jetzt machen sollte. Er entschloss sich, wieder auf den Friedhof zurückzugehen. Ihn ließ es überhaupt nicht los, warum Lehnberg auf einmal verschwunden war. Mattes wollte das ergründen.

Er brauchte zwanzig Minuten. Dann kannte er den Grund. Mattes fand das Grab von Liesel Lehnberg. Er stellte sich davor und studierte die Umgebung. Der letzte Wegstein vorm Grabstein war bewegt worden. Pit holte sich eine Harke und drehte den Stein um. Unter dem Stein lag eine durchsichtige Plastiktüte. In der Tüte lag eine automatische Waffe, eine P30 von Heckler & Koch, eine Packung Patronen und drei oder vier goldene Visitenkarten.

Mattes untersuchte das nicht weiter. Er drehte den Stein wieder zurück. Auf seinem Rückweg zum Diebsteich prägte er sich die Grabnummer von Liesel Lehnberg ein.

Er nahm die S-Bahn S3 bis zur Elbgaustraße.

›Ich muss erfahren, wie Lehnberg tickt. Die beste Chance, das herauszufinden, ist, in seiner unmittelbaren Umgebung oder Nachbarschaft zu suchen. Wenn Lehnberg in der Fangdieckstraße wohnt und ein soziales Umfeld aufgebaut hat, erfahre ich dort mehr.‹ Unterwegs schrieb er eine SMS an Gabi, dass er in die Fangdieckstraße fährt. Ihre Antwort war kurz: ›Wenn du unbedingt willst, dann …‹

Mattes schritt durch die Unterführung und darauf in die erste Straße links. Das war schon die Fangdieckstraße. Weit laufen musste Pit nicht, das Haus stand einzeln. Ein

Smart parkte in der Einfahrt. Er ging zur Tür und klingelte. Eine gut aussehende und sportliche Frau, Mattes schätzte sie auf fünfunddreißig Jahre, öffnete die Tür. Sie war überrascht, Mattes zu sehen. Sie hatte eine andere Person erwartet.

»Mein Name ist Pit Mattes. Ich bin Schriftsteller und möchte über Doktor Jack Lehnberg schreiben. Darf ich hereinkommen?«

Die Frau war etwas verwirrt, ließ Mattes aber durch die Tür.

»Mein Name ist Viola Geiszler. Jack ist noch nicht da. Ich erwarte ihn. Kommen Sie durch ins Wohnzimmer. Bitte setzen Sie sich. Darf ich Ihnen was anbieten?«

»Danke Frau Geiszler. Wenn Sie einen Tee haben, würde ich gerne einen nehmen.«

Das Wohnzimmer war schlicht und modern eingerichtet. Die großflächige Fensterfront zum Garten brachte viel Licht in die Räumlichkeit.

»Kein Problem, ich habe gerade Wasser aufgesetzt«, sagte sie und verschwand in der Küche. Mattes stand wieder auf und folgte ihr.

»In welchem Verhältnis stehen Sie zu Herrn Lehnberg?«

»Eigentlich sind wir ein Paar«, antwortete sie, während sie den Tee aufgoss.

»Eigentlich?«

»Wir sind jetzt acht Jahre zusammen. In der letzten Zeit kriselte es zwischen uns. Ich vermute, er geht hin und wieder fremd. Jedenfalls ist er oft weg und will mir nicht sagen, wo er sich aufhält. Außerdem schreit er mich immer an.«

»Verstehe!«

Mattes folgte ihr wieder ins Wohnzimmer. Sie setzten sich an den Esstisch.

»Erzählen Sie mir, wie Sie sich kennengelernt haben«, forderte Mattes sie auf.

»Er war Dozent an der Universität, ich studierte Physiotherapie und habe bei ihm Sport belegt. Bei der ersten Stunde hatte ich mich schon in ihn verknallt und nach der dritten Stunde bin ich bei ihm eingezogen. – Die ersten Jahre waren wir ein glückliches Paar. Aber dann …«

»Verstehe. Was machen Sie beruflich?«

»Ich bin Physiotherapeutin und arbeite gleich um die Ecke in der Elbgaupassage.«

In der Küche klingelte ein Wecker. Sie stand auf und holte den Tee und Tassen. Darauf goss sie ein. Mattes nippte am Getränk. Sie prostete ihm freundlich zu und nahm auch einen Schluck.

»Wurde Jack Lehnberg in Hamburg geboren?«

»Ja, er lebte jahrelang bei seiner Mutter. Vor fünf Jahren starb sie. Anschließend zogen wir hierher in ihr Haus.«

»Welche Hobbys hat er?«

»Außer Sport, er sammelt keine Briefmarken, Münzen oder sonst was. Er geht nie in eine Kneipe, um ein Bier zu trinken, er gehört keinem Verein an. Nein, ein Hobby hat er nicht. Doch, fremdgehen, wenn das ein Hobby ist.«

»Verstehe – verstehe, dass Sie auf ihn sauer sind.«

»Ich bin vor einem Monat aus unserem Schlafzimmer ausgezogen. Zum 1. Dezember ziehe ich hier aus. Ich habe mir eine eigene Wohnung in der Spreestraße gesucht.«

Der Hobbykriminalist trank den Tee aus. Plötzlich stand Lehnberg in der Wohnzimmertür. Frau Geiszler erschrak und schrie auf.

Lehnberg hielt eine Pistole in seiner Hand und zielte damit auf Mattes: »Da staunen Sie, Herr Mattes. Oder täusche ich mich. Sie sind doch der Schriftsteller?«

»Ja, Herr Lehnberg, mein Name ist Pit Mattes, der Schriftsteller, und ich habe vor, ein Buch zu schreiben, in dem Sie vorkommen sollen.«

»Ja, ja, ich habe das schon verstanden. Am Dammtor verfolgte die Polizei mich. Und Sie habe ich auch gesehen. Sie sprachen mit einem Streifenpolizisten auf dem Bahnsteig. Sie stiegen wie ich am Diebsteich aus. Dann habe ich Sie abgehängt. Aber am Altonaer Bahnhof wimmelte es wieder von Polizisten«, sagte er, während er mit den Fingern über seine Narbe an der Stirn fuhr.

Mattes nutze den Augenblick und schob sein Smartphone unter die Zeitung, die auf dem Tisch lag. Er drückte auf Aufnahme bei der Diktat-App.

»Und jetzt, Herr Lehnberg, oder soll ich lieber Doktor Abraham Extinctor sagen, was haben Sie vor?«

»Ich weiß nicht, wie Sie das herausbekommen haben, aber genug geredet. Ich habe keine Zeit zu verlieren. Kommen Sie, ich muss Sie außer Gefecht setzen. Und du blöde Kuh kommst gleich mit«, schrie er sie an.

Lehnberg brachte sie in den Keller. Mit Handschellen fesselte er Frau Geiszler und Mattes an einen Pfeiler im Heizungsraum.

»Hier könnt ihr so viel schreien, wie ihr wollt, es kann euch niemand hören«, kläffte er, machte das Licht aus und verschwand. Mattes hörte noch, wie er die Stahltür von außen abschloss. Dann wurde es ruhig.

MONTAG, 30.10.2017, 17:30 UHR, ALTONA, BAHNHOF:
»Wir haben den Bus der Linie 288 abgepasst und nach dem Gesuchten geschaut. Negativ!«, berichtete der Polizist und sah abwartend Frau Sommer an.

»Okay, dann können wir auch unsere Leute an der Goethestraße abziehen. Mist, wir haben Lehnberg irgendwo verpasst«, kam von der Kommissarin. Ihr Blutdruck stieg an. Der Polizist sah zu, dass er das Weite suchte.

Gabi ging aus dem Bahnhof und setzte sich in ihr Fahrzeug. Sie holte ihr Telefon aus der Tasche und versuchte Mattes anzurufen.

›Warum geht er nicht ran? Ist der schon wieder eingeschnappt? Ich brauch jetzt erst einmal einen Kaffee und muss nachdenken. Zuerst werde ich die 288er Line zurückfahren, man weiß ja nicht. Vielleicht habe ich ja Glück‹, überlegte sie und startete das Auto.

Frau Sommer hatte kein Glück. Sie fuhr über den Holstenkamp auf die Kieler Straße in Richtung Stellingen. Sie hatte Hunger, und so bog sie von der Kieler Straße in den Langenfelder Damm ab und parkte an der Straße. Bei Schweinske bestellte sie ein Schnitzel und beruhigte sich. Biestmann, ihr Chef, rief sie an und wollte den aktuellen Stand wissen. Erwartungsgemäß war er mit dem Ergebnis nicht zufrieden. Während des Essens versuchte sie noch zweimal, Mattes zu erreichen. Ohne Erfolg.

Sie hatte keine Idee, was sie jetzt noch machen könnte, um Lehnberg aufzuhalten und festzunehmen.

›Warum geht Mattes nicht an sein Telefon. Vielleicht ist er schon längst zu Hause. Ich ruf im Café an‹, waren ihre Überlegungen. Dort erreichte sie Mio Takahashi.

»Pit wollte spätestens um sechs Uhr hier sein. Ich mache mir Sorgen. Sonst ruft er immer an, wenn es später wird.«

Gabi Sommer bezahlte und ging zurück zu ihrem Dienstwagen. Sie setzte sich hinter den Lenker und überlegte: ›Ohne Pit komme ich nicht weiter. Also sollte ich ihn zuerst suchen.‹

Sie holte ihr Smartphone heraus und las seine letzte SMS: ›Ich fahre mit der S-Bahn zur Fangdieckstraße.‹

›Meine Bemerkung darauf war Mist!‹, bewertete sie ihre Antwort.

›Dann fang ich in der Fangdieckstraße an.‹

MONTAG, 30.10.2017, 18:00 UHR, EIDELSTEDT, FANGDIECK-STRAßE:

»Ich habe Angst im Dunkeln. Können Sie mich anfassen?«

»Ja, keine Panik, es wir alles gut, spätestens in einer Stunde wird man nach mir suchen und hierher kommen.«

»Erzählen Sie mir, was Jack ausgefressen hat?«, forderte sie ihn auf. Mattes wollte sie nicht beunruhigen und vertröstete sie auf später. Er fasste sie an der Hand, obwohl das für ihn nicht gerade bequem war. Sie wurde immer unruhiger und Pit merkte, dass langsam eine Panik bei ihr einsetzte. Frau Geiszler weinte. Mattes versuchte, sie zu beruhigen.

»Sie müssen ruhig sein, damit wir hören können, was sich oben tut«, flüsterte er.

»Der wird seine Sachen packen und verschwinden!«, heulte sie.

Mattes nahm wahr, dass oben die Haustür zuknallte und der Smart startete.

Plötzlich schrie sie auf und kreischte. Mattes erschrak. Nach ungefähr zehn Minuten ließ ihre Kraft nach und sie bekam einen Weinkrampf.

Mattes versuchte, sich an die Räumlichkeiten in ihrem Gefängnis zu erinnern. Zuerst mit dem rechten und dann mit seinem linken Fuß erforschte er seine Reichweite.

»Nun hören Sie endlich auf, hier herumzuflennen. Wenn Sie hier rauswollen, dann müssen Sie mitarbeiten. Nehmen Sie sich zusammen. Versuchen Sie mit Ihrem Fuß das Heizungsrohr, an Ihrer rechten Seite zu erreichen. – Hauen Sie dort mal dagegen.«

»Was nutzt das, hört doch keiner!«

»Noch nicht, aber wenn jemand ins Haus kommt, können wir uns so bemerkbar machen. Das sollten wir üben! Nun hauen Sie schon!«

›Zumindest hört sie auf zu heulen und zu kreischen!‹, registrierte Mattes. Erst nach ein paar Minuten, Pit wurde langsam ungeduldig, trat sie mit ihrem Fuß gegen ein Heizungsrohr. Das dröhnte. Sie trat noch einmal dagegen und dann immer wieder und wieder. Als wenn sie ihre Wut am Heizungsrohr abreagieren wollte. Mattes brauchte mehrere Anläufe, um sie zu beruhigen.

MONTAG, 30.10.2017, 19:00 UHR, EIDELSTEDT, FANGDIECK-STRAßE:

Nach zwei gefühlten Stunden und einer realistischen, nahm Pit im Haus Geräusche wahr. Er rief zu Frau Geiszler: »Jetzt, machen Sie Lärm, so viel Sie können. Oben ist jemand.«

Sie haute jetzt mit voller Wucht gegen das Heizungsrohr. Abwechselnd schrien sie um Hilfe.

Als die Tür zur Heizung aufgeschlossen und das Licht angemacht wurde, waren Frau Geiszler und Mattes geblendet.

Das Erste, was er sehen konnte, war eine grinsende Kommissarin und drei Polizisten. Sie versuchten die Handschellen zu lösen.

»Das sind französische Handfesseln, da passen unsere Schlüssel nicht. Ich besorge einen Bolzenschneider«, erklärte ein Polizeibeamter und verschwand.

»Das hast du jetzt davon, wenn du auf eigene Faust ermittelst«, feixte Gabi.

»Wäre mit mehr Teamarbeit nicht nötig gewesen«, antwortete Pit, nicht ohne Verärgerung in seine Stimme zu legen. Der Polizist kam wieder. Mit einem Bolzenschneider befreite er Frau Geiszler und Mattes.

Frau Geiszler fiel ihm um den Hals, als sie das Wohnzimmer erreichten: »Danke, Herr Mattes, danke, dass Sie da waren!«

Er setzte sich an den Esstisch, verlangte nach einem Tee und untersuchte sein Mobiltelefon. Das Gerät war aus. Die Batterie war verbraucht.

»Darf ich kurz dein Telefon benutzen?«, fragte er Gabi.

Ohne ein Wort reichte sie ihm ihr Smartphone. Mattes rief bei Mio an. Sie musste neben dem Apparat gesessen haben. Sie war sofort am Gerät.

Mattes bekam seinen Tee von Frau Geiszler. Inzwischen berichtete er, was im Haus vorgefallen war. Ein Ladekabel für sein Mobiltelefon bekam er von einem Polizisten.

MONTAG, 30.10.2017, 20:00 UHR, EIDELSTEDT, FANGDIECK-STRAßE:

»Was hast du vor? Hör doch bitte auf, mit deinem Handy zu spielen, und überleg lieber, wie wir Lehnberg kriegen können.«

»Da bin ich bei«, gab er zur Antwort und stellte seine Diktat-App auf Wiedergabe.

Es war auf einmal ruhig im Wohnzimmer. Alle wollten sie mithören. Lehnberg telefonierte noch mit einer ›Babette Bertrand‹. Das Gespräch wurde in Französisch geführt. Frau Geiszler übersetzte.

»Dann will Lehnberg sich nach Warschau absetzen und von dort nach Paris fliegen«, rekapitulierte Gabi und griff nach ihrem Mobiltelefon.

»Er ist mit meinem Smart abgehauen«, rief Frau Geiszler.

»Wir werden ihn auf dem Weg nach Polen verfolgen und einfangen. So einen Smart findet man schnell auf der Autobahn«, sagte der Polizist, der gleich mit seinem Einsatzplatz telefonierte.

Mattes saß immer noch auf dem Stuhl und grübelte. Gabi schüttelte ihren Kopf, als sie ihn so sitzen sah.

»Der fährt nicht mit dem Smart nach Polen«, kam von Mattes.

Der Polizist und Gabi guckten erschrocken auf und blickten in Richtung Pit.

»Ihr solltet sein Auto an der Moorweide beobachten. Er ist eitel und wird seinen SUV benutzen.«

Die Spurensicherung kam und wurde von Gabi instruiert.

Mattes fuhr mit ihr. Sie hatten das Haus in der Fangdieckstraße noch nicht verlassen, als Gabi die Meldung bekam, dass Lehnberg verhaftet wurde. Er wollte gerade mit seinem blauen Ford aufbrechen, als die beiden Polizisten aus dem Dammtor-Bahnhof ihn festsetzten.

Gabi grinste: »Na, endlich einmal was Erfreuliches. Da wird Biestmann zufrieden sein.«

Er wollte noch zum Friedhof Diebsteich. Gabi ließ ihn erst gar nicht aussprechen und steuerte nach Alsterdorf zum Polizeipräsidium.

MONTAG, 30.10.2017, 21:45 UHR, ALSTERDORF, POLIZEIPRÄSIDIUM:

Während die Spurensicherung noch das Haus von Lehnberg durchkämmte, wurde er im Polizeipräsidium verhört. Er stritt alles ab.

Gabi tobte. Sie hatte keine Handhabe, da sie keine Beweise für die Auftragsmorde in der Hand hielt.

Lediglich den Besitz der Pistole, mit der Pohlmann erschossen wurde, und die Bedrohung und Freiheitsberaubung von Frau Geiszler und Herrn Mattes konnte sie ihm vorwerfen.

Lehnberg war sich dessen bewusst und spielte die Sache mit der Freiheitsberaubung herunter: »Ich habe diesen Schriftsteller mit meiner Frau auf frischer Tat bei einem Techtelmechtel erwischt. – Ja, stimmt! Da war ich etwas ungehalten. Ich entschuldige mich ja auch dafür.«

»Und die Waffe, woher haben Sie die Pistole?«, keifte die Kommissarin.

»Ach, das blöde Ding! Das habe ich heute Nachmittag in der S-Bahn gefunden. Es lag auf der Sitzbank, als ich mich setzen wollte. Ich wollte die Waffe zur Bahnpolizei bringen. Am Altona Bahnhof war aber eine Razzia, dort hatte keiner Zeit für mich, um meine Fundsache entgegenzunehmen.«

Mattes, der nur zuhören durfte, versuchte mehrmals vergebens, zu Wort zu kommen.

Erst in einer Verhörpause verschaffte er sich Luft und wurde etwas lauter. Gabi konnte sich nicht erklären, warum.

Das Mobile Einsatzkommando fand die Waffe, dank der guten Beschreibung von Mattes, auf dem Friedhof sofort.

In der dreiviertel Stunde Pause widmeten sich Gabi und Pit einem Kaffee beziehungsweise Tee. Die Kommissarin beruhigte sich und Mattes wurde seinen Unmut los, dass er nicht gehört wurde.

Gestärkt marschierten sie gemeinsam in die zweite Verhörrunde. Nachdem Lehnberg mit dem Fund der Pistole konfrontiert wurde, änderte sich sein Verhalten. Die Tötungsdelikte an Albert Holtzer und Bernhard Langmann gab er nun zu. Beim Mord an Dirk Pohlmann will er nur die Leiche in Sasel übernommen und sie nach Altona gebracht haben.

Zwischenzeitlich rief die Ballistik an und informierte, dass die Pistole, mit der Frau Geiszler und Mattes bedroht wurden, die Waffe war, mit der auf Dirk Pohlmann geschossen wurde.

»Dann hat Lehnberg doch Pohlmann erschossen und nicht Wegler«, kam von Gabi.

»Das glaube ich nicht. Ich glaube der Version von Lehnberg. Er ist ein Profi, der hätte Pohlmann anders getötet. Wegler ist der Mörder von Pohlmann. Bei einer Gegenüberstellung Wegler – Lehnberg werdet ihr das herausbekommen.

Lehnberg übernahm die Leiche und die Pistole zur Entsorgung. Die Waffe behielt er aber offensichtlich«, erklärte Pit Mattes.

Über Babette Bertrand wollte oder konnte der Auftragskiller nichts aussagen. Nur so viel, dass er von ihr alle Aufträge bekommen hatte. Auch die Nachforschungen, mithilfe der französischen und belgischen Polizei, führten zu keinem Ergebnis.

Gegen dreiundzwanzig Uhr verließ Pit Mattes das Präsidium. Er nahm ein Taxi nach Hause.

MONTAG, 30.10.2017, 23:30 UHR, EPPENDORF, MATTES' WOHNUNG:

Mio erwartete ihn im Wohnzimmer. Pit sah müde und erschöpft aus.

Sie umarmte ihn. Er lehnte seinen Kopf an ihre Schulter. Sie standen einige Minuten so zusammen und knutschten. Dann begleitete sie ihn ins Schlafzimmer. Umschlungen schliefen sie ein.

Gegen drei Uhr stand der Schriftsteller auf. Er ging in sein Büro und schrieb die letzten beiden Kapitel auf. Der erste Entwurf für das neue Buch ›Pit Mattes – falsche Fünfziger‹ war fertig.

Leise schlich er zurück ins Bett. Sie drehte sich um, nahm ihn in den Arm und gab ihm einen Kuss.

»Ist die Geschichte nun zu Ende?«

»Ja, die ja, unsere hat erst angefangen«, flüsterte er. Er erwiderte ihre Umarmung und küsste sie leidenschaftlich.

Dieses Mal irrte Mattes. Schon Anfang Januar wurde in Hamburg eine ›Besondere Aufbauorganisation für Falschgeld‹, die ›Soko Blüten‹, aufgebaut. Gabriele Sommer wurde zur Kriminalhauptkommissarin befördert und man übertrug ihr die Leitung dieser Abteilung. Und schon im Februar tauchten neue falsche Banknoten aus China auf.

Das ist allerdings eine neue Geschichte.

<<<< Ende >>>>